我不欠你的

朴实——

著

作家出版社

图书在版编目（CIP）数据

我不欠你的／朴实著. -- 北京：作家出版社，2019.9
ISBN 978-7-5212-0539-8

Ⅰ. ①我… Ⅱ. ①朴… Ⅲ. ①长篇小说 – 中国 – 当代
Ⅳ. ①I247.5

中国版本图书馆CIP数据核字（2019）第093221号

我不欠你的

作　　者：朴　实
责任编辑：史佳丽
装帧设计：末末美书
出版发行：作家出版社有限公司
社　　址：北京农展馆南里10号　　邮　　编：100125
电话传真：86-10-65067186（发行中心及邮购部）
　　　　　86-10-65004079（总编室）
E-mail:zuojia@zuojia.net.cn
http://www.zuojiachubanshe.com
印　　刷：北京明月印务有限责任公司
成品尺寸：152×230
字　　数：186千
印　　张：14.5
版　　次：2019年9月第1版
印　　次：2019年9月第1次印刷
ISBN 978-7-5212-0539-8
定　　价：38.00元

序

商子雍

相比诗歌、散文，小说显然是一种更亲近普罗大众的文学样式，因为，在最早的时候，它甚至可以满足目不识丁者的文化消费需求。不妨简单梳理一下小说的历史。在上古时代，通过口头讲述神话、传说与故事，以满足人们精神层面的需要这么一种生活方式，就开始出现；到唐代，说话（也就是讲故事）已经成为讲唱艺术的重要样态之一；宋代，城市经济蓬勃发展，市民阶层逐渐形成，说话艺人有了更好的生存空间，再加上造纸技术与印刷技术的日渐成熟，原本说话人说话时所依据的底本，通过改编、润色成为可供阅读的话本小说进入市场，鲁迅称此为"小说史上的一大变迁"，当然极是。但需要指出的是，就是在口头传播的故事登堂入室、成为阅读文本以后，它的主要消费者，依然是普罗大众，那些热衷于进京赶考的文人，尽管可能也会阅读话本小说，但他们更关注的，无疑是可以帮助他们金榜题名的四书五经。

历经很多年的发展以后，在文学书籍市场上，小说已经成长为最为显赫的一个品种，究其原因，无非是因为它的通俗（注意：不是低俗、庸俗）和内容丰富，吸引来了众多拥趸，而数量可观的读者群，既可以让书商赚钱，也能够帮政治家用来影响意识形态，就是进入读图时代以后，对高品质的小说进行改编，也是拍摄优秀影视作品的一个重要途径。这样，小说在各种样式的文学作品中一枝独秀，也就是理所当然的了。

我很少读小说（特别是很少读长篇小说），已经有不少年头了。但年轻时在一家文学刊物当小说编辑，出自工作需要，不但读过大量无法变成铅字的小说习作，也读过许多享有盛誉的小说名作，这是两种目的和感受都迥然有异的阅读，其最大好处，就是使得我对一部小说的孰优孰劣，有了一种便捷而准确的鉴定标准，简言之，即所谓真实，扎实，朴实，和做人的规范，其实并无二致。

而长篇小说《我不欠你的》的作者蒲力民（朴实）先生，在我的心目中，就正是一位具备着真实、扎实、朴实优秀品质的好人。有道是文如其人，他的作品呈现出同样的品格，是为顺理成章。

真实做人，指的是为人处世，须表里如一、胸怀坦荡，要实话实说、不言诳语，等等。做到这一点，无须经过技术层面的培训，只要在道德养成（即所谓修身）上达到一定水准就可以了。而把小说在艺术层面写到真实这么一种境界，则要复杂许多，需要作者具备认知生活本质的见识和艺术地展现真实生活的能力；但究其根本，还是取决于作者是否能够真实做人，是否能够一丝不苟地忠于生活，是否能够心无旁骛地对真实的生活进行艺术再现。前不久，参加陕西省戏曲研究院八十华诞的一个庆祝活动，我在致辞中谈到现代戏创作：毋庸讳言，现代戏创作是一种难度很大的劳作。着眼于表演，要突破传统的表演程式，创造出能够表现现代生活的新程式，谈何容易！至于剧本创作，现代戏描绘现代人的生活给现代人看，不可以有任何虚假和失真，难！再加上任何时代、任何体制下的统治者，出自巩固政权的需要，总会对艺术家做出种种规范和制约，而审视漫长的历史（不是审视一时一地），这些规范和制约，确实有不太合理，甚或太不合理之处；这是来自上边的压力。还有来自下边的压力；戏剧演出说到底也还是一种商品，不能不考虑市场需求，但观众中那些不健康的趣味，要不要去迎合，即所谓的媚俗。不过，所有这些，都不应该成为我们知难而退的理由。汤显祖写《牡丹亭》、孔尚任写《桃花扇》，难道他们就不曾面对来自上边和下边的双重压力？看来，关键是创作者要凭借自己的文化良知和艺术才能，尽最大可能把事情做到最好！创作长篇小说何尝不是如此！蒲力民（朴实）先生的长篇小说《我不欠你的》，聚焦于当代中国的一个小城，时间跨度从改革开放之初写到眼下，围绕着一名盲人少年的人生经历，以及他和一位官员的命运交集，讲述了一个让人百感交集的故事，塑造了众多职业不同、生活理念和生活方式有异的人物，展现了一幅生动而真切的现实生活画卷。一页一页读下去，我仿佛是在重温自己亲身经历的人和事，只不过小说里展现的，要比原生态的生活更典型、更集中、更生动、更感人。真实而艺术地再现生活，对小说写作者而言，既是一种能力，也是一种操守，蒲力民（朴实）先生在这个方面的追求和坚守，让我感动。

小说是一种讲故事的文学样态，而生动的故事，又是通过对情节的虚构来完成的；但这里所说的虚构，绝非胡编乱造。事实上，一部小说的故事能否引人入胜、情节是否合情合理，完全取决于作者的生活积累扎实与否、对生活本质的认知深刻与否，正是在这一点上，蒲力民（朴实）先生有着突出的优势。他生活经历丰富，下乡插队，是迈入社会的第一步，而后招工进工厂、转岗当警察，三十多岁便成为一个大县的常务副县长，再下来，"非典"爆发之后，他主政市卫生局，公路建设大发展时期，他担纲市交通局。当官，是蒲力民（朴实）先生一生从业时间最长的岗位。在本职工作中，他堪称"能吏"，而且，正是在那些不大不小的官位上，他上接官场，下连民间，经事多多，阅人无数。观察人，思考事，最初也许仅仅是他把官当好的必须，再往后，应该是逐渐成为了一种文化自觉。这样的日积月累，无数有个性的人，许多有意思的事，经过反反复复思考以后，便成为他积淀在脑海深处的一笔财富。等到退休离岗，有了创作长篇小说的冲动，这些"烂熟于心，呼之欲出"（鲁迅语）的人和事，便从笔下源源不断地流出，成为鲜活、生动的小说架构。

人常说：机遇只青睐那些有准备的头脑。蒲力民（朴实）先生一部又一部水准不低的长篇小说次第问世，在我看来，首先是得益于他通过扎实的生活实践所拥有的扎实的生活积累。

下面该说到朴实了。小说是通过语言表述，来铺陈一个合理、生动、有意思的故事，并且要在情节的展开中，丰富其中的人物并自然而然地表达出作者的价值判断和爱恨取向。面对普罗大众这么一个阅读主体，小说一是要能够吸引他们来读，二是要可以使他们获益。而达到这一目的的不二法门，在艺术层面（主要是指情节构思和语言表述）便是摒弃花里胡哨，坚持朴实无华。不要企图用情节的故弄玄虚或语言的装腔作势（比如故意写得很晦涩、很脏），来掩饰作者的生活积累不足和认知水平低下，这样做的结果，反倒会导致读者产生阅读障碍，甚或无法卒读。蒲力民先生当然不是在艺术上已臻化境的小说家，但他的作品在结构和表述上坚持朴实无华，有亲和力，具感染力，让人读起来颇感受用，却值得称道。

所以我说，朴实做人、朴实为文的蒲力民先生，给自己起了"朴实"这么一个笔名，可谓实至名归！

是为序。

（商子雍，著名作家，曾任西安市文联副主席、西安市作协常务副主席，陕西省杂文学会会长，长期从事报刊编辑和散文、杂文、报告文学创作，先后获国家、省市奖励五十余次。）

我不欠你的

沪阳市委秘书长梁欣仁最近很郁闷。他怎么也没有料到，他帮扶了多年的盲人王牛牛竟然成了强奸犯。若果真如此，他那因扶贫帮困而获得的"沪阳好人"称号将大打折扣。

一

梁欣仁忙得上厕所都拿着手机，生怕误了什么事情。在蹲坑时，手机突然响了，他忍住没有接，第三次铃声响起时，他出了厕所，没顾上洗手就接通了："喂，您是梁秘书长吗？有个叫王冬牛的你认识吗？"一个鼻音很重的男子的声音。

梁欣仁手机里储存了两千多个号码，这是个生号码，估计不会有什么大事情。他最怕耽误的是三个号码：一个是市委栗书记的手机，一个是栗书记家里电话，一个是市委办公室电话。自从有了手机，他是二十四小时不离身，昼夜不敢关机，手机似乎成了他身上不可分割的某个器官。他很佩服发明手机的人，给人们的日常生活带来了极大的方便；但他也很讨厌发明手机的人，自从有了手机，就好像给自己拴上了一根无形的绳子，绳子的另一端永远都攥在别人的手里，随时随地都会被牵动一下。市委秘书长这个活儿，比办公室主任强不到哪儿去，虽说在这个院子里身处数百人之上，但稍有不慎就会出大错，还不如县区领导或者部门领导安稳自在。特别是在县区工作的县区委书记或县区长，在自己的一亩三分地里，呼风唤雨，营造一点小气候还是很容易的。梁欣仁自从当上秘书长以后，就很少有自己可支配的时间，一般情况下都是围着"一把手"转，有人调侃他是"吃饭睡觉没规律，费电费纸省婆姨"。在同僚眼里秘书长其实就是个穿针引线的。"下面千条线，上面一根针"，指的就是他干的工作，他就是一个针屁股，等着下面千条万条的线穿进来。比如，领导什么时候在办公室，领导今天有什么活动安排，都要从他那里打听；上级有文件要向下传达，下面有汇报要往上递交，都要通过他来安排和实施。但在百姓眼里，秘书长可是个不小的官，因为上镜率是很高的，经常还是头条。

他把手机放在水池旁边，按了一下免提键，一边洗手一边不紧不慢地说："谁是王冬牛？你又是谁啊？"

"我是王冬牛委托的律师，他的强奸案将在近期开庭，他说您是他的恩人，熟悉他的为人，我想在开庭前找您了解一些情况……"

谁是王冬牛？恩人——强奸案——开庭，什么乱七八糟的。梁欣仁没有回答，关掉水龙头，挂断了电话，这种事情在厕所里说也不大合适。回到办公室，他想，能够知道他手机号码的一定是熟人，这个熟人又是强奸犯，会是谁呢？他在办公室来回踱步。会不会是王牛牛？他突然想起了王牛牛。如果真是他，那就不能袖手旁观了。梁欣仁拿起手机，查到刚才的电话，拨了过去。嘟、嘟、嘟……占线声。他刚放下电话，铃声响了，是刚才那个自称律师的声音，当地口音，鼻音很重："您好，梁秘书长。"

"你好，请问王冬牛还有其他名字吗？"

"大名王冬牛，小名王牛牛，嗯……牛羊的牛，是个盲人。"

嗯！就是他。他怎么会犯强奸案？太不可思议了。梁欣仁急切地问道："是强奸案吗？"

"是的，开庭前我想找您了解一些情况。"

"啊，哦，好好……"

"今天可以吗？"

"嗯……可以……现在就可以。"

梁欣仁犹豫了一下，还是答应了和律师见面。

王冬牛这个名字梁欣仁是第一次听说，以前只知道他叫王牛牛，他怎么都不相信王牛牛会犯强奸案，但这是律师打来的电话，应该不会有错。他和王牛牛有几十年的交情了，只是最近几年没有联系，只知道他在东盛县一个盲人按摩店工作。

东盛县是个农业县。对外宣传册上常用的话是：有山、有塬、有川；宜粮、宜林、宜牧，也是国务院首批确定的贫困县。梁欣仁曾在这里工作过十多年，担任过基层领导也担任过县级领导，对这个县里的山山岭岭、沟沟汊汊、风土人情是非常熟悉的。他熟悉王牛牛，平时称呼他叫"牛牛"，他熟悉牛牛的家，也熟悉牛牛所在的村子。至于王牛牛什么时候改名叫"王冬牛"他不知道。他疑惑不解的是，一个他非常熟悉的，后来成了盲人按摩师的人，怎么突然就成了强奸犯！被强奸者又会是怎样一个人？是儿童，是傻子，还是和他一样的残疾人？这些可能性都有。他想给东盛县人民法院打电话了解一下案情，但这个念头很快又打消了。关心这种案子的人不是和被告有关系就一定和原告有关系。如果和被告有关系，市委秘书长怎么能关心一个盲人按摩师呢？许多人也许并不知道他帮扶过的盲人就是王冬牛，这一打听，不就等于告诉别人，这个强奸犯是他帮扶起来的吗？如果和原告有关系，那就更复杂了，没准第二天就会有各种绯闻疯传开来。他凝视着墙上悬挂的东盛县地图，回忆着一次次见到王牛牛的场景……

咚咚咚！随着一阵敲门声，一个鼻音很重的男人的声音传了进来："请问梁秘书长在吗？"

"请进！"

推门进来的是一个个头不高、体态稍胖、戴着眼镜、举止文质彬彬的中年男子。他左手提着公文包，走到梁欣仁面前，弓着腰，谦和而熟练地递上一张名片，自我介绍说："秘书长好，我叫甄少言，是市法律援助中心的律师，也是王冬牛的辩护律师。"

"你好，请坐。"梁欣仁是第一次和律师打交道，他注意到这位律师已经谢顶，额头很宽，脑门锃亮，脸显得很大。梁欣仁这些年也有些发福，肚子已经微微鼓起，但在这位律师面前，倒显得高挑了许多，也年轻了许多。他给甄律师倒了一杯开水，坐在了旁边的沙发上，眼睛盯着名片，等待着律师说话。他觉得通常这时候应该是律师先说话。

果然，甄律师喝了一口水，说道："秘书长，您和王冬牛很早以前就认识吗？"

"是的，我在县里工作的时候就认识他。"

"他说您是他的恩人，没有您就没有他的今天。他的人品如何您是最了解的，最近一段时间你们还有联系吗？"

梁欣仁把名片放在茶几上，看着甄律师说道："他从小就没有父母，是个可怜的孩子，自从他上了盲人按摩学校以后我们就很少联系了——怎么，这和案子有关系吗？"

甄律师习惯了和各种人打交道，他对梁欣仁的反问并不觉得意外，他接着说："公安机关有确凿证据证明王冬牛犯了强奸罪，但我觉得主观方面的犯罪动机并不明显，犯罪过程的证据链也不够严密，所以想通过您了解一些情况。"

"受害者是什么人呢？"

"是长期接受他按摩的一名女顾客。"

"长期接受按摩？"

"对，是一个多年前来到东盛县的温州人，叫尤小雨。"

"温州人，尤小雨……"梁欣仁心里念叨着，似乎想起了什么，但又不能确定想起了什么。他说："近几年我们没有联系了，随着环境的变化，人也是会变化的，好人可以变成坏人，坏人也可以变成好人……"

甄律师知道梁秘书长开始打官腔了，于是他站起来说："好吧，今天就到这里，随着案件的调查，以后免不了还要打扰您。"

"好的，我会配合调查的。"

送走了甄少言，梁欣仁嘴里念叨着："温州人，尤小雨……"

二

二十世纪八十年代初，深秋。

清晨，一辆吉普车在崎岖的山路上行驶，掰掉苞米棒子的枝干，像一个个醉汉，东倒西歪地躺在公路两旁的田野里。路旁不时出现的柿子树，树身疙里疙瘩，枝杈歪歪扭扭，叶子落光了，零星的、红彤彤的柿子悬挂在枝头高处愈加显眼，微风中它们妩媚地摇曳着，等待着雀鸟的光顾。颠簸一个多小时后，笼罩在大雾下的麻地坡大队依稀可见。车上坐着三个人，一个是东盛县委王书记，一个是县委办公室刘主任，另一个是县委综合科科长兼书记秘书的梁欣仁。坐在司机后面的王书记欠了欠身子问坐在副驾驶位置上的梁欣仁："给市委汇报联产承包责任制的调研材料送走了吗？"

"章子盖了，不知道送走没。"梁欣仁说。

"到了村上，马上给县委办公室打电话，调研材料晚送几天。"

"嗯……好的。"梁欣仁迟疑了一下回答道。

梁欣仁知道，最近，让王书记最烦恼的事就是全县进行的农业生产责任制的改革。因为不时有传闻说，一些边远地区已经开始实行联产承包责任制了，周边县区的改革试点工作也在开展。东盛县的一些公社也派人到外地参观学习，准备搞农业责任制改革试点。许多农民也自发到公社、县里上访，要求尽快向外地学习，实行土地联产承包责任制，把土地分给农户经营。当然也有不同的声音，就在昨天，一封来自阿姑公社麻地坡大队几名村干部的联名来信，引起王书记的重

5

视，这封信上反映：该村部分农民聚众围攻大队部，要求分田到户，并要求把集体的牛分到各户喂养。很多干部认为这是典型的瓦解集体经济的行为，应予严惩。王书记暂未表态，只是对县委办公室经过一个多月的调查形成的调研材料很不满意，这个调研材料题目叫《农民欢迎大包干》，他一看这题目感觉就很不舒服，责任制明明是在试点，许多地方群众意见还不一致，怎么能是"欢迎"呢？他特别忌讳"包"字，他开始把题目改成了《农民试点责任制》，后来又改成《联产承包责任制初探》，再后来改成了《联产承包责任制的调查》。在签发上报市委时，他还是犹豫了半天，但材料毕竟是县委办公室组织人员到基层搞的调研，来自基层的调研也不能轻易否定，最后他还是签发了。麻地坡大队几名村干部的联名来信可能带有普遍性，如果全县都这样搞下去不是乱套了吗？

王书记是土改时参加革命的老干部，对当年打土豪分田地的场景历历在目。那时候他刚刚参加工作，在工作队里打杂，斗争地主时，地主们戴的高帽子许多都出自于他的手，他亲眼看见分到土地的农民喜气洋洋的笑脸。解放后搞合作化运动他也记忆犹新，那时候他已经是一个乡的工作组组长了，农民对刚分到手不久的土地恋恋不舍，更不愿意把精心置办的农具交给集体。工作组成员夜以继日，深入农户做扎实细致的思想工作。他们在煤油灯下给农民描绘说：合作化以后将会实现"耕地不用牛，点灯不用油，过上像苏联人一样'楼上楼下电灯电话'的生活"。他们描绘的一幅幅美好景象，很快打动了朴实忠厚的农民，终于使这个乡最早在全县完成了合作化试点，最早成立了人民公社。他目睹了农民扛着农具，牵着牲口加入农业社的场景。多少年以后，他描述起那场景，依然是：农民眉开眼笑，载歌载舞。后来，他当上了这个公社的党委书记。几年后"文革"开始了，他被红卫兵揪斗出来，也给他戴上了当年土改时他给地主们糊的同样的高帽子，并给他罗列了十几条罪状，其中一条就是"包产到户"。因为那时他曾在一个大队搞过"包产到户"试点，至今他对"包"字异常敏感，心有余悸。"文革"结束后，他担任了东盛县的县委书记。他对当年国家在土地问题上的"分分合合"最终想通了，并且有了一个理论上的解释。他给人们讲：解放初的土改是铲除封建剥削制度的一场深刻的社会革命；后来的合作化是社会主义的基本生产方式，是社会主义区别于资本主义的主要标志；包产到户是否定合作化、人民公社。

但时下许多地方又开始搞土地承包责任制，把土地分给农户经营。他矛盾了，在国家没有正式文件明确允许搞联产承包制以前，作为县委书记，他是不敢轻易表态的。其实他内心也非常不理解：把集体的土地分给农民，不是又和解放前一样了吗？怪不得麻地坡大队几名村干部在联名信中说："辛辛苦苦几十年，一夜回到解放前。"但县委办同志写的调研报告证实：实行了包产到户的生产队"一包就灵，一放就活"。农民的积极性调动起来了，粮食当年就取得了丰收。在事实面前，农民是实际的，客观的，他们等不来上面的政策，顾不得各级领导漫长的研究讨论，许多村子就把土地悄悄地分到了户，把牛和农具也分到了户。在矛盾、犹豫、徘徊、观望的时刻，县委接到了麻地坡大队干部的联名信，王书记决定到这个村做一次调研。他要等亲自调研结束后再决定是否给市委报送联产承包责任制的调研材料。

小车快到麻地坡村口时，"嘎吱——"接着"——砰"的一声，司机突然来了一个急刹车，车上的人没有防备，随着"啊"的一声喊，全都向前扑去，后排的人扑到了前排的座椅靠背上，梁欣仁系着安全带，才没有撞到挡风玻璃上。大家匆忙打开车门，急乎乎地跳下了车。只见一个农民打扮的人，蜷缩在汽车的右前轮旁，脸色煞白，双手抱住腿，嘴里不停地呻吟着，鲜血已经渗出了沾满泥土的裤子。一只草笼，朝着旁边的玉米地滚了下去，笼里面的青草散落了一地，一把镰刀飞出一丈多远后，落在了马路中央。可能由于雾太大视线不好，也可能司机车开得太快或者路况不熟，或者农民无视来车而横穿马路……无论什么原因皆可归纳为一个事实：县委书记的车撞上了割草的农民。

"肇事了！"王书记说着和同行的几个人扶起了被撞的农民，问道，"哪里疼？"农民指了指右腿，紧紧地皱着眉头，嘴里不停地呻吟着，显得异常痛苦。大家七手八脚地把伤者抬到了车的后排座上，王书记叫司机和办公室刘主任立刻把伤者送往县医院，并叮嘱路上一定要小心驾驶，到医院后及时汇报救治情况。安顿妥当后，他和梁欣仁徒步朝麻地坡村走去。

几个割草的小孩，提着草笼从玉米地里钻了出来，目睹了汽车撞人的一幕……

大约五分钟后，王书记和梁欣仁就进了村子。老远看见一棵大皂角树，树下面围了一大群人，他俩感觉好奇，就走了过去。皂角树的树身呈棕褐色，有水桶般粗，约四五米高，树冠像一个巨大的伞，枝繁叶茂，荆棘丛生，树枝上高悬的镰刀状、黝黑、坚硬的皂角，在秋风中叮咚作响。

"好家伙，看这牛瘦干咧，牛鞭还不小。"

"这牛可能有牛黄，牛黄把牛烧干咧。"

"现在牛黄多钱一斤？"

"贵得很，一个牛黄可以买几头牛哩。"

原来，大家在围观屠夫宰牛，几个农民你一言我一语地议论着。听说可能有牛黄，围观的人越来越多。梁欣仁问王书记："是不是先到大队部去？"梁欣仁惦记着给办公室打电话和进村时撞伤人的事情。

"不急，先看看宰牛再说吧！"王书记说完，挤进了人群里，梁欣仁紧随其后。

屠夫是个矮胖的汉子，脸刮得很干净，呈青乌色，密实的短发，像棕刷般竖着，显得精气神饱满；胸前围着一个厚厚的牛皮围裙，两只袖子挽到肘部，长满汗毛的臂膀粗壮有力。只见他熟练地用一尺多长的宰牛刀，在牛皮和牛肉之间划拉。划拉几下，把刀子噙在嘴里，沾满牛血的刀刃朝下，然后双手抓住牛皮，上下抖动，继而又用刀子划拉几下，又抖动几下；这样反复几次，一张完整的牛皮就和牛体剥离了。他指了指湿漉漉的牛皮对身旁的一个瘦高个儿说："趁软搭到树上去。"

"好的！"瘦高个儿应声招呼旁边的几个人把牛皮拖出了人群。

屠夫开始分解牛体。一群苍蝇在屠夫周围嗡嗡地叫着、飞舞着，屠夫毫不理睬，似乎这些苍蝇是来为他呐喊助威的。他熟练地把牛肉和牛骨分离，然后又把牛肉分割成巴掌般大小的肉块，顺势扔到了旁边的铁盆里面。

梁欣仁身旁两个农民议论着：

"这头牛是慢慢瘦死的，会不会有牛黄？"

"队里每年都死几头牛，也没见剥出一个牛黄来。"

"邻村去年就剥出一个，不信你问老黑。"

屠夫听见有人叫"老黑"，头也不抬地说："牛黄不是容易长的，几年才能碰到一个，去年剥出一个，药材公司说是肉瘤子。"

老黑名叫赫老五，当地人把"赫"的发音读作"黑"，如把"赫鲁晓夫"叫"黑鲁晓夫"。这些年生产队集体养的牛，由于经营不善，经常死亡，农民对这种现象已经司空见惯了。赫老五以前是个兽医，劁猪骟牛挣不了几个钱，生产队的牲口得了病，饲养员也懒得找兽医。队上死了牛，没有人心疼，社员们就只等着分牛肉吃。赫老五看出，社员们对分肉吃是兴高采烈的，一旦死了牛，村里就像过年一样要热闹一阵子。他盘算了一下，当屠夫比当兽医赚钱，宰杀一头牛除了能分到一大块腱子肉外，还能挣到十块钱或者是五斤菜油。于是他就干起了屠夫的活。在多年的屠宰生涯中，他的确见到过牛黄，凡是有了牛黄的牛注定是要死的，如果剥出了牛黄，还可以多给他十块钱。今天这头牛有没有牛黄呢？他还不知道，但他希望有。他知道牛黄是牛的胆囊中形成的结石，呈卵形或球形，也有三角形的，大小不一，一般约鹌鹑蛋或鸡蛋大小，呈棕黄色，表皮上挂有一层黑色光亮的薄膜。气清香，味苦而后甘，有清凉感，是清肺降火之良药。他希望今天能剥出牛黄，因为有了牛黄，他宰一头牛就相当于挣了宰两头牛的钱。他仔细地分解着牛的内脏，刀尖抵达胆囊部位时，他停了下来，用手捏了捏胆囊，脸上露出了不易觉察的笑容。刚才把牛皮拖走的瘦高个儿觉察到了这个笑容，他挤到赫老五身旁问道："有情况？"

"有情况！"赫老五在众目睽睽之下只好如实说。

在经常围观宰牛的社员们面前，他也只能实话实说——牛肺在哪里，牛胃在哪里，牛鞭长啥样。小孩子都能说得出来的。至于牛胆囊嘛，那可是围观者最为关注的焦点，他是不敢有丝毫隐瞒的。只见他小心翼翼地用刀尖划破牛胆囊，然后把刀背噙在嘴里，看了看周围，伸了伸懒腰，接着俯下身子，用手指仔细地剥开胆囊……

"哇哦！牛黄！牛黄！"瘦高个儿情不自禁地叫了起来。大伙儿挤着要看牛黄，一个个伸长了脖子，瞪大了眼睛，后面的人踮起了脚尖。

梁欣仁看了看王书记，王书记也踮起了脚尖。

赫老五把噙在嘴里的刀放到一边，双手轻轻地捧起鸡蛋大小的牛黄说："今天好运气啊！几年都没见过这么大的牛黄了。"

"让我看看。"瘦高个儿伸手要摸。

"脏手不能摸，晾干了拿到药材公司去。"赫老五说完把牛黄轻轻地放在了脚下的一块石头上。对瘦高个儿说："叫大家排队分肉。"

"排队、排队，好坏搭配，家家有份，今晚上有肉吃了。"

大家应声在瘦高个儿的招呼下迅速排起了长队……

人群变成了长长的队伍，王书记看了看梁欣仁说："走，到大队部去……"话音未落，突然有人喊："牛黄、牛黄……"只见不知从哪里蹿出一只黄狗，嘴里叼起石头上的牛黄，"嗖——"的一下穿过赫老五的裤裆，向村外跑去。在狗穿过赫老五裤裆的瞬间，他本想用腿夹住，但狗的劲过大，速度过猛，把赫老五闪了个趔趄，赫老五慌忙中拿起宰牛刀，朝着黄狗扔去，只见刀在空中闪着光亮，飞速旋转后，重重地落在了黄狗的后面，丝毫没有伤着狗的皮毛。几个小伙子捡起砖头、石块朝着黄狗追去……

"谁家的狗？可憎！"

"叫狗的主家赔。"

"牛牛家的大黄，眼窝还尖得很。"

"狗吃了，掏出来还能用不？"

大家议论着。

赫老五脸色乌青，一屁股坐在地上说："没防故，没防故，猛地咋能出来个狗呢？"

一会儿，撵狗的几个小伙子气喘吁吁地回来了。其中一个小伙说："狗日的比狼还跑得快，刺溜一下子钻到玉米地里寻不着了。"

赫老五垂着头，眼泪都快流出来了，嘴里不停地说："白忙活了，白忙活了……"

农民们注意了看宰牛的热闹，后来又注意了剥牛黄，谁也没有注意突然蹿出个狗来。大家看着赫老五，觉得赫老五怪恓惶的，好不容易剥出个牛黄，还被狗叼走了，到手的工钱一瞬间就黄了。当然，谁也没有在意村里还来了两个陌生人。

梁欣仁打听到了大队部的方向，和王书记离开了宰牛现场。离开时，他们注意到那棵皂角树上已经有三张牛皮了，两张是干硬的，和皂角树成了同一个颜色，不仔细看是看不见的；另一张是刚搭上去的，还在往下滴着血水，像是为自己哭泣，也像是为先自己而去的同伴们哭泣……

大队部设在一个失修多年的破庙里，从大门口一个斜躺着的半截碑石上可以看出，这里原来是个三官庙。据说"三官"指的是道教中掌管天堂、地府、海洋三界的"三官"之神。一个看上去五十多岁的老汉听见有人来了，急忙迎了上去，把他们领进了办公室。当老汉知道是县委书记光临了，有点儿紧张，哆哆嗦嗦地从桌子下面拿出一只竹皮保温瓶，给他们边倒水边自我介绍说："我叫王宽厚，是大队会计兼文书，你们来也不提前打个招呼，我这就叫支书去。"

"电话在哪里？让我打个电话。"梁欣仁问。

"在隔壁，我领你去。"会计说着，从腰间掏出一串钥匙。

"办公室电话不用打了，就问一下医院情况吧！"王书记把"医院"两个字说得很轻。

"好的。"

房间里剩下王书记一个人，他四处打量了一下，房顶很高，窗户很小，许多地方的墙皮已经脱落了。在正对房门的墙上，端端正正地悬挂着镶在玻璃镜框里的马、恩、列、斯、毛挂像。左右两面墙上悬挂着"农业学大寨先进集体""农田基建标兵连"等几面布满蜘蛛网的锦旗。几个靠墙摆放的条椅，磨得油光锃亮。显然这里是大队的接待室兼会议室。几分钟后，梁欣仁打完电话从隔壁过来了："医院说伤者大腿骨折，已经做了复位手术，没有内伤，没有生命危险。"

"那就好。"王书记长舒了一口气。

"那调研报告的事情？"

"不管了，上报吧！"

梁欣仁知道，王书记之所以在来的路上暂时不让上报调研报告，就是想了解一下这个大队干部联名反映的情况，刚才在村口看到宰牛的一幕，肯定又产生了新的想法。于是他说："我们在调研的时候，许多村子的牛也在陆续死亡，社员们说，再过几年生产队的牛就要死光了。"

"下午召开干部座谈会，听听他们怎么说。"

……

说话间，一个头发稀疏的胖子满脸堆笑地走了进来："哎呀呀，王书记啊！你也不打个招呼就亲自来了？"会计王宽厚忙给王书记介绍说："这是支书柯寿富。"柯寿富是这个大队的党支部书记，在县里召开的"三干会"上见过王书记。他伸出双手紧紧地握住王书记的手说："先吃饭，先吃饭，已经过饭时了。"

"好吧，吃完饭召开一个座谈会，叫大队干部和附近的几个生产队的干部参加。"王书记接着问道，"刚才进村时看见杀牛了，那是几队？"

"二队，二队死了一头牛，听说还有牛黄哩。"会计王宽厚说。

"开会时把二队的队长也叫上。"王书记看着柯寿富说。

"叫上，叫上，不好好经管，每年都死一头牛。"柯寿富看着王宽厚说完，显得很生气。

……

午饭是在柯寿富家里安排的。柯寿富媳妇是个麻利人，十几分钟后，两碟小菜，一碟油泼辣子，三碗扯面就端上了桌。柯寿富从柜子里取出半瓶酒，要给王书记和梁欣仁斟上，王书记摆摆手说不会喝，柯寿富也就没有勉强。

吃完饭他们三人刚出门，只见一个老太太手里拎着一只鸡，正好从门口经过。柯寿富大声问道："二婶子，提着鸡干啥去呀？"

"唉！好好的正下蛋的鸡，说死就死了，扔到东壕里去呀！"这个叫二婶的显得很悲伤，说着还用袖子抹了一把眼泪。

"死个鸡还那么难过？我二伯过世时也没见你流过一滴眼泪。"柯寿富开玩笑说。

"你二伯又不会下蛋……唉！你个崽娃子，还是支书哩，满嘴胡拌啥呢？"二婶说完头也不回往东壕方向走去……

他们来到大队部时，会议室里已经烟雾缭绕，咳嗽声此起彼伏，有的人在条椅上坐着，有的人在地上蹲着。柯支书先跨进了门大声地喊："别抽了！别抽了！不抽烟能把你憋死？大家欢迎县委王书记来咱们大队指导工作。"说完带头鼓起了掌。

"人到齐了？"王书记问道。

"到齐了。"

"今天的会到二队去开。"

"二队？"柯支书愣在了原地。

"二队队长来了吗？"王书记问道。

"来了！"只见一个瘦高个儿从地上站了起来。梁欣仁注意到，这个瘦高个儿正是他们在宰牛现场见到的那个负责分牛肉的人。

"好，就在你们队的皂角树下开。"说完王书记和梁欣仁在前面带路，其他人不明就里地跟着后面走。

到了宰牛的皂角树下时，现场已经没有群众了，只留下一些还没有来得及收拾的牛骨和血迹，树上的牛皮已经不滴血水了，软塌塌地搭在树杈上，似乎在俯瞰着人间百态。王书记指着现场的残留物对大伙儿说："刚才我路过这里，看到正在杀牛，哎！你们见过杀牛吗？"

"见过！"大家异口同声。

"有没见过的吗？"王书记又问。

"队上年年死牛，人人都见过，家家都吃过。"

"还吃过马肉、驴肉。"

"羊肉腥，牛肉顽，想吃猪肉没有钱。"

"去年三队的驴鞭叫支书吃了。"

"哈哈哈……"

大家你一言我一语，一片叽叽喳喳。

"我来村里前，收到了你们大队干部联名写的一封信，信上说部分农民聚众围攻大队部，要求分田到户，并要求把集体的牲口分到各户喂养。我想听听你们对这件事情的看法。"王书记说完看了看支书柯寿富。

柯寿富心里有点打鼓：县委书记一定是冲着那封信来的，现在又在杀牛现场开会，是不是看到集体的牛死了心疼？是不是听说要把集体的牛分到户心寒？对，一定是这样！共产党的县委书记一定不会对瓦解集体经济的事情不闻不问的。于是他说："信是我们写的，我们看到有人要分集体的地、集体的牲口，我们心疼，你也看到了，集体的牛已经死了很多，如果再分到户，那集体不就成了空壳了？集体经济成了空壳还叫社会主义吗？"柯支书显得很激动。

"集体早已经是空壳了，牲口已经快死光了，分了可能还能保住

14

命。"二队的瘦高个儿队长插了一句。

"就是，赶快把地和牲口分了吧，周围生产队都开始分了。"

"再不分，明年二三月里又得要饭吃了。"

"县上赶紧拿个政策出来，有的生产队分了，有的又不分，干部都不会当了。"

"坏主意，好主意，总得拿个主意出来……"

大家你一言我一语地议论开来。不知什么时候，有人搬来了几把条椅，柯寿富招呼大家坐下。王书记说："今天就是来征求你们的意见，你们的意见就是县上制定政策的依据。"王书记看了看柯寿富，接着说，"你们在联名信上说，分地分牛就是瓦解集体经济……"

"不是联名，是支书一个人写的。"一个干部插了一句。

柯寿富看了看王书记，王书记并没有责怪他的意思，但他心里着实没底，他捉摸不透王书记的想法，不知道这封信写对了还是写糟了，不论错对，都应该集体负责。于是他说："是我叫会计写的，大家都签了名，同意了。"

"是支书叫我写的，并要求大家都签名，多数干部不识字，就都签了名，有的还摁了手印。"会计急忙辩解道。

王书记摆了摆手说："没关系，我想问大家几个问题。"他抬头看了看树上的牛皮说，"生产队为什么年年都要死几头牛？"

"管理不善么。"柯支书回答道。

"队里死了牛，群众为什么喜气洋洋？"

"有牛肉吃了呗……"瘦高个儿话音未落，大家哈哈笑了起来。

"刚才有人说'羊肉腥，牛肉顽，想吃猪肉没有钱'，是不是吃牛肉不要钱？"

"吃队上的。当然不要钱！"

"牛黄被狗叼走了，为什么只有赫老五一个人着急难过？"

"赫老五心疼工钱哩！"瘦高个儿又回答道。

"我今天看到一个老太太拎着一只死鸡，伤心抹泪为什么？"

柯寿富知道王书记说的老太太就是他二婶，也似乎听出了王书记的话外之音。现场沉默了一会儿。王书记自问自答地说道："老太太伤心是因为死了的是一只正在下蛋的鸡，鸡是她家的鸡，蛋是她家的蛋。这和赫老五心疼工钱是一个道理，牛黄没了是集体的，但工钱是他自己的。生产队里死了牛，没人心疼，和大家伙关系不大，还盼着有牛肉吃，所以大家高兴，这叫'官油壮捻子点着不心疼'，啥道理？就是利益没有和大家挂起钩来。种地也一样，上工场面大，看着是人人都出工，但不一定都出力，生产队的庄稼为什么永远没有自留地的好……"

"对着哩，对着哩，大锅饭吃不饱，'众人的老子没人哭'。"一个干部顺着说。

"早就应该下决心分了，就是上面没人发话。"会计说。

"谁要分谁分，政策没下来大队不担这责任。"柯支书发言了。

"我二队先分，等政策来了黄花菜都凉了。"瘦高个儿急了。

梁欣仁边听大家发言边记录，这里反映的情况和他们在别村调研的情况大同小异。他看了一眼王书记，小声说："外地都是先试点再全面推开的。"

王书记看了看柯支书问："你有什么想法？"

"只要上头给政策，我们就分。"

王书记现在的想法和刚来时完全不一样了：农民喜气洋洋地看杀牛；老太太心疼死掉的一只鸡，还有刚才大家你一言我一语的讨论，彻底解开了他心中的一个个结。是该下决心搞联产承包责任制了！于是他说："目前一些村子实行了家庭联产承包责任制，从形式上似乎回到了农业合作化前的个体经营状态，觉得当年的农业合作化运动是多此一举。其实，家庭联产承包责任制，与农业合作化以前的个体农业是有本质区别的。土地在合作化之前是农民私有的，联产承包责任制只是经营方式由集体生产变为农民个体劳动，土地的所有权仍是集体的，是一种承包关系；把牲口分到户饲养也是同样的道理，是对集体财产的一种保护措施，我相信分到户以后，肯定不会年年出现死牛的情况……"

"那会把牛看得比自己的命还值钱。"瘦高个儿说。

王书记看了看大伙接着说："我赞成二队队长的想法，先在二队搞一个试点，群众尝到了甜头，事情就好办了。"

大家纷纷点头表示赞同，接着就怎么个分法展开了讨论。

……

"嘎——"的一声，一辆吉普车停在了路旁。梁欣仁看见是县委的小车，知道是来接他们的，于是他就给王书记打了个招呼，起身走了过去。

突然，不知从哪里钻出几个小孩，把汽车围了起来。

"就是这车把牛牛他大撞了。"一个光头小孩指着吉普车说。

一个抱着孩子的年轻妇女走过来问刚刚下了车的司机："不知道人咋样了？"

"人没事，住一阵子医院就回来了。"司机说道。

一个七八岁的小孩摸索着走到汽车前面，双手捂着汽车一侧的大灯，显得异常忧虑。梁欣仁觉得奇怪，走过去说："走开、走开，小孩子不能乱动。"

孩子并没有走开，手也没有离开车灯，只是抬头问道："叔叔，这是不是汽车的眼窝？"

"是啊，怎么了？"梁欣仁听到这样的问话觉得奇怪。

"这眼窝晚上能看见路吗？"

"能啊！"

"白天能看见人吗？"

"能啊！"

"那为啥还把我大撞了？"

"你大？你是……"

"我是牛牛，这车把我大撞了。"

梁欣仁愣了一下，仔细端详起这个叫牛牛的孩子。这是一个和普通农村孩子穿着一样的孩子，只是衣服宽大了许多，脑袋顶在细细的脖子上，显得身材更加瘦小。他抬起头看梁欣仁的时候，眼睛一动不动，鼻翼上有一颗显眼的黑痣，两只耳朵似乎异常灵敏，会随着周围发出的声音转动脑袋。梁欣仁用手在他眼前晃动了一下，发现他没有任何反应。"是个瞎子。"梁欣仁很快做出了判断，"你今年多大了，上学了没有？"

　　"他是个瞎子，学校不要。"光头小孩说。

　　"你家里还有什么人？"

　　"我没有妈，我大被车撞了，现在就剩下我和大黄了。"

　　"大黄是谁？"

　　"大黄是条狗。"光头小孩说。

　　"这娃恓惶得很，自小没见过妈，他妈生他时难产死了，这回他大又叫车撞了……"一个中年妇女皱着眉头搭腔道。

　　梁欣仁心酸了，蹲下来拉住小孩的手说："你大伤不重，过几天就回来了，你不要难过。"

　　"叔叔，你是好人，你是大官，一定要把我大治好。"

　　"嗯，你放心。我记住了，你叫牛牛，我还会来看你的。"

　　……

　　说话间，柯支书送王书记来到了吉普车前，梁欣仁迎上去对柯支书说："这娃叫牛牛，是被撞伤者的娃，这几天没人管，村上能不能想办法先安顿一下？"

　　"柯支书想想办法吧。"王书记看着柯寿富说。

　　"你们放心走吧！我叫娃到他大伯家去。"

　　离开了村子，汽车在崎岖的山路上颠簸着，明亮的车灯射向远方，夜幕中的萤火虫在车前来回飞舞……梁欣仁眼前闪现的还是盲童摸车灯的情景，一个问题在他脑海中久久挥之不去：这个家庭本来就困难，牛牛的父亲又出了车祸，这个盲童将来会怎样生活呢？

三

一般较重大的刑事案件开庭，都选择在法院一楼东侧的第一法庭开庭。审判席上空荡荡的没有人，几台笔记本电脑打开了，静静地等候着它们的主人。原告席设在旁听席前排的右侧，被告席设在左侧。旁听席上只有一名女士，看来这是一起牵扯个人隐私而不公开审理的案件，参加旁听的人一定是当事人委托的。

"丁零零……"随着一阵清脆的铃声，法官们从法庭左侧门进入，依次就位审判席。随即右侧的门也打开了，旁听席上的女士站了起来。只见一个高挑身材、穿粉红色风衣、留着披肩长发的年轻女士走了进来。她走到原告席后，向旁听席上的女士点了点头，显然这位女士是她委托来参加旁听的。这是一张白皙的脸庞，没有化妆，略显疲惫憔悴，但丝毫不影响眉宇间透出的妩媚和绰约多姿的神态。

随着一阵杂乱的脚步声，一个提着公文包的矮胖中年男子，径直走向被告席旁边的辩护人座位席上，显然这是王冬牛的辩护律师。接着，只见被剃了光头、身着蓝色囚服的王冬牛，在两名法警的押解下，步履沉重地走进了法庭。他个头较高，比两个法警还高出半头，一名法警在他的右侧，另一名法警在他的后面。在右侧的法警一只手拉着他的胳膊，引导着他向被告席走去。王冬牛双手摸索着扶住了被告席的椅子靠背，但他没有立刻坐下去，他直起腰，抬起头，竖起耳朵，脑袋像雷达扫描般灵活地向左右转了转，很明显他是在寻找什么。他寻找的方法只能是这样，他要调动所有的器官：听觉、嗅觉、触觉甚至心理感应。王冬牛的辩护律师知道他在寻找梁欣仁，王冬牛曾经给他提出过想请梁欣仁参加旁听，但他并不知道这种牵涉个人隐私的案件是不允许旁听的，除非受害人提出申请，才可允许其直系亲属旁听。王冬牛希望梁欣仁在场，他希望听到梁欣仁熟悉的干咳声，他只要听到这声音就无比地踏实，无比地兴奋，干咳过后，一定就是问寒问暖，接着他的需求就会像天上掉馅饼一样，掉到他的手里，吃到他的嘴里，暖到他的心里。他还能听出梁欣仁的脚步声，甚至离较远的距离可以闻出他身上的气味。他左顾右盼，没有听到他希望听到的声音，也没有闻到他希望闻到的气味，他知道梁欣仁没有来，脸上露出了失望的表情，然后摸了摸椅子，准确地坐在了被告席上。

"现在开庭！"主审法官说，"首先请公诉人宣读起诉书。"

坐在法庭右侧的女检察官清了清嗓子，开始宣读公诉书：被告人王冬牛，曾用名王牛牛，男，1974年9月2日出生，汉族，农民，住东盛县阿姑乡麻地坡村。2016年4月1日因涉嫌强奸犯罪被东盛县公安局刑事拘留，同年4月11日经东盛县人民检察院批准，由东盛县公安局执行逮捕……

随着公诉人的宣读，案件越来越明朗，王冬牛的强奸案似乎板上钉钉了。洋洋洒洒十几页的起诉书，女检察官用了约二十分钟宣读完了。女检察官刚坐下，王冬牛突然站起来吼道："我不同意！"他的眼睛对着墙角的音箱，他以为音箱的位置就应该是检察官的位置。两名法警迅速把他按了下去，他脸红脖子粗，两道黑眉一跳一跳，显得很激动。

主审法官宣布："现在开始法庭调查。"

书记员们的手指开始在笔记本电脑上熟练地敲打。主审法官开始了询问："请问被告人姓名、年龄、籍贯……"

"我叫王冬牛，都说了多少遍了……"被告人显得很不耐烦。

"你有权利对起诉书指控你的犯罪事实进行陈诉。"

"我没有啥说的，我没有强奸她，是她自己心里有鬼。"王冬牛说着环顾了一下法庭，他觉得她应该离他不远。

审判席上的几名法官耳语了几句，询问的法官面向原告席问道："请问受害人姓名、年龄、籍贯……"

原告席上的女士已经脱掉了风衣，她站了起来，拢了拢微卷的长发，乳白色紧身羊绒衫勾勒出凹凸有致的身材，白皙的脸庞上没有任何表情，不急不躁，不伤不悲，不喜不怒，似乎她不是在法庭上，而是来参加一个什么会议。

"我叫尤小雨，现年二十七岁，籍贯浙江省温州……"

"受害人尤小雨提起附带民事诉讼，请现在陈诉。"法官说道。

"起诉书上面已经说得很明白了，我的精神受到了极大的伤害，应该得到赔偿，并要求法庭主持公道，严惩犯罪分子冬牛。"尤小雨说完坐了下来。

她把王冬牛称呼"冬牛"，说明他们很熟悉，而且可能关系很密切，在法庭上还这样称呼，一定是习惯成自然，脱口而出。甄律师这样想。

"我能够问原告几个问题吗？"甄律师站起来说。

"允许，请问。"

"请问原告，你是什么时候，在什么地方认识王冬牛的？"

尤小雨顺口回答："去年认识的。"

"在什么时候、什么地方认识的？"

尤小雨不知道对方律师为什么突然提出这个问题，这个问题公安局已经问过多次了，起诉书上面也已经说清楚了，自己没有必要回避。于是她说："是去年十月份在正筋骨推拿中心认识的。"

"认识后，你们见过几次面？"

见过几次面？尤小雨真的说不清楚了。但她清楚地记得第一次和王冬牛见面的情景。

那天下午，她和姐姐尤小梅来到一家火锅店吃饭，姐姐让她点菜，她在菜单上一口气点了两盘牛肉、两盘羊肉，还点了猪蹄、鱿鱼、木耳、豆腐、萝卜、黄花、莲菜等。姐姐拦住她说："好了好了，两个人吃不了那么多。"她说："没关系，好长时间没见面了，好好吃一顿。"姐姐看了看她说："自从你嫁给刘胖子后，也跟着长胖了，他整天给你吃啥好吃的？""别提他了，刚结婚时整天形影不离，到哪里去都带着我，自从去年给店里财务部招了一个苗条小妖精后，他出门应酬，外地出差，那小妖精就寸步不离了。""那你可得注意了，男人再胖也喜欢苗条女人，再丑也喜欢漂亮女人，再老也喜欢年轻女人。"姐姐的话使她陷入了沉思……

十几年前，她跟随姐姐、姐夫从温州一个小镇来到沪阳市东盛县。姐姐和姐夫承包了一家濒临倒闭的乡镇企业纸袋厂，几年下来厂子不但扭亏为盈，而且利润丰厚，很快就成了当地的龙头企业。她也嫁给了东盛县华悦大酒店的老板。酒店是三星级，老板名叫刘丕志，身材粗短，人们习惯称他刘胖子。这个三星级酒店在东盛县算是有规模的酒店，县里的大型会议、重要接待，还有一些豪华婚宴都会在这里举办。结婚后，她给刘胖子生了一个儿子，长得跟刘胖子一模一样，胖乎乎的脸，圆鼓鼓的肚子，又粗又短的腿。随后她的身材也开始由苗条变得富态，尤其是腹部的脂肪不知从哪里来的，喝口凉水都会隆起。她试过节食，试过药敷，试过针灸，还和几个朋友到寺院里试过辟谷，能试的都试过了，效果还是不佳，最后她决定不管了，干脆穿身收腹内衣。这样体形虽然出来了，但箍得难受，早晨刚穿上就盼着赶快天黑以便于将其脱掉。

今天姐姐和她聊起了这事，她看着姐姐苗条的身材，心生羡慕，就问姐姐用什么办法保持着苗条的身材。姐姐说："你可以试一下按摩去脂减肥，我经常去做，效果不错的。"

"你在哪里做呢，现在许多按摩店都不正规啊！"尤小雨很是了解按摩店，因为在刘胖子经营的酒店里就有按摩房，她对其中的内幕是知道的。刘胖子为了保证生意稳定不受干扰，大小过个节日都要给派出所、工商局、税务局等职能部门打点一下；如果万一出了纰漏，要摆平或者捞人，那就不是一两个钱的事了。

"你说的是带有色情的那种，许多臭男人爱去的地方，我说的是正规按摩。"尤小梅说。

"在哪里？带我去试试。"

尤小梅指了指窗外说："就是对面的那个门面，叫正筋骨推拿中心，按摩师傅都是盲人，都经过正规培训，回头客很多的。"

盲人，正规培训，回头客多。这几句话使尤小雨放心了，也动心了。盲人——那就是什么也看不见的人，他们不会记住你的长相、服饰、神态、举止，他们是弱势群体，任何客人到那里都会是上帝；正规培训——就是掌握了一定技能的人，不像刘胖子，进一次省城就带回来几个小姐，没有任何证件就上岗了，有些还谎称自己是外院、美院、音乐学院毕业的大学生；回头客多——说明技能好，按摩后有效果。她怎么没有注意到这里有一个盲人按摩店呢？吃完饭，小雨结了账就和姐姐朝对面的按摩店走去。

按摩店门面不大，像一般的住户人家，门头上悬挂着"正筋骨推拿中心"的牌子，牌子也不大，是原木色的那种，字体是黑色的，和周围的茶秀、药店、服装店的门头比起来很不显眼。尤小雨经常路过这里，竟没有注意到这个推拿中心。姐姐尤小梅对这里很熟悉，一进门，前台就有一个中年胖女人迎了上来："尤姐，今天做什么项目？"这里把推拿治疗的科目叫做项目，如颈椎推拿、腰椎推拿、腹部减脂、足疗按摩等等通通叫做项目。

"今天给你介绍一个新顾客，她做腹部减脂项目。"尤小梅把妹妹介绍给这位胖女人。胖女人上下打量了一下尤小雨，把目光停留在她腹部，片刻后说："这么漂亮的女子，腹部减一减就更迷人了，那就还叫6号做吧！"尤小雨知道姐姐是这里的常客，6号也一定是给她做过的、技法比较好的技师。

"好的，就让6号给她做，先试一个疗程再说。"尤小梅不等妹妹说话，就替她答应了。

"男的女的？"尤小雨面向姐姐突然问了一句。

"男的，手法很好，经常给她做。"胖女人朝尤小梅扬了扬下巴，笑着说道。

"女的手上没劲，效果不好。"尤小梅补充道，接着又对胖女人说，"你招呼她吧，我有事先走了。"

在胖女人的引导下，尤小雨通过走廊，来到了最里面的一个包间。胖女人说："6号还没有下钟，马上就结束了，你稍微等一会儿。"说完把一个手牌交给了她，然后掩上门出去了。尤小雨仔细打量了一下这个包间，包间大约十几平方米，陈设很简陋，有一个按摩床，床很窄，有点像医院里的手术床，可以上下调节。床单很白，床旁边有一个木制的架子，约一米高，上面放着几个她不认识的瓶瓶罐罐。房间灯光很暗，没有窗户，但门上面有玻璃，可以看清楚走廊的一切。几个穿天蓝色工作服的男技师，分别进入了几个房间。一个穿粉红色工作服的女技师端着一木盆热水走进了对门一个房间，可以看出，这应该是做足疗项目的。他们每个人走路都小心翼翼，很轻、很慢，偶尔听见有人说话，声音也很小。她下意识地关了一下门，门可以关上，但没有锁扣，里外都可以打开。

"咚咚！"有人敲门。

"请进！"

一个高个子技师走了进来。"您好，我是6号技师，很高兴为您服务。"

"你好。"尤小雨声音很小，算是打了个招呼。她打量着来人，这是一个很健壮的小伙子，看上去不到四十岁的样子，脸上棱角分明，鼻翼右边有一颗黄豆粒大小的黑痣，戴着一副宽边墨镜，虽然穿着和其他技师一样颜色的工作服，但他是短袖的，粗壮的臂膀上鼓起一绺一绺的肌肉。他进门后，随手关上了门，又熟练地拉上了门上的布帘子。他转过身看着尤小雨微笑着说："第一次来吧？"

普通话不很标准，但很有磁性。

"是的。"尤小雨声音很小，显得有点儿紧张。

"先给您捏捏头揉揉肩，放松一下，您把外套脱了，躺在床上。"

尤小雨按照他的指令脱掉了风衣，正考虑往哪里放，6号接过风衣顺手挂在了床边的衣架上，接着又把她手里的提包也挂了上去。

她想：这哪里是盲人啊！进门时拉窗帘的动作如此的熟练，还能知道我穿着外衣，并且帮我准确地挂在了衣架上。她盯着他的眼睛，突然觉得他很像电视节目里一个盲人演员，这个演员很有才艺，会唱歌，会模仿秀，表演非常自然幽默，和观众很有亲和力，只是一时想不起来他的名字。她有点儿放松了，笑了笑说："你这眼镜一戴，看不出来是盲人啊。"

"眼镜摘了能看出来吗？" 6号说着把眼镜摘了下来，微笑着看着她。尤小雨看见这是一双不大的眼睛，眼球上灰蒙蒙地像有一层薄薄的雾气，如果不仔细看，和正常人没有太大区别。尤小雨用手在他眼前晃动了一下，发现他没有任何反应，她确定这是个盲人。

"基本看不出来。"她觉得这样回答礼貌一些，接着又说，"你能看见灯光吗？"

"看不见，白天和黑夜对我们来讲是一样的。"说完他又戴上了眼镜。

按摩开始了，他的手很大，关节突出，两个拇指在她的太阳穴上有节奏地按压起来。尤小雨开始放松了，她均匀地呼吸着，房间里显得很寂静。几分钟后，6号开始给她按肩，可能觉得过于寂静，他边按边说："你吃火锅了？"

"是啊？身上有火锅味吗？"

"一进门我就闻出来了，是对面的火锅店吗？"

"是啊，你去过吗？"

"我们经常去。"

尤小雨又开始怀疑他的眼睛了，盲人怎么能吃火锅，菜怎么夹？肉怎么涮？她看着6号的眼睛，觉得这是一个有趣的人，没准他没有完全失明，还能看见一点点？她说："火锅菜的品种很多，你们怎么涮着吃？"

"哈哈，我们都是一锅烩，简单实惠。"

原来这样，他的确是个盲人，生活真不容易啊！尤小雨开始同情他了。她问道："你们这里怎么收费，是按次数还是按疗程？"

"可以办会员卡，我们有三种卡，三千是银卡，八千是金卡，一万是钻石卡，会员有打折优惠，你第一次来，先不要办卡，体验一下，有效果了再办卡。"

很合理，一般的营销都会千方百计让你消费，尽可能诱导你办会员卡，而他不强求你办卡，而是说先体验一下，有效果了再办。她又问道："一个疗程多长时间？治疗期间要控制饮食吗？"

"一周一个疗程，一般一个月见效。控制饮食不是关键，关键是要合理饮食。"

尤小雨最怕叫控制饮食，她曾试图节食减肥，但一顿不吃就饿得慌，看见摊点上好吃的东西脚步就挪不动了。由于饥饿，一吃就多，一多就又反弹了。有一次跟着别人到山里一个寺庙"辟谷"，三天没吃东西，饿晕了过去。后来被人抬到山下的一个诊所，挂了葡萄糖吊瓶才缓过神来。医生说，减肥连命都不要了？！没命了减肥还有什么用？今天听说"合理饮食"，她感到新鲜，问道："怎样做叫合理饮食？"

"一个疗程期间，前三天不吃主食，早晨吃一个鸡蛋，中午吃三两牛肉，下午吃一个西红柿；后三天每天加二两米饭，依次类推，一个月就会有明显效果。当然，火锅是坚决不能吃了。"

尤小雨知道最后一句话是针对她今天吃火锅说的。吃鸡蛋、吃牛肉，她喜欢。这个办法好，她能接受，她对这个6号开始信任了，于是问道："你叫什么名字？下次来叫名字可以吗？"

"我叫王冬牛，下次来还叫我6号，在这里只认号不认人。"说完，他哈哈哈地笑了起来。

从此，尤小雨记住了王冬牛这个名字。

刚才被告律师的提问，使她想起了第一次见王冬牛的情景，脸上露出了浅浅的微笑。她没有继续回答律师的提问，知道言多必失，这是姐姐在出庭前反复叮咛她的。

四

梁欣仁和王书记从麻地坡村调研回来不久，市委向全市转发了东盛县委办公室写的《联产承包责任制的调查》报告。不久中共中央发布了一号文件，提出"在那些边远山区和贫困落后地区，可以包产到户，也可以包干到户"，正式确认了"包产到户"与"包干到户"的合法地位。这一年年底，东盛县实行"双包制"的生产队已达90%以上，"双包"已经成为一股强大的潮流在全县铺开。由于东盛县的联产承包责任制在全市实行得较早，效果也比较明显，一时间，来自外省、外地市的参观学习者纷至沓来，东盛县也因此在全国有了名气。王书记不久也由县委书记变成了沪阳市市政府主管农业的副市长。

王书记在离开东盛县时，做了一件退休多年后还津津乐道的事情。就是为了巩固农村"双包"成果，从县级单位选调了十名年轻力壮、有政策水平、有工作能力的同志到基层担任领导职务，而这些同志多年后又都成了县上或市级部门的领导。他们感念王书记的栽培之恩，常常会去看望老领导，念叨他当年在东盛县的政绩，但王书记只说一句话："当领导就是出主意，用干部。"梁欣仁就是王书记点名选用的干部之一，他被任命到联产承包责任制改革较早的阿姑乡担任党委书记。这时候的人民公社已经改成了乡（镇）政府，大队叫村委会，小队叫村民小组。

梁欣仁上任以后，跑遍了阿姑乡所辖的所有村组，使全乡的生产责任制全面推开。当然，他去得最多的还是麻地坡村。

这天，梁欣仁和乡文书小靳一人骑一辆自行车，来到了麻地坡村委会，只见黑色的大门上挂着一把大铁锁，他们吃了闭门羹。正准备离开时，路边过来一个肩扛麻袋急匆匆赶路的老汉。梁欣仁仔细一看，这不是村会计王宽厚吗？他招了招手说："扛的啥，急乎乎干啥去呀？"

"刚拌好的洋芋种子——你今咋有时间来村里了？"王宽厚也认出了梁欣仁，说着放下了麻袋。

梁欣仁看见麻袋里装的是拌了灰的土豆块。洋芋也叫土豆，做种子时，用刀切成小块，每一块上面必须要带有一个芽眼，然后用炕洞里的柴火灰拌均匀就可以做种子了。

"来看看春耕生产情况，村委会咋没人？"梁欣仁说道。

"春耕季节，村民们都到责任田里忙活去了，村干部家里也分了地，不像以前那样有事没事都坐在办公室里喝茶聊天，等着迎来送往或者处理民事纠纷。"

"现在不处理民事纠纷了吗？"

"怪了、怪了，奇了怪了，现在地分了、人忙了，是非也少了，没有人到村委会告状了。"

"以前都为什么事情找村委会？"

"婆媳吵架了，媳妇要上吊；丈夫出门了，公公钻进了儿媳妇的被窝；东家的公狗跳墙 × 了西家的母狗，西家要求东家赔偿精神损失费，东家却要求西家交付配种费；自留地里的洋芋被人偷挖了；生产队的尿素袋子被队长媳妇拿去做了裤子……都是些提不起串串的事情。"

"真是人闲生余事啊！"梁欣仁感叹道。

"现在安宁了，村干部也好当了。哎！你们还没有吃饭吧？"

"你忙吧，我们看看就走了。"

"那好，我先走了。"王宽厚说完，急匆匆离开了。

王宽厚刚离开，路边过来一个手提竹篮子的老太太，正往村外走。梁欣仁觉得老太太挺面熟，仔细一看，想起来了，就是那年他和王书记来村里调研时碰到的那个扔死鸡的老太太。于是，他撑住自行车问道："老人家急着干啥去呀？"

"给娃们家送饭去呀，地里活多，回来吃饭耽搁时间。"

"你家分了几亩地？都种的啥？"

"六亩，四亩种麦子，一亩栽苹果树，还有一亩洋芋。"

"好啊！多种经营。"

"苹果树挂果后能换几个零花钱么。"老太太说完头也不回地走了。

梁欣仁他们到村里就是想调研这里春耕的情况，王会计、老太太的几句对话，就是最好的调研。实行责任制后，男女老少的积极性全都调动了起来，村里找不到一个闲人。村干部也不用敲钟催人上工了，村口老槐树上那个挂了几十年的豁口老钟，早被人偷去卖了废铁。

突然一阵清脆的笛声从不远处传来，循声望去，只见不远处的皂角树下一个小孩在吹笛子。梁欣仁说："过去看看。"

梁欣仁清楚地记得，就在这棵皂角树下，他亲眼看见过宰牛和剥牛皮的过程。皂角树上绿叶茂密，荆棘交错，干硬的老皂角在微风中相互碰撞，发出沙沙的响声，地上不时有掉落下来的干皂角。当年搭上去的几张牛皮，现在已经无影无踪了。他们来到小孩身边，小孩非常专注，没有停止吹笛，他似乎感觉有人来了，又把刚刚吹奏的曲子重复吹了一边。梁欣仁听出他吹的是《茉莉花》，节奏韵律把握得非常好。他仔细端详着这个小孩，鼻翼上有颗黑痣，啊，是他，牛牛！那年在这里摸吉普车车灯的盲童！小孩吹完了一曲，用力甩了甩笛子里面的口水。梁欣仁急忙弯下腰，握住小孩的手，这手是瘦小的、冰凉的、粗糙的。他说："你认识我吗？"说完又觉得跟一个盲人说"认识"不合适，于是又说："你知道我是谁吗？"

"能听出来。"

"我是谁？"梁欣仁有点急迫。

"你是那个当官的叔叔，不让我摸汽车……"

"啊……是我，是我，不是当官的，是……那年见过的，你叫牛牛，是不是？"梁欣仁握住盲童的手，说出了盲童的名字，也对盲童的记忆力感到惊讶。

"我叫王牛牛，你的记性怪好的。"

"你几岁了，上学了没有？"

"八岁了，学校不要我，嫌我是瞎子。"王牛牛注视着远方，可能是学校的方向，脸上的表情是向往、是无奈。

"你爸的腿现在咋样了？"梁欣仁想起了那年车祸的事情。

"我大不在了……"

"什么？怎么回事？"

王牛牛告诉梁欣仁，那年他大从医院回来后，腿伤恢复得很慢，开始拄着双拐，后来拄着单拐，再后来拄根木棍，但始终没有离开拐棍。天阴下雨腿就疼，腿一疼他就会说：天要变了。村里人把他叫天气预报，出远门前都要问问他腿有无异样的感觉，从而决定是否穿胶鞋或带雨伞。去年夏季的一天，村民们在场上晒麦子，他大突然感觉腿疼得厉害，立刻把摊开的麦子收拾了起来，并且告诉周围的村民：天快下雨了，可能是暴雨。村民们听了他的劝告，及时收拾了麦子。有一户村民偏偏不信，看着火红的太阳说，这么好的天气怎么会有雨？趁着好天气多晒一会儿。半小时后，天空乌云密布，一声炸雷，大雨瓢泼而下，几分钟就把这户村民的麦子冲得颗粒不留……从此，村民们就不叫他的名字而改叫"天气预报"了。

说到这里，王牛牛笑得很开心。

"后来呢？"梁欣仁问道。

王牛牛收起了笑容说，有一天傍晚，他大拄着棍子去深沟里挑水，虽然只挑了两个半桶水，但快到沟沿时，棍子戳到了软泥中，脚下一滑，连人带水桶滚到了二百多米深的沟底。村民们赶到后，由于失血过多，已经停止了呼吸，村民们说，可惜那个"天气预报"了。

"那你现在和谁在一起生活呢？"

"我大走了后，我家的二亩责任田就给了我大伯，我现在和我大伯在一起。"

梁欣仁突然想起王牛牛还有一条叫大黄的狗，就问："你家的大黄还好吗？"

提起大黄，王牛牛显得异常伤心，他蹲了下来，用笛子在地上划拉起来。一会儿，一只狗的形象出现了，梁欣仁惊讶地看看他的眼睛，再看看地上画得栩栩如生的狗，怎么也不相信这图案出自于一个盲人之手。他知道大黄和牛牛形影不离，它是他的忠实伙伴，是他的向导，是他的亲人。牛牛熟悉大黄的体态、性格、脾气，他画出的大黄是会呼吸、会奔跑，有生命、有灵魂的。他把笛子插在裤腰带里，用手轻轻抹掉地上的图案说："大黄也不在了……"

原来，那天大黄在众目睽睽之下叼走牛黄后，一口气奔跑至玉米地中，看到追赶的人们返回了，就囫囵吞枣把整个牛黄吞到了肚子里。傍晚，它可能感觉到肚子不舒服，又跌跌撞撞地返回到了村里，来到牛牛身边。牛牛等了一整天，不见大黄的踪影，正着急时，大黄回来了，嘴里"呜呜"地叫着，倚在牛牛身旁不愿离开。牛牛给它灌水，它不喝；给它把馍馍掰碎喂到嘴里，它不吃。牛牛感觉到大黄生病了，就搂着大黄一起睡觉。天亮了，牛牛拍了拍大黄，大黄不动弹，浑身冰凉发硬。他不知道大黄死了，叫大伯来看，大伯说，牛黄把大黄烧死了……同村和牛牛一般大的伙伴们到了学龄期，都上学去了，大黄就成了牛牛的忠实伙伴，平时和牛牛形影不离。那天若不是村里杀牛，他领着大黄看热闹——准确点说应该是"听"热闹——大黄也不会眼馋牛黄离他而去。牛牛恨那头该死的牛，恨那个杀牛的赫老五，甚至恨那个人人眼馋的牛黄……牛牛大从医院里回来后，看见牛牛整天闷闷不乐，没事了就蹲在地上画大黄，就到城里给他买了一根竹笛。竹笛是六个孔的那种，不用贴笛膜。牛牛开始只能吹出一两个声音，后来可以吹出好几个不同的声音。他的听力非常好，记忆力也非常好，他能够模仿着吹出好几种鸟叫的声音，还能跟着村口的大喇叭吹出简单的歌曲。他最早学会的是《东方红》，因为每天早上村口的大喇叭都会播送《东方红》乐曲，然后是新闻节目。后来他还学会了许多曲目，如《学习雷锋好榜样》《南泥湾》《泉水叮咚响》《茉莉花》等，今天他给梁欣仁他们吹的《茉莉花》就是刚刚学会的。

31

梁欣仁问牛牛:"你识谱吗?"牛牛说:"逮音哩,听多了就能吹出来。"梁欣仁随口哼了一句秦腔《三滴血》唱段:"祖籍陕西韩城县……"牛牛立刻用笛子竟然将其曲调模仿得像模像样。梁欣仁摸了摸牛牛的头,告诉他要好好练习吹笛子,将来到城里去吹,能挣到钱的。并给他讲了陕北艺人韩启祥的故事,说韩启祥是盲人,给毛主席说过评书;南方有个瞎子叫阿炳,拉的二胡曲《二泉映月》,成了世界名曲。牛牛听后认真地说:"谢谢叔叔,练好了我就到城里去挣钱。"梁欣仁看看天色不早了,从口袋里掏出五元钱交给牛牛说:"这钱你拿着用,有机会我还会来看你的。"牛牛假意推辞了一下,还是把钱紧紧地攥在了手里。他从小没有看见过钱,不知道这五块钱能干什么,但他听伙伴们说过,五块钱是很大的钱,能买好多好多东西。他想,起码能买回来一只大黄吧?他小心翼翼地把钱折叠成小方块,紧紧地攥在手心里,给梁欣仁深深鞠了一躬说:"谢谢,我大说,我命里有贵人相助,你就是我的贵人,谢谢你。"

牛牛说出如此有礼貌的话,使梁欣仁打心眼里喜欢,他依依不舍地拍了拍牛牛的肩膀,说:"我会常常来看你的。"

五

王牛牛的辩护律师甄少言,是正筋骨推拿中心的冷经理聘请的。开始王牛牛执意不要辩护律师,说"有理走遍天下,无理寸步难行""为人不做亏心事,半夜敲门心不惊"。后来得知是免费的,就答应了。姓甄的是个有经验的律师,他对尤小雨关于和王冬牛见面情节的回答并不满意,但他没有继续追问,而是把话题转向了另外的问题。

"请问原告,你在正筋骨推拿中心是如何消费的?"

"我办的是钻石卡。"尤小雨不假思索地说道。

"那就是说,你是那里的长期客户。"

"是的。"

"你经常换技师吗？"

"没有换过，一直是冬牛给我做。"

法庭上几名法官窃窃私语。尤小雨看了看法官，又看了看旁听席，不知道这样的回答是否妥当。

钻石卡是自己自愿办理的，那天王冬牛叫她体验一下，如果有效果再考虑是否办卡。所谓体验，一般指的是一个疗程，也就是一周的时间，可她第二天就办了一万元的钻石卡，办钻石卡的会员优惠价是三折。她严格按照"合理饮食"的要求，买来三斤腊汁牛肉，然后分成十份，每天中午吃一份，早上和晚上只吃鸡蛋西红柿。一周的疗程结束后，她在推拿中心的电子秤上一称，减了两斤，回家一称也减了两斤。姐姐尤小梅告诉她，坚持再减十斤就可以了。

尤小雨对王冬牛做减肥项目是满意的，王冬牛给她推荐的"合理饮食"她能够接受，既没有饥饿感，也不感觉疲惫，反而精神十足。特别是王冬牛对减肥有一套成熟的理论，这些理论，她以前从来没有听说过，觉得很有新意。在一周的推拿体验中，王冬牛陆陆续续给她灌输了许多这方面的知识。王冬牛问她，同样一个单位的人，吃的一样多，运动量一样，为什么有的人肥胖，有的人苗条呢？她不知道如何对答，反问王冬牛：你说为什么呢？王冬牛告诉她说，答案只有一个：易胖体质与易瘦体质的差异。体质决定了减肥效果，只有难改变的体质，没有减不下去的肥胖，换句话说：减肥难，归根结底是改变体质难。我们看到的很多明星，刚出道时有很多是婴儿肥、游泳圈腰甚至全身肥胖，出道几年之后突然变消瘦了，靓丽照人了，秘密就在于他们营养师的帮助下，形成了体质易瘦化，也就是这几年传得火热的易瘦体质。"那如何改变体质呢？"尤小雨明显来了兴趣。王冬牛说，任何一种胖，都是因为阴阳失衡，循环不畅，中医称"淤"，脂肪淤积在一起，人就会发胖，需要从根源上进行调理。每个人的肥胖，都是有原因的，遗传只占了20%左右的因素，剩下的80%都是后天造成的，无论是先天还是后天，只要不是病理性的，都是可以瘦下来的，当然，要讲究方法。我让你合理饮食，只是解决正常代谢的问题，维持你的代谢机能，治本还是要靠穴位按摩和去脂推拿。尤小雨似乎听明白了一些，按摩和推拿才是改变体质的方法，或者叫治本的方法。她看着眼前这个盲人按摩师，对他产生了十足的信任感；她坚信这个盲人能够改变她肥胖的体质，她决定把自己交给这个盲人，让他帮助自己和"肥胖"斗争到底！

尤小雨曾经问过姐姐做推拿时疼不疼？姐姐告诉她，开始比较疼，一周以后就好一点了，有些人坚持不住就半途而废，你一定要坚持做。但尤小雨在体验的一周里，一点儿也没有觉得疼。她问过王冬牛，给她推拿和给她姐姐推拿的方法一样吗？王冬牛说，不一样，你姐姐比你少了一道程序，因为她办的是银卡。尤小雨说，这样不好吧，怎么能因卡而异、因人而异呢？王冬牛说，这是我们内部的规定，减少了打开穴位的程序，直接推拿；虽然少了一道程序，但效果是一样的，只是客人感觉会不一样。尤小雨这才注意到王冬牛给她推拿时有三道程序：第一道程序是打开穴位。先用一条灰色的浴巾盖在她的腹部，然后用手指在腹部不同的地方反复按压，王冬牛告诉她腹部一共有八个穴位，分别是大横穴、天枢穴、大巨穴、水分穴、中脘穴、气海穴、关元穴、带脉穴，这八个穴位分布在肚脐周围，一定要通过手指按压，将其打开。打开的标志就是感觉到腹部充满了麻酥感。第二道程序是用电子红外按摩仪隔着浴巾按摩已经打开的穴位。第三道程序是精油推拿，这道程序的关键是手法。王冬牛给姐姐省去了第一道程序，当然会感觉到疼痛了。

尤小雨的按摩时间一般是在晚上九点左右，因为白天她要到酒店上班。所谓上班，其实就是去转一转，散散心慌。刘胖子让她担任财务总监，只是挂个名而已，因为她只有初中学历，也没有学过会计专业。她每天都要看看财务报表，财务人员也不厌其烦地让她看，每次看完报表她都会说："好好干，你们辛苦了！"财务人员也会说："谢谢尤总鼓励。"她喜欢员工们叫她尤总，她在这里能找到自信和成就感。这天下班前，给她送报表的是刘胖子前不久招来的女员工小闵，二十岁出头，披肩长发，身段窈窕，白皙的脸庞上长着一双会说话的眼睛，尤小雨称这眼睛是"勾魂眼"，在背地里叫她女妖精。她翻了翻报表，突然抬头问道："你腰围多少？"

小闵愣了一下，看了看尤小雨奇怪的眼神，再看了看尤小雨的腰部，笑着说："我个儿高，是不是显得腰细一点？其实我比你的腰粗多了。"

"我问你腰围多少？"尤小雨眼睛盯着小闵继续问。

"两尺多，怎么了？"小闵知道自己的腰围是两尺，此刻故意说了两尺多。

"还是要多吃一点，不要顾了身材，毁了身体，误了工作。"

"好的，谢谢尤总提醒。"

小闵走了，尤小雨看着她一扭一扭的屁股，心里骂了一句"妖精"。她走到镜子前，挺了挺胸，双手抵在腰部，感觉自己的腰还是没有小闵的腰细。

自从小闵来到酒店后，尤小雨就开始闷闷不乐了。她觉得自己在酒店里"第一美女"的地位动摇了，第一美女的称谓是她在陪有关单位领导和客商吃饭喝酒时，大家在酒桌上这么称呼她的，这个称呼也得到了酒店员工们的认同。自从小闵来了以后，大家的目光开始转移了，特别是在酒桌上，那些一直称她为"第一美女"的男人们，眼睛都直勾勾地盯着小闵。特别是刘胖子，喝点酒后，小眼睛显得特别明亮聚光，似乎能穿透小闵的衣服，直看得哈喇子从嘴角流出……她知道刘胖子的德行，她开始担心了。

这天，她正在办公室翻看报表，"咚咚咚！"有人敲门。

"进！"

只见刘胖子在小闵的搀扶下，摇摇晃晃地走了进来。小闵说："刘总中午喝多了，我刚下楼碰见，他说要和你谈点工作。"说完把刘胖子扶到沙发上，倒了一杯开水离开了。尤小雨看着醉醺醺的刘胖子，胃里一阵阵恶心。刘胖子已经多日不回家了，借口总是酒店应酬太多，事务缠身，也和她多日没有见面。今天突然来找她，说要谈工作，她倒要听听谈什么工作。

"说吧，什么事情？"

"我要到三亚……出一段时间的差，家里你就多操点心。"

"和谁去？"

"和小闵还有……"

"我就知道你要和那个妖精去。"

"什么妖精？是员工，一点素质都没有！"

"我哪点比不过她，你现在和她是形影不离了。"

"她比不过你，几个小闵都比不过你一个……"

"你说的是体重吧？"

"哈哈……素质……"刘胖子说着摇摇晃晃地推开门走了。

刘胖子的确是去了三亚，除了带着小闵外，还带了几个部门经理，说是学习三亚的酒店管理新模式。

这段时间，尤小雨一天不落地准时去正筋骨按摩中心，她要通过减肥迅速改变自己，使身材魔鬼起来，从而彻底击败身边的妖精们。她相信魔鬼是一定能够战胜妖精的，她要让刘胖子对她重新刮目相看，从此再不朝三暮四。

她的减肥目标是腰围两尺，小于小闵的腰围。

……

律师甄少言又开始提问了："你在正筋骨按摩中心办理的钻石卡消费完了吗？"

"完了，正准备续办就发生了这事情。"

"你在这里消费了近一年时间，在这之前就没有发生过任何事情吗？"

尤小雨突然站了起来，她似乎对这个问题特别敏感，她看了看旁听席，旁听席上的女士摇了摇头，又迅速低下了头。甄少言注意到了这个细节。

六

东盛县和全国其他地方一样，实行农业生产责任制以后，粮食连年大丰收，即使遇到灾年，农民心里也不慌，因为家家户户的存粮三两年是吃不完的。粮食问题解决了，农民现在发愁的是没钱花，粮食打得再多也卖不了几个钱，于是农村的富余劳动力纷纷投入了乡镇企业，或者到东部发达地区找活干。梁欣仁所在的乡也是全县最早发展乡镇企业的。他们瞅准县上一个国有水泥厂，该水泥厂的石灰石原料要在阿姑乡所在地的箭头山上开采，阿姑乡就提出了建设相关水泥厂配套产品的小企业。

开始，他们建了个钢球厂，专门生产水泥磨机使用的钢球。钢球生产工艺其实很简单，就是把钢条截成十厘米左右的小段，卖给水泥厂，水泥厂把钢段放入球磨机中同水泥熟料一起旋转，经过一段时间的打磨搅拌，水泥熟料就变成了粉末状，这些钢段则变成了光亮如镜的钢球。钢球大小不一，小的如鸡蛋，大的若拳头，成了农村小孩子们喜欢的玩具，有些老年人也拿来当健身的保龄球玩。后来他们又建设了水泥纸袋厂、商标印刷厂等。这些和水泥厂配套的企业一经投产就产生了良好的效益，工人们加班加点，只管生产，不愁销路。阿姑乡的乡镇企业发展像当年农业生产责任制一样，又在全县起了带头作用。

正当阿姑乡的乡镇企业如火如荼发展之时，周围几个乡镇也开始模仿他们的路子，纷纷找水泥厂合作，办起了相同的企业。县上对乡镇企业建设只有鼓励政策，没有严格的规划和审批程序，只要企业数量和产值增加，听起来有规模就好，至于企业效益的好坏，那是企业自己的事情。所以，不到半年，水泥厂周围仅小型钢球厂就办起了二十多家。阿姑乡钢球厂的产品价格开始一路下跌，最后只好关门停产。好在水泥纸袋厂设备要求较高，技术工人培训需要一个过程，所以模仿的乡镇也较少。但没过多久，也有乡镇开始模仿建起了纸袋厂，还从他们纸袋厂高薪挖走了技术人员。梁欣仁感到了危机，找到水泥厂厂长，以限制石料开采量为由，要求优先使用他们生产的水泥纸袋。厂长无奈地说，能建设水泥纸袋的企业都是和厂里有一定关系的人，即使和厂里没有关系，也是和县里领导有关系的，县里领导出面找我们，我们也没有办法平衡。梁欣仁问有什么办法才能占领纸袋市场，从而立于不败之地？厂长告诉他，国家对水泥包装有了新的规定，不久将一律停止使用普通牛皮纸纸袋，改用塑料编织袋，以解决水泥包装易破损的问题，如果现在抓紧上新设备，一定能够占领市场。说完厂长从抽屉里取出一摞没有拆封的信交给梁欣仁，说这些都是外地推销编织袋设备的广告，你们可以了解了解。

回到办公室，梁欣仁一一打开这些信封，仔细研究里面的每一张广告。他发现，生产水泥编织袋设备的厂家主要集中在浙江温州地区，他决定亲自到温州考察一次。

陪同梁欣仁到温州考察的是乡镇企业办主任李建设和纸袋厂厂长李先锋。到温州市后，他们很快了解到温州生产水泥包装袋设备比较集中的地方是苍南县，他们又马不停蹄地坐汽车赶往苍南县。

梁欣仁他们长期在乡镇工作，这次是第一次到南方出差，对这里的一切都感到新鲜。到苍南县时已是灯火阑珊，各式各样的霓虹灯广告，五光十色竞相闪烁，恰似窈窕淑女在向路人频频献媚。他们选择入住在苍南县汽车站附近的一个小宾馆。在宾馆的介绍册上，梁欣仁了解到，苍南县位于浙江省最南端，与宝岛台湾遥遥相望，因地处玉苍山之南，取名为苍南，素有浙江"南大门"之称。苍南县地理条件优越，金色沙滩，彩色岛礁，山巅石海，古老村寨，构成了苍南独有的自然和人文旅游景观，电影《海岛女民兵》就是在这里拍摄的。

第二天，梁欣仁起了个大早，他有晨练的习惯，本想在外面跑跑步，可一到宾馆门外，就被门口墙壁上贴的各种各样的广告吸引住了。有招工的，有租房的，有卖金枪不倒丸的，有无痛人工流产的，有卖器械设备的，有服装批发的……其中一条介绍包装袋的广告，虽然很简单，但吸引住了他的眼球：新型包装，纸塑复合，全国首创，一流服务。上面附有厂址和联系电话。他上楼叫醒同行的"二李"，匆匆吃了早饭，按照广告上面的地址，叫了一辆出租车直奔厂子而去。出租车司机是一个二十出头的小伙子，中等个儿，留寸头，穿一身做旧的牛仔服。小伙子很健谈，一路上介绍着苍南县的人文景观。半个小时后就到了广告上介绍的地址。下车后，他们却失望了。这里是一个空旷的院子，院内一栋两层小楼，楼上贴着的白色瓷片已经脱落许多，几扇窗户被风吹得一开一合，显然这里已经人去楼空。一个看门的老头在院子里洗刷着一堆玻璃瓶子。经打听，这个厂子已经在两年前搬到上海去了。出租车司机这时才知道梁欣仁他们一行是来苍南寻找水泥包装袋合作企业的。梁欣仁问小伙子哪里还有水泥包装袋生产企业？小伙子说，多得是，他姐夫最早就是干这个行业的，现在苍南县包装袋生产企业过多，利润空间越来越小，只有到外地发展才能有较大利润。梁欣仁他们就是想找这样的企业，来得早不如碰得巧！出租车司机的话使他们精神一振，他们请出租车司机联系他姐夫，谈谈合作事宜。小伙子拿出一个砖头块大小的大哥大，拔出天线，拨通电话后，呜啦呜啦说了半天，梁欣仁他们一句也没有听懂，但从小伙子的表情看，对方是认真询问了情况的。果然，小伙子挂断电话说："我姐夫在厂里，咱们现在就可以去谈。"

不到二十分钟，出租车开到了苍南县北边的一个小镇上，镇上除了几辆拉货物的工具车来回穿梭外，很少看到行人。小伙子说，这里的人都到外地创业去了，好多还去了国外，去东南亚地区的较多，只有到了春节才回来，那时候，街上人山人海，走都走不过去。一会儿车子拐进了一个胡同，眼前出现了一个大铁门，门口悬挂的牌子上写着"温州龙腾包装袋厂"，汽车径直进了院子。"到了！"小伙子停好车后，把他们领到了经理办公室。经理是个矮小精悍的人，笑容满面地迎接了他们，小伙子介绍说："这就是我姐夫。"然后又对他姐夫说："这几位是东盛县来的客人，你们谈吧，我还有活儿呢。"说完离开了办公室。

经理从名片夹里取出三张名片，分别递给几位客人，并自我介绍说他叫黄阿海，去过东盛县，和东盛县水泥厂有过业务往来，但由于产品运距太远，成本大，利润小，后来就不再往来。他领着他们参观了厂里的几个车间，边参观边介绍说，龙腾包装袋厂创建于1986年，占地面积7000平方米，现有固定资产1000万元，拥有员工200多名，引进国内最先进的大型圆织机生产线和彩印覆膜机设备。年产各种规格编织袋5000万条，专业生产各种彩印覆膜袋、水泥包装袋等产品。

梁欣仁他们边看边听，觉得这样的企业正是他们要寻找的合作伙伴，于是就介绍了来意，想请黄经理到东盛县合作办厂，进行优势互补。黄阿海对东盛县水泥厂的规模是了解的，也知道那里没有上规模的水泥包装袋厂，如果能够在水泥生产地办厂，产品在当地或周边销售，利润一定是可观的。现在温州的许多同行都到外地寻找合作，就是为了获取更大的利润。最近，他也在想方设法寻求这样的合作，今天梁欣仁一行找上了门，真是瞌睡了就能遇到枕头。于是他听后满口答应，当天下午就叫人起草了一份合作协议书。协议书的大体条款是：黄阿海提供设备、技术并负责原材料供应；阿姑乡纸袋厂提供厂房和招聘工人，同时负责销售；利润按投资比例分成。

晚饭是黄阿海安排的，饭桌上还有两位美女陪同，黄阿海指着身边年龄较大的介绍说："这是我老婆叫尤小梅。"又指着旁边的小姑娘介绍说："这是我妻妹小雨。"席间大家频频举杯，祝贺合作成功。黄阿海两杯酒下肚后，脸色通红，显然不胜酒力，他用胳膊肘碰了一下尤小梅，叫她招呼客人喝酒。尤小梅端起酒杯说："现在只能是预祝，晚上回去还要告诉家里老人，征求他们意见，他们同意了才能决定去还是不去。"梁欣仁心里咯噔一下，但还是端起了酒杯。

尤小梅所说的老人，指的是她的父亲，她父亲是这个厂的创始人，属于这个家族式企业的元老。这家厂最早只是个小型印刷厂，专门给包装袋上印各种图案和文字说明，后来不断发展壮大，变成了现在的规模。元老年龄大了，就交给女儿和女婿管理经营，但厂里的所有重大决策一定是要通过家庭会议来研究决定的。尤小梅这杯酒似乎提醒了黄阿海，黄阿海说："就是，就是，晚上给老头子汇报一下，明天早上再决定是否签合同。"

"那我们就静等佳音了。"梁欣仁看了看尤小梅说。

"应该问题不大，老爷子是很开明的，明天上午就有消息。"黄阿海也看了看尤小梅说。尤小梅并没有回应，只是端起酒杯说："干！"

晚上，梁欣仁一行住在镇上的一个小宾馆里，几个人心里都很不踏实，怎么说好的事情，中间又杀出个"老头子"？看样子这个老头子同意与否是决定合作成败的关键。梁欣仁躺下后，翻来覆去睡不着，他想给黄阿海打个电话，但房间里没有安装电话，他想起出租车司机拿的那个砖头块一样的大哥大，好生羡慕——这里的出租车司机比他这个乡党委书记都气派。

清晨，他们三个早早起床，聚在房间里等候消息，八点了，没有消息。九点了，没有消息。十点了，还是没有消息。再等了一会儿，梁欣仁看了看手表，指针指向了十一点。"不能再等了，找他们去。"梁欣仁说完，穿上了外衣。李建设和李先锋对视了一下，夹起手包跟着梁欣仁走出了房间。小宾馆每层楼的楼道里都设有一个公用电话，李建设从包里取出黄阿海的名片，嘴里一边念着1311581……一边拨出了号码。这时候，楼梯下面传来了电话铃声，这声音是移动的，由小到大，由远到近，随着铃声，只见黄阿海手里拿着"大哥大"和尤小梅走上了楼梯。李建设放下了电话，铃声随即停止。黄阿海笑眯眯地说："好了，好了，老爷子同意和你们合作！"

"太好了！正准备打电话问问情况呢。"梁欣仁毫不掩饰脸上的喜悦，把他们迎进了房间。

尤小梅拿出打印好的协议，交给梁欣仁说："你们再看看，没有意见就签字吧。"

"没有，没有意见。"纸袋厂厂长李先锋抢着说了一句。

梁欣仁拿过协议，仔细看了看，然后又交给企业办主任李建设，李建设看完说："我看行，可以签了。"

当场，黄阿海和李先锋在协议书上签了字。看着签了字的协议，梁欣仁长长出了一口气，他非常在意这个合作，如果合作成功，阿姑乡的纸袋厂就可以效益大增，成为周边同行业的龙头；许多农村富余劳动力，也就有了就业机会；阿姑乡的乡镇企业发展，又会成为全县的典型。如果这样，他个人的仕途也一定会一帆风顺。但他又纳闷，为什么从昨天晚上等到今天早上，又从早上等到中午，等了这么长时间，才来签订协议书，莫不是老头子不愿意合作，还是有其他什么原因？如果老头子不支持，那么这个协议虽然签了，也不一定能够顺利实施，他看了看黄阿海和尤小梅说："家里老人支持吗？"黄阿海看着尤小梅说："支持，非常支持，你先安排午饭，我们一会儿下楼。"

尤小梅走了，黄阿海告诉梁欣仁他们，尤老爷子是一个非常迷信的人，昨天晚上看了合作协议书后，只说明天早上再决定，就打发他们走了。第二天早上五点多，天刚蒙蒙亮，尤老爷子就和儿子驾车直奔玉苍山而去。玉苍山上有个法灵寺，当地人祖祖辈辈信奉着它，或出海，或远行，或做重大决策举棋不定时都会去那里抽签卜卦。尤老爷子早早就到了法灵寺，他买了一炷高香，虔诚地敬上点着，然后磕头跪拜一番。最后他小心翼翼地抽了一支签，交给寺院住持，寺院住持看后说："上上签，有何求？"

"出门经营，求指点迷津。"

"恭喜你要发财了。"

"如何发财？"尤老爷子大喜。

"青龙、白虎、朱雀、玄武为天之四灵，看你要去何方了。"

"我要去北方。"

"北方就对了。"

"为什么呢？"

"挂签云：日出东海，南照上旺。北玄武，北为上，玄武旺。上上签，合卦。"

听完住持解卦，尤老爷子忙从包里掏出一个万元红包交给他，嘴里连说"谢谢，谢谢"。

下山后，他即刻召集全家开会，宣布同意和东盛县阿姑乡纸袋厂合作。为了尽快投产，还决定把这里的机械设备和剩余原材料全部带过去合作办厂。

……

用梁欣仁的话说，这次招商引资是大获全胜！引来了设备、人才、资金还有两个美女。黄阿海当老板，夫人尤小梅当副总经理，分管技术，尤小梅妹妹尤小雨在财务室担任记账员。原厂长李先锋担任党支部书记兼副总经理。双方合作不到一年，厂子效益大增，产品供不应求。企业三班倒，职工加班加点干活，收入不断增加，福利待遇也不断改善。春节到了，厂里给每个职工发二十斤猪肉、三十斤白菜、三十斤土豆，外带米、面、油，令周围企业职工羡慕得眼睛滴血。黄阿海还答应职工说，如果明年产值翻番，达到四千万，奖励每个职工一次北上广的度假游……

阿姑乡的乡镇企业发展，和当年土地联产承包责任制改革一样，无疑又给全县起了带头作用。几次现场会后，阿姑乡名声大噪，纸袋厂名声大噪，梁欣仁名声大噪。

不久，梁欣仁被提拔到东盛县人民政府担任了副县长。

七

"请原告回答律师的提问。"主审法官注视着尤小雨。

"回答什么？"

"腹部减肥，按说两三个月就有了效果，你却在这里消费了近一年时间，在这期间就没有发生过任何事情吗？"

"不知道你们说的是什么事情？"

"除了做腹部减肥还做过其他项目吗？"

"做过……比如……这些需要回答吗？"

"法庭在调查，必须回答。"

"做过胸……还做过腿部去脂……"尤小雨声音很小。

旁听席上的尤小梅听到妹妹的回答，摇了摇头，双手捂住脸把头埋了下去。王冬牛笑了一下，似乎想说什么，又把到嘴边的话咽了回去。尤小雨脸色泛红，双手不停地搓动着。律师甄少言把目光从尤小雨脸上移到了主审法官，他还有许多问题要问，但看见主审法官在翻阅着桌上的案卷，就没有再问。法庭气氛似乎凝固了。

尤小雨说的是实话，她的确让王冬牛做过胸，也做过腿部去脂。

经过两个多月的腹部减肥推拿，尤小雨的腰围明显小了许多。她高兴地对周围人说，以前买的裤子和裙子现在穿起来都松松垮垮的，扔了可惜，放着占地方，愁死人了。她洗过澡后，喜欢对着镜子照，照镜子时，她脑子里出现的是小闵的影子，她总觉得小闵的胸挺得比自己高，自己的胸开始下垂。小闵的腿也比自己好看，尤其是穿上牛仔短裤、短裙时，白生生的大长腿光溜溜、直溜溜，如玉雕般美丽，吸引得刘胖子眼睛瞪得像铜铃，哈喇子能流半尺长。

刘胖子当年追求她时，也是这样的表情。那时候她还是酒店的前台服务员，刘胖子虽然是有家室的人，但经常住在酒店不回家。有一天晚上，他喝多了酒，摇摇晃晃地到前台让尤小雨给他开房间，尤小雨知道老板有专门的房间，也有房间的钥匙，就说："开您的房间吗？"刘胖子说："是的，我钥匙忘带了。"尤小雨扶着刘胖子到了他住的房间，进门后，尤小雨先给刘胖子倒了一杯开水，然后就要离开。刘胖子说："急什么，陪我说说话。""前台还有事，我不能离开太久。"说完尤小雨就又要走，刘胖子一把拽住尤小雨，搂到怀里说："走什么，我是老板，明天就把你调到综合部上班。"尤小雨抬起头，看着眼前这个脑袋锃亮、头发稀疏、满脸赘肉、小眼发光、满嘴喷着酒气的刘胖子，突然想起了小时候在河边见到的癞蛤蟆，一阵恶心想吐，她使劲把他推倒在沙发上，迅速冲到门口，走了。

第二天，她果然接到调动通知，从前台调到了综合部工作。综合部是个大杂烩部门，主要工作是围绕老板转，老板的指令由综合部下达，各部门的工作情况、员工的考核由综合部汇总上报，迎来送往的事情也是综合部安排。尤小雨主要负责搞接待。刘胖子觊觎尤小雨已经很久了，他是通过黄阿海夫妇认识尤小雨的。黄阿海夫妇经常领着客人来这里住宿和就餐，一来二往就熟悉了，他们觉得尤小雨年龄慢慢大了，在一个乡镇小企业工作接触面太窄，应该在县城里大酒店这样的地方闯一闯，多接触些人找对象也相对容易。他们把想法告诉了刘胖子，刘胖子见了尤小雨后非常满意，当即就答应了下来。初到酒店，综合部根据尤小雨的气质长相把她安排在前台工作，和刘胖子接触的机会并不多。这次让她到综合部搞接待，她就必须面对这个大她近二十岁的老板，应酬客人喝酒、陪老板吃饭、出差也就成了正常的工作。

一次刘胖子请县工商局局长吃饭，叫尤小雨陪同，席间这个局长不停地赞美尤小雨有气质，身材好，并带着醉意亲了一下她的脸，尤小雨一下子红了脸，生气地转身离开了包间……事后，刘胖子把尤小雨叫到办公室，严厉地批评了一顿，然后倒了一杯水递给她说："慢慢就习惯了，有时候不能由着性子来。"尤小雨感到委屈说："我就是讨厌他好色！"

"其实好色的男人一般都是懂得情趣的男人，在这个世界上，有漂亮美丽的女人存在，就有好色男人的市场。要想男人不好色，前提就是别有漂亮女人。"

"狗屁逻辑。"尤小雨心里骂了一句。

"女人打扮得仪态万方走在大街上，难道是想吸引女人的目光不成？裙子穿得那么短，肚脐露得那么多，胸部挺得那么高，如果我们男人不盯上两眼，那女人岂不是很失败？假如世界上都是目不斜视的正人君子，没有好色男人的存在，没人怜香惜玉，常献殷勤，对你柔情蜜意，温柔体贴，周围尽是榆木疙瘩，不解风情，美好的身形没人看，漂亮的衣裙无人赞，那生活将是多寂寞多单调啊！"

"好像有点道理。"尤小雨沉思着，端起水杯喝了一口。

"其实你看到的正人君子都是装出来的，否则就是有毛病。历史上有个坐怀不乱的柳下惠，后来考证是个阳痿。"刘胖子说完哈哈地笑了起来，尤小雨没有忍住也笑了一下。

"好了，该怎么打扮就怎么打扮，花儿开得艳丽，才像个春天的样子，美永远没有错。"刘胖子看了看尤小雨的眼睛，"你，美丽，没有错。"尤小雨不由自主地点了点头。

刘胖子笑了，他对刚才突然能说出如此一番高见，自己都觉得出乎意料，他对自己的口才有点佩服了。他站起来走到尤小雨身旁，拍了拍她的肩膀说："好了，今后遇到不愉快的事情就告诉我，我会给你摆平的。"

"嗯，谢谢你。"尤小雨还真有点儿感动了。

从此，刘胖子就经常夸赞尤小雨，说尤小雨是外在美貌和内在气质完美结合的人，只有南方水土才能滋润出如此冰清玉洁的美女。尤小雨听了心里总是美滋滋的。时间长了，她开始对老板刮目相看了，她佩服老板的公关能力，佩服老板的经营水平，佩服老板的口才，更佩服老板超人的精力，陪客人打麻将，一打就是一个通宵，第二天照样上班，照样喝酒，晚上照样继续打麻将。

尤小雨调到综合部一年多时间里，老板已经给她连续加了三次薪，每次加薪都有堂而皇之的理由，比如协调税务局免去了多少增值税；公关拿下派出所所长，解除了对酒店按摩房的查封；说服消防队继续使用已经过期的消防器材……时间长了，尤小雨也不觉得刘胖子胖了，反而觉得胖是健康，是富态，是诚实，是一种踏实可信的象征，甚至觉得他那永远睁不开的小眼睛，看她的眼神也开始放出智慧的光芒。刘胖子也感觉到尤小雨对他的态度在慢慢地变化，这种变化是细微的，不知不觉的，常常让人心动不已的，在一次去黄山出差途中，这种悄然不觉的量变发生了质的变化。

去黄山是为给酒店购买木雕工艺品的。在黄山脚下的一个工艺美术厂，他们看到了琳琅满目各式各样的工艺品。尤小雨看见每一件根雕工艺品都要惊喜地尖叫一声，刘胖子跟在后面憨笑。他见尤小雨兴致很浓就说："看上哪件就定下，你们年轻人的眼光比我超前。"最终他们根据需要，购买了四十多件工艺品，其中一件价格不菲的鸡翅木根雕"天女散花"是尤小雨执意要买的，说回去后放在前台楼梯口，客人肯定喜欢。刘胖子则看上了一尊红木弥勒佛，说请回去放在酒店大堂，吉祥如意。办完事后，刘胖子带着尤小雨等四人，顶着烈日爬上了黄山。

黄山集泰山之雄伟、华山之险峻、峨眉之秀丽、庐山之飞瀑、衡山之烟云、雁荡之巧石于一身。在天都峰鲫鱼背的绝险处，西海峡谷排云亭的深壑旁，只要悬有护栏铁链的地方，都能看到疙里疙瘩的连心锁，有铜的，有铁的，有生锈的，有刚刚挂上去明光锃亮的。尤小雨摸着鲫鱼背的铁链上挂着的连心锁，望着远处的山峰，不由自主地哼起了小曲……不一会儿，刘胖子走到尤小雨身旁，拿出两把铜锁，让尤小雨挂在铁链上，尤小雨没有多想，接过锁子"咔咔"两下就把两把锁子锁在了铁链上，刘胖子说了声："走了……"随着喊声，两把锁的钥匙就飞下了悬崖。尤小雨问："为什么要把钥匙扔掉？""扔掉就天长地久了啊！"刘胖子怪笑了一下说："你看看锁子上写的什么？"尤小雨蹲下来仔细看了看自己刚刚锁上去的锁子——两把锁上刻着两个人的名字："尤小雨""刘丕志"。"你怎么能这样？"尤小雨显得很不高兴。"玩呢，玩呢，出来一次不容易，各种项目都体验一下嘛！"尤小雨脸红了，但又很快恢复了快乐的神情。

黄山的天气说变就变，刚才还是晴空万里，突然间阴云密布，下起了蒙蒙小雨。刘胖子一行见天色已晚，就顺原路返回，在路边找了个山间"农家乐"住了下来。农家乐的房子很便宜，一间一晚八十元，设施简陋，但很干净，刘胖子让给每个人登记了一间。在农家乐，他们点了当地的特色菜：徽州臭鳜鱼、黄山河螺蛳、苞芦松、豆腐老鼠等，另外还有主食冬瓜饺、玫瑰酥、蝴蝶面、徽州裹粽等等。天还在下着小雨，刘胖子边吃菜边看着尤小雨说："小雨来了老天也下起了小雨，这是欢迎你啊！"

"欢迎我也不喝点酒，心不诚啊。"尤小雨感觉到有点发冷，也想喝点酒暖和暖和。

"好，上酒！"其实刘胖子已经要了几瓶酒，服务员正在拆酒瓶，听见喊声，立刻给他们拿到了桌上。酒是当地的"迎客松"牌"黄山蜜酒"。服务员介绍说，蜜酒选用优质糯米为原料，含有大量氨基酸和多种维生素，喝了不会醉的。在蒙蒙细雨中，在欢声笑语中，几瓶黄山蜜酒不知不觉就喝完了。这种酒对常喝高度白酒的刘胖子们来说，简直就是喝饮料。不知喝了多久，也不知喝了多少瓶，最后四个人都摇摇晃晃地回到了各自的房间。

不知过了多久，尤小雨被轻轻的敲门声从睡梦中惊醒，门上没有猫眼，她披上衣服从窗户往外一看，只见刘胖子提着半瓶酒在门口站着，雨还在不停地下，刘胖子整个身子在雨中淋着，头上的雨水顺着脖子浇湿了全身，稀疏无几的"地方支援中央"的头发，此刻变成了一缕一缕的黑丝，胡乱耷拉在胖脸上……远处传来轰隆隆、异常沉闷的雷声，一道闪电划过，瞬间，这张脸显得恐怖至极，如果是陌生人，非把她吓瘫不可。她知道老板是喝多了，急忙打开了房门。刘胖子一看门开了，"嘿嘿"笑着一脚高一脚低地走进了尤小雨的房间。尤小雨看着滑稽可笑的老板说："站在外面怪吓人的，衣服都湿了，赶快换掉吧。"刘胖子说："衣服在我房间呢，怎么换？""那就到你房间去换呗。""好吧。"刘胖子转身就往出走。尤小雨觉得可笑，眼前的老板，此刻就像一个几岁的小孩子，大人怎么说他就怎么做。女人的本能使她觉得应该帮他一把。于是，她拿了把雨伞，扶着老板向他的房间走去。到房间后，刘胖子把半瓶酒喝得一干二净，然后开始脱衣服，尤小雨见状立刻向门口走去，要离开这里。刘胖子一把拽住尤小雨的胳膊，把她摁倒在床上，转身反锁了房门。尤小雨看着脱掉了上衣，又迅速脱掉裤子，最终一丝不挂的刘胖子，紧张得缩成了一团。"啪！"房间的灯关掉了。黑暗中，刘胖子扭动着像熊一样的身躯扑向了尤小雨。尤小雨推搡着说："不行，不行，我嫂子知道了会吃了你的。"这句话并没有吓住刘胖子，他双手按在尤小雨的肩膀上说："她就是一个不下蛋的母鸡，回去就离婚，和你结婚。"这话说得如此随意，就像上次说把她调到综合部一样随意。老板说话总是这样随意，但随意的话又一定能够兑现。尤小雨有点害怕了，她怕这一切成为真的，她压根儿就没有想过要嫁给这个大她十几岁且长相丑陋举止龌龊的男人。这个男人喘着粗气开始扒她的衣服，她双手攥住衣扣反抗着……毕竟人家是一个五大三粗的壮汉，而她不过是一个势单力薄的弱女子；人家是她的老板，她是老板手下一个小小的员工；人家是早有预谋的，她是毫无防备的；他是主动的，她是无奈的……此刻，她的一切努力都是徒劳的，在他牛一般的喘息声中，她开始尖叫，开始哭喊，接着抽泣，接着呻吟……这一切都淹没在黑夜中，淹没在风雨中……

从黄山回来后，刘胖子好像什么事情也没有发生过一样，照常上下班，照常陪客人喝酒打牌。尤小雨则说话少了，人也憔悴了许多，同事们从她忧郁的眼神中似乎猜测到了一些什么。一个多月后的一个晚上，刘胖子把尤小雨叫到宾馆自己的房间，从床头柜里拿出一个精美的首饰盒，小心翼翼地打开，对尤小雨说："送给你。"尤小雨看到盒子里是一枚闪闪发光的钻戒，她吓了一跳，这是她在电视上才能看到的那种钻戒。她说："你要干什么？"

"什么也不干，送给你玩。"

"这么贵重的东西，我不要。"

"你值，只有你值得佩戴这个东西。"

"嫂子知道了……"

"不要说她了，我们已经离婚了。"

"啊？真的？你怎么能这样？"

"因为我爱你，我爱你……"说着刘胖子把她搂到怀里，强行把钻戒戴到她的手指上，随后又把她抱到了床上。尤小雨知道此刻的任何反抗都是徒劳的，自从在黄山上的那一夜之后，她知道这个男人迟早要征服她，她没有能力抗争，没有力气反抗，再说她已经被他占有了，今天再坚持又有何意义？刚才听他说离婚了，如果真的离婚了，他追求她，并且要求和她结婚也是情理中的事情……这次她没有那么反抗，任由刘胖子折腾摆布，等他长长喘着气倒在一边后，尤小雨边穿衣服边问道："你们真的离婚了？"

"那当然了，结婚几年了也不给我生娃，让我绝种不成？"

"那也不能说离就离，不能生娃应该去医院看看啊！"

"北京、上海都去过了，医院说她就是个石女。"刘胖子显得既无奈又很委屈的样子，他摇了摇头继续说，"其实我是一个失败者，没有人能理解我的苦衷，遇到了你就看到了一点光明和希望，你就嫁给我吧！给我生个儿子，我会把你像神一样供起来的。"

"我看看你们的离婚证。"尤小雨被刘胖子的一番话说得云里雾里的，她不知道说什么好，但她还是想知道老板是否真的离婚了。

刘胖子从床头柜里拿出一个离婚证，递给尤小雨看，尤小雨用手推了一下说："不看了，你要把嫂子安顿好，好赖也是夫妻一场啊！""你放心，家里的一切都留给她了，我已经新买了一套房子，都快装修完了。"说完，搂住尤小雨又亲了起来，尤小雨这次不但没有拒绝，反而迎了上去……

一个多月后，尤小雨嫁给了刘胖子，成了酒店的老板娘，酒店员工们一点儿也不觉得惊讶，有人指着酒店大堂的弥勒佛和楼梯口的天女散花木雕说，从黄山一回来这两个东西就是一对了。

一年后尤小雨给刘胖子生了一个胖小子，刘胖子高兴得逢人就笑，还给儿子取名叫刘柱根——留住根。对于尤小雨，刘胖子更是百依百顺，宠爱有加，后来还让她当上了酒店的财务总监，其实总监也就是挂个名，可去可不去，在家管孩子时间比上班时间多。

可是好景不长，随着孩子一天天长大，尤小雨的身材也开始一天天变化，先是腰围变粗，以前买的衣服统统穿不上去；接着大腿部脂肪开始堆积，夏天的超短裙一律上不了身。刘胖子说，母乳有利于孩子健康，叫她给刘柱根整整喂了一年半母乳，结果原本高高挺起的乳房也开始下垂……刘胖子慢慢嫌弃她了，先是回家少了，后来干脆不回家了。陪客人吃饭、出差旅游没有她的份，逛商场去歌厅从不带着她，不但没有把她当神供着，反而觉得她有点碍手碍脚了。后来酒店陆续招了几名年轻女员工，尤小雨发现刘胖子的目光开始在这些女员工身上游离，特别是财务部招来小闵后，刘胖子看小闵的眼神就像蟒蛇嘴里吐出的燃烧的芯子，火辣辣地令人恐惧。她对刘胖子的这种眼神非常熟悉，在黄山的那个晚上，她就是先看到这种眼神，后来被这条蟒蛇吞噬了。她开始有了危机感，她觉得她这个老板娘的地位开始动摇了，她感觉这是报应，但不相信这个报应来得如此之快。她不甘心就此罢休，她要保住老板娘的位子，尽管这个位子不是她想要的，但自从有了孩子，她就要维护这个家庭的完整性，她争强好胜，她也有自尊，她要和小闵一比高下。

经过三个多月的腹部减肥，尤小雨自信心大增。从镜子里她看到自己和小闵的差距在慢慢缩小，如果再做做胸部项目和腿部减脂项目，就和小闵不差上下了。她喜欢到正筋骨推拿中心，相信王冬牛的推拿技术，她要让自己在短时间内变美……

八

东盛县城北有个影剧院，是县城最热闹的地方，周围饭店、商店云集。个体流动商贩是哪里人多就往哪里流动，县工商、城管等部门多次清理整顿，总是成效甚微。县委常委会决定，要在省级精神文明县城验收组到来之前，彻底解决这里的乱摆摊点和脏乱差问题。梁欣仁是分管城建、公安、工商的副县长，这项任务自然就落到了他的头上。他召集公安、工商、城建、民政等几个部门开了一个专题会议，要求三天内彻底解决乱摆摊点的问题，如果完不成任务，对部门领导实行问责，所在单位年底考核实行一票否决。

三天后，梁欣仁亲自带领有关部门到现场检查治理情况。梁欣仁看到，会议以后各部门联合行动，措施得力，个体流动摊点一个也没有了，市场显得井井有条，秩序大为改观。他满意地对随行人员说："治理工作就要抓铁有痕，下硬茬，不能有半点心慈手软，今后要形成长效机制，保持成果，严防反弹。"随行的工商局长说："还是领导有决心有办法……"

正说着，不远处传来悦耳的笛声，他们循声望去，只见影剧院门口围了一群人。梁欣仁说："怎么搞的，还有卖艺的？这个也不能有！"

"这是一个盲人，在这里好几年了，怎么赶都赶不走的。"工商局局长说。

"下决心撵走！"梁欣仁态度很坚决。

"这个人在县城没有固定落脚点，是个流浪人口，我们不可能整天跟着他。"民政局局长说。

梁欣仁脑海里突然出现了王牛牛的身影，自从他离开阿姑乡以后，由于工作忙，就很少到乡下去了，王牛牛也好多年不见了。前几年他还托阿姑乡的干部给他送过衣物和现金，也叮嘱乡上干部替他多关心关心这个盲人朋友。今天在这里吹笛子的会不会是他呢？梁欣仁说："走，看看去。"

当他们走到影剧院门前时，一曲动人的《牡丹之歌》笛声传入耳际，在影剧院门前的台阶上，一个瘦高个子盲人正在投入地吹奏着笛子，他面前的搪瓷缸里不时有围观的人投入一些硬币或小面额纸币，他鼻翼上的黑痣异常显眼，梁欣仁一眼就认出这正是当年他认识的盲童王牛牛。还是那样清瘦，那样抑郁，只是个子长高了许多。等他刚吹完一曲，工商局局长就喊道："快走快走，这里不能摆摊设点，扰乱秩序。"

"我没有摆摊设点，我是在吹笛子。"

"吹笛子也不行。"

"我就靠这生活啊！不吹笛子你养活我呀？"

"你……"工商局局长还想说什么。

看来这是一个经常应对工商、城管的老油条了。

梁欣仁摆了摆手制止了工商局局长。咳！咳！干咳了两声，问道："你从哪里来？"

"我从麻地坡村来。"

梁欣仁弯下腰，把一张五十元人民币递到了他手中，只见他又转身把钱交给身旁的一个十七八岁的小姑娘，小姑娘长得眉清目秀，留着一根长辫子，辫梢扎着红头绳，眼睫毛很长，眼睛一眨一眨很有灵气。如果不是穿着不合体的宽大花格子夹袄，人们一定会认为她是城里的姑娘。只见她把五十元钱折叠起来，小心翼翼地装进了内衣口袋，然后双手合十给梁欣仁点头表示谢意。梁欣仁问王牛牛："她是谁？"王牛牛知道是问拿钱的小姑娘，就说："她是个流浪的小哑巴，刚认识不久，我看不见，她就是我的眼睛；她不会说话，我替她说话。"

多好的组合啊。"她是哪里人？"梁欣仁又问。

"她不会说话，没法告诉我，可能会写字，可我又不识字，就是识字也看不见，哈哈……"王牛牛说着笑了起来。

"你知道我是谁吗？"

"刚才你一咳嗽就听出来了，只是不敢肯定，你是当官的，那一年我听了你的话才到城里来的。"

"你记性真好。"

"你让我好好练习吹笛，将来到城里挣钱。后来你让人捎来的东西我都收到了，你是我的贵人。"王牛牛说着就要跪到地上磕头。梁欣仁忙扶起他说："别这样，别这样，帮你是应该的。"周围随从的领导看到这般场景，纷纷掏出钱来，有十块的，有五十的，还有一百的，交给了王牛牛。王牛牛攥着钱，给大家作揖感谢，他仰起脖子，毫无目标地环顾四周说："谢谢你们，今天挣的钱够吃几个月了，我给你们说一段快板，感谢你们。"

"你还会说快板？"梁欣仁很好奇。

只见王牛牛从身旁的布袋子里拿出了一副竹板，大家看到这副竹板已经磨得黝黑发亮，可见他说快板的功夫了。王牛牛说："你们想听啥？"

"来一段'旧社会'！"旁边一个小孩子说。

"什么'旧社会'？说'新社会'！"县民政局李富林局长插了一句。

"那我就说一段《那些年》。"

"好好！"大家异口同声。

王牛牛清了清嗓子站了起来，嗒嘀嘀，嗒嘀嘀，嗒嗒……

那些年

生在土炕上，医院没去过。

吃的是母乳，牛奶没喝过。

席子铺炕上，兄弟同被窝。

一张新炕席，能铺十年多。

卫生不太好，虱子特别多。

那时没有电，油灯能凑合。

土豆萝卜汤，青菜也不多。

玉米楂子粥，就着咸菜喝。

过年杀个猪，吃少卖的多。

正月看秧歌，冻得直哆嗦。

家里来客人，小孩不上桌。

大人干农活，小孩放猪鹅。

长到八九岁，识数一百多。

背个旧布包，没有铅笔盒。

走路上学校，从未迟到过。

渴了喝凉水，饮料没见过。

胖瘦无人讲，穷富没人说。

男女同板凳，课桌画界河。

心里有好感，不会送秋波。

见到俊女生，手脚直哆嗦。

没说半句话，脸就红到脖。

学习很上进，爸妈不多说。

老师不补课，作业也不多。

同村小伙伴，上山又下河。

夏天河洗澡，冬天滑冰车。

能知父母苦，自觉干农活。

锄地又施肥，秋天忙收割。

内外一身衣，烈日皮晒破。

果树能结果，味好又止渴。

中暑得感冒，不用针和药。

伙伴在一起，情同亲姐哥。

女孩跳皮筋，男孩打陀螺。

下河摸鱼虾，上树掏鸟窝。

同伴吵了架，相互能撮合。

和好握握手，有怨跺跺脚。

田园摸黄瓜，偶尔偷水果。

电视没见过，天天听广播。

学习不太好，故事都能说。

看过《地道战》，台词背很多。

如今已不惑，眼角皱纹刻。

今看儿和女，辛苦也快乐。

父母只希望，后生莫蹉跎。

……

"好！好！再来一个。"围观的人喊了起来。梁欣仁看了看民政局局长说："创建省级精神文明县城，有一个条件是妇女、儿童、老人和残疾人合法权益得到切实保障。这个人很有才，能不能安排到县剧团去工作？临时工也行，既发挥了特长，又离开了这里。"

"现在有了电视，没人愿意看戏了，县剧团已经解散了，剩下几个老人临时搭班子流动演出，打的牌子还是县剧团，主要是给过红白喜事的人家唱自乐班……"

"我还会拉二胡吹唢呐。"王牛牛插话道。

"你就联系一下吧，这项工作就落实给你。"梁欣仁态度坚定地说，民政局局长李富林也只好点头答应了。

在《好人一生平安》的笛声中，大家离开了这里。这乐曲在梁欣仁心中久久回荡……

九

主审法官仔细翻阅着案卷，一会儿他合上案卷问道："你除了做腹部减脂项目外，还做过什么项目？"

"刚才已经回答过了，做过胸和腿。"尤小雨有点不耐烦。

"这些项目是谁做的？"

"都是冬牛做的。"

"你觉得让王冬牛做这些项目合适吗？"法官有意把王冬牛的"王"字加重了语气。

"我没想那么多，他是技师……应该合适吧……"

"请问原告王冬牛，推拿中心对做项目有规定吗？比如有些项目你能做吗？"法官把头转向了王冬牛。

"有规定，有些项目只允许同性去做。"

"那你为什么要做？"

"如果客人要求也可以做，这个你问她。"

……

让王冬牛做胸的确是尤小雨提出来的。在腹部减肥成功后，尤小雨对王冬牛的技法非常满意，那天她问王冬牛可以做其他项目吗？王冬牛问还想做哪些项目。她说想做胸，想让下垂的胸挺起来。王冬牛告诉她，可以做，但时间可能长一点，效果也不会太明显。尤小雨说，只要有效果就做。王冬牛告诉她，店里规定这些项目应该由女技师来做。尤小雨说："你的技法我信任，就你做，我不嫌弃你，你怕啥？反正你又……"尤小雨本来想说"反正你又看不见"，话到口边觉得不妥，又改成了"反正你又不是生人"。王冬牛说："那我试试吧，你觉得不行马上可以换人。"

做胸和做腹部减肥是有区别的，不能用器械，只能用手轻轻地推拿，这是王冬牛告诉她的。尤小雨经过和王冬牛几个月的接触，觉得这个盲人非常敬业，不但手法好，还幽默风趣，特别是他会说很多有趣的段子，常常让她在轻松愉快的气氛中接受治疗。她觉得用"治疗"这个词比较恰当，医生给病人看病就叫治疗。她在王冬牛面前就是一个病人，医生眼里的病人，只关注病灶部位，没有男女区别，不分贫富贵贱，不论高官庶民，况且他还是个盲人，盲人是什么也看不见的，所以让他做各种治疗都应该是放心的。

但有时候，她还是怀疑王冬牛的眼睛，她觉得王冬牛的眼睛没有完全失明，或者是在最近一段时间里突然恢复了一点儿视力。有一次，她从包里掏手机时把一张百元的纸币带出来掉到了地上，她还没有来得及去捡，王冬牛就迅速弯下腰准确无误地捡起来递给了她，还说:"你的钱掉了。"难道盲人的听力就这么强吗?即便是听力好,那他怎么能知道掉到地上的是钱呢?当时,她忍不住问王冬牛:"你怎么知道是钱掉了呢?"王冬牛说:"一是听力,二是触觉。你掉了东西我听出来了,帮你捡起来时我摸出来是一百元钱,因为钱上面有盲文。"天哪!真是"上帝给你关上一扇门就会为你打开一扇窗"。还有一天,她去按摩店时,在路上看到天气晴朗,万里无云,碧蓝的天空几只鸟儿悠闲地抖翅飞翔,一群小孩在放风筝……进店里后,她心里非常高兴,想把她看到的一切告诉王冬牛。她问王冬牛:"你知道天是什么颜色吗?"王冬牛是先天失明,从来没有见过颜色,他听人说过天是蓝色的,但蓝色又是什么样子呢?有人告诉他像海一样的蓝色,他又想了,那海是什么样的呢?那海的颜色就应该像天一样的蓝,最终他还是不知道蓝色是什么样子的,他只有闭上眼睛去想,蓝色可能就是无边无际浩大的感觉。他从来没看见过这个世界,他将永远不会知道这个世界的真正模样,但是他用心灵看到的那个世界或许比正常人看到的现实世界更加绚丽。他说:"天是蓝色的。"尤小雨又迷茫了,她用手掌在王冬牛眼前晃了晃,说:"你看我手里拿的是什么?""应该是空气。"王冬牛感觉到有东西在他眼前晃了晃,这种感觉是微微刮风的感觉,几乎听不见声音,他知道是空手在晃动,这种晃动已经好多次了,他非常熟悉,但从来没有说出。尤小雨说:"神了!你怎么什么都知道?""我什么都知道,但我什么都看不见。我虽然眼睛瞎了但心里明白,有些人眼睛明亮但心却瞎了,这就是社会,就是人生。"王冬牛几句富有哲理的话使尤小雨无言以对,她知道这个盲人不是一个简单的盲人。

王牛牛是从省盲人按摩学校毕业的,这个学校隶属于省民政厅康复医疗中心管辖。和他一起学习的学员一共五十多人,只有十位盲人获得了大专文凭。这里的学员年龄在二十二岁至五十岁不等。三年时间,他们学习了按摩练功、中医基础理论、按摩综合技能、人体解剖学等三十一门课程,此后又经过了近一年的临床实习。为了学好盲人按摩技术，王冬牛开始学盲文，每次学习都认真做好笔记，勤奋练习，有时练到手腕酸痛，端碗拿筷子都痛。三年学习下来，他的手指磨出了老茧，手关节也变形了。最难以忍受和恐惧的莫过于上解剖课，在充满福尔马林气味的房间里，老师告诉学员，现在摆在你们面前的是一具尸体，腹腔是打开的，你们要用手摸内脏，并说出各种脏器的名称和功能。盲人学员们一个个露出了惊讶的表情，很多的女生不敢往前靠，王冬牛壮着胆子第一个上去摸，感觉又腻又滑。他小时候摸过牛的内脏，那是生产队里死了牛分给他家的，也叫牛下水。此刻的感觉是一样的，这时候他想到的是牛的尸体，恐惧感全无了，他摸得很仔细，给其他学员带了头，受到了老师的表扬。当然，他也摸过各种各样的尸体，摸过男人、女人的各个部位，这些尸体是冰冷的、僵硬的，也是令人惊悸和恐惧的。在期末解剖学考试中，他是全体学员中唯一得满分的。

……

尤小雨是王冬牛的第多少个客户，他记不清了，但主动提出要求做胸部推拿的女客户，她还是第一个。他不能拒绝客户的要求，他只有满足客户，而且尤小雨办的是钻石卡，是回头客，是上帝，是应该得到全心全意服务的。胸部推拿其实就是丰胸项目，在盲人学校学习时有这个课程，但是他从来没有实践过。为了保证推拿效果，他翻出从学校带回来的盲文教材，进行复习。他有空就学，不论白天晚上。在集体宿舍，他们睡的是架子床，翻阅教材的声音常常会吵醒同室的按摩师，这种教材是厚厚的纸质做成的，翻阅起来"哗啦哗啦"的声音很响。为了不影响别人，他用被子把头蒙起来，在被窝里偷着学习，对一个盲人来说，有光和没光是一样的。他在被窝里用手一遍一遍摸着盲文，用锥子一样的笔把重要的章节记录在牛皮纸卡片上，然后把这些卡片随时带在身上，有空就拿出来"读读"。经过一段时间刻苦的学习，他已经对丰胸推拿的各种技法胸有成竹了。

王冬牛告诉尤小雨说，丰胸要从疏通乳腺导管开始，乳腺导管畅通了然后才能帮助激活胸大肌细胞，调整乳房组织，促进血液循环，使养分得到充分的吸收才能强化胸部组织，才能促进胸部再次发育。乳房大小主要取决于胸部里的脂肪细胞，如果脂肪细胞发育成熟，胸部自然就丰满。所以要想实现丰胸，就必须要唤醒乳房的脂肪细胞，激发再度发育的能力。尤小雨听得似懂非懂，说："疏通乳腺导管就是需要按摩吗？"

"如果你觉得简单的按摩就能起到丰胸作用，那你就大错特错了，重点是要用较好的精油和特殊的丰胸霜，搭配使用才能加速丰胸效果。"

"你们这里有这些产品吗？"

"以前没有，你要做，我专门让店里买了一些。当然，只疏通乳腺，不补充营养激活乳腺细胞，丰胸也是失败的。"

"补充营养？那不是又增肥了吗？"

"两回事，两回事，我会指导你如何补充营养的。"

王冬牛是从资料上了解了这些知识，知道这个项目需要什么样产品的，今天他给尤小雨侃侃而谈，属于"现蒸现卖"。他让店里通过网购，专门为尤小雨买回了这方面的产品。

"用了这些产品，需要多长时间能够见到效果？"

"先天贫乳比较麻烦，你属于产后胸部缩水，用了这种产品，加上按摩治疗，三天做一次，两个月就应该有效果。"王冬牛说得非常专业，尤小雨感觉就是在听保健知识讲座，她对王冬牛充满了信任，对自己的丰胸效果信心满满。她下意识地挺了挺胸，想象着两个月后，她穿上旗袍，穿上连衣裙，穿上紧身衣……当然，不论穿什么衣服，走在大街上，一定会产生意想不到的磁场效应，迎来男人们火辣的眼神。在酒桌上应酬宾客时，那些客人们的目光一定又会聚焦到她的身上。她似乎看到了小闵嫉妒的眼神，听到了酒店小姑娘们羡慕嫉妒恨的议论声，甚至还看到了刘胖子贪婪的目光和一绺一绺的哈喇子。

"做的时候会疼吗？"尤小雨问了最后一个问题。

"试一试就知道了。"

尤小雨开始脱上衣，这是她第一次在除了刘胖子以外的成年异性面前脱衣服的。她边脱边想，这个异性，虽是个成年人，虽然很帅，但是个盲人，在他的眼里——不——心里，这个女人可能是个丑八怪，可能脸上长满了雀斑，眼睛很小，鼻子很瘪，嘴巴很大……当然啦，即使他知道自己很美，他对美有概念吗，就像他对蓝颜色有概念吗？对红颜色有概念吗？没有，他什么都看不见，他就是个技师，或者权当就是台能动的机械吧！所以，机械不会对他的服务对象产生任何非分之想，构成任何威胁，她很放心地脱光了上衣，然后很坦然地躺在了按摩床上。

王冬牛打开精油和丰胸霜，熟练地按比例倒在左手心里，然后双手迅速搓了搓，又迅速按在尤小雨的身上，从腹部开始往上推去，到胸部时，他停了一下，说："下垂了，再不做就很难恢复了。"接着他由下往上，再由上往两边，再往上反复推拿起来。尤小雨开始感觉有点儿凉，但很快就觉得热乎乎的。大约半个小时后，王冬牛改变了手法，只见他又往手心倒了点精油和丰胸霜，双手搓了搓，然后两只手开始从两边胸部的外侧慢慢往中央推，他说这个动作是为了防止胸部外扩。推到锁骨处，两只手向下交错推左右乳房。尤小雨闭上了眼睛，随着力度的变化，她不由自主地"啊"了一声。王冬牛停了下来说："疼吗？"尤小雨睁开眼睛，看见王冬牛半张着嘴，脸上露出不解的神色，知道自己失态了，说："好着呢……"在随后的推拿中，随着王冬牛指法的变化，尤小雨感觉心跳加速，身不由己地开始战栗，她觉得自己灵魂开始出窍了，她一会儿闭上眼睛，一会儿微微睁开眼睛，她呼吸开始急促，她想喊，想发出某种声音，但她又不能发出声音，她反复告诫自己：这是在治疗，治疗就是治病，自己是病人，这个病是胸下垂，治疗的方法是按摩，按摩的人是医生，这个医生是盲人，盲人什么也看不见，只要坚持住，不发出声音，他不会知道自己此刻的窘态……

第一次丰胸就这样结束了。随后的按摩非常顺利，她适应了王冬牛的手法，同时也喜欢上了这个项目。两个月后，她发现自己的胸奇妙地变化了，变成了生孩子以前的形状，甚至比以前还要丰满一些。这种变化是缓慢的，悄然的，不知不觉的，她从周围人的眼神中看出了自己的变化，从新买回的胸罩中知道了自己的变化。她喜欢这种变化，这种变化使她觉得小闵在她面前变矮了，也猥琐了许多。可奇怪的是，刘胖子对她的变化视而不见，依然很少回家，对她不冷不热。一天，刘胖子喝多了酒，摇摇晃晃地回到了家里。晚上，她洗完澡后问刘胖子："你看我有什么变化吗？"刘胖子抽了一口烟，半睁半眯着眼说："看不出什么变化，就是好像腿比以前粗了。""再粗也没有你粗！"尤小雨气得眼泪都快出来了。

初夏，是百花争艳、彩蝶飞舞的季节，年轻女士们也纷纷换上了时髦的服装。小闵在酒店里，几乎是一天换一身衣服，她特别喜欢穿超短裙或露着肚脐眼的牛仔裤、牛仔裙，手包、手机也不停地换，且多是名牌。这些变化都是上次和刘胖子去了三亚后发生的。尤小雨知道，按照小闵的收入是不可能这样消费的，她知道小闵的资金来源一定有其他渠道，她确信刘胖子就是这个渠道里源源不断流淌的水源。一天，她看见小闵拿着文件夹进了刘胖子的办公室，可很快又出来了，只是手里多了一个蓝色塑料袋。尤小雨在楼道挡住小闵说："手里拿的啥，急匆匆的？"小闵见是尤小雨，愣了一下，脸红着说："啊，老板让我给他的手机贴个膜。""给我，我正好要去修手机，帮他贴上就行了。"说完，尤小雨没等小闵反应过来，就一把抢过塑料袋。小闵瞪大眼睛，喃喃地说："好吧，那就——麻烦你了。"这声音好像是从喉咙深处冒出来的，连小闵自己都不知道说了句啥，可尤小雨听得清清楚楚。"不麻烦，有膜好，有膜才是完整的……是不是？"小闵不知所云，更不知道如何回答，但似乎又听出了弦外之音，她点点头红着脸转身离开了。尤小雨到财务总监办公室，门也没关，就打开塑料袋看，只见里面的确是一部手机，一款新出的苹果手机，还有一个配套的红色手机壳，手机上的钢化膜已经贴好，显然这是送给女士的手机。尤小雨用的是三年前买的"三星"手机，手机外壳已经摔破了，按键上的数字也磨得看不清数了，但由于还能用，她就舍不得换新的。有一次刘胖子换了新手机，她想用刘胖子的旧手机，刘胖子说，手机里面储存有很多酒店里的信息，别人不能用，但今天却给小闵买了新手机……想到这里，她气不打一处来，一把抓起塑料袋，径直闯到了刘丕志的办公室。刘丕志这时候刚端起茶杯准备喝水，见气急败坏的尤小雨闯了进来，又一眼看见尤小雨手里的塑料袋，就知道是怎么回事了。他放下茶杯说："急头巴脑的干啥呢？"

"你说干啥呢？这里面是什么？"尤小雨把塑料袋往茶几上一扔，两眼直盯着刘丕志。

"不就是一张购物卡和一部手机嘛！"刘丕志说得很轻松很自然。"一张购物卡？"尤小雨心里咯噔了一下，打开塑料袋一看，果然在手机说明书中夹着一张卡。这种卡她很熟悉，每逢过节或遇到需要处理疑难事务时，刘丕志都会买一些这样的卡，送给该送的人。这种卡是在省城一个大商场消费用的，卡的颜色不同，面值也就不同，有一千、两千、五千、一万不等。她看到的这张卡是红色的，面值一万。刚才怎么没有发现这张卡呢？送手机还送卡，你这个刘胖子，简直不要脸，可恶！尤小雨心里骂了一句。在尤小雨拿出这张卡看的时候，刘丕志说："我让小闵把这些拿去送给派出所所长，怎么啦？"

"编，你继续编，手机壳是红色的，一看就是给女人买的手机，派出所所长是女的吗？"

"派出所长媳妇是女的啊！怎么啦？上次歌厅的事情你忘了？"

刘胖子说的歌厅的事情，是指有一次，几个小青年在酒店歌厅唱歌时，为了一个女人争风吃醋地打了起来，啤酒瓶子满包间飞舞，其中一个男青年的鼻梁骨还被打折了。后来派出所来人处理，要求酒店歌厅停业整顿，刘胖子托人几经说情，才允许继续营业。但这事情已经是半年前的事情了。

"骗鬼去吧，小闵说是给手机贴膜，你说是送人，过去送东西不是你亲自送吗？你若顾不上，不是我去送吗？现在怎么让小闵送了？"尤小雨连续几问，让刘丕志张口结舌，但他毕竟是老江湖，只见他点着一支烟，吸了一口说："跑腿的事情嘛，叫年轻人去，我们就不一定跑了。"

"我老了吗？小闵比我小多少？你心里有鬼！"

"好了，好了，你的手机也该换了，这个手机你用吧，卡放下，我去送。"

这一招还真管用，尤小雨不说话了，她分不清刘丕志说的哪一句是真话哪一句是假话。看着眼前的新款苹果手机，她心动了，但立刻拿走又显失面子，于是便说："我不稀罕你的东西，我在乎的是你的心。"

"我的心里一直装着你和孩子。只是你爱胡思乱想。"

"你不和那个妖精来往，我就不胡思乱想了。"

"你爱吃醋，说明你在乎我，我不怨你，来！亲一个。"

"呸！"尤小雨撒娇似的朝刘丕志啐了一口，脸上早已经没有了怒气，拿起桌上的手机头也不回地离开了。

看着尤小雨的背影，刘丕志嘴里咕噜了一句："贱骨头，摆平你还不容易？"随后他拨通了小闵的电话："喂，宝贝过来一下。"小闵说："你干的啥事嘛，我不去了。""来吧，没事了……"刘胖子把如何给尤小雨手机的事情和他们谈话的过程在电话里简单叙述了一遍。几分钟后，小闵来到了刘丕志的办公室，刘丕志看见穿着牛仔短裙、露着肚脐和长白腿的小闵，眼睛放光，心潮澎湃，他迅速把门反锁住，转身搂住小闵就是一阵狂吻……

"咚咚，咚咚咚……"一阵急促的敲门声响起。"等一会儿！"刘丕志应了一声，显得很沉着。小闵拢了拢散乱的头发说："怎么办？！""没事，手机我给你再买一个，购物卡一会儿你拿去。"说完，让小闵躲到了套间里。

"咚咚咚！"敲门声还在继续，刘丕志心想，一定是发生了什么紧急事情，这门必须打开了。他整理了一下衣服，过去打开了门，只见尤小雨疾步跨了进来，推开刘丕志，直冲里面的套间。她的脸色涨红，眼睛像雷达扫描一样，把套间仔细查探了一番。套间里面只有一张双人床和两个床头柜，再无其他摆设。当她看到床上的被褥叠得整整齐齐，窗帘也打开着，没有任何异常就走了出来，盯着刘丕志问道："大白天为什么要关门？"

此刻的刘丕志又紧张又气恼，他心跳加速，脸色发白，语无伦次地说："怎么……你想怎么？"他本以为尤小雨看见了小闵，但奇怪的是并没有听见两个女人的厮打和吵架声，莫非……她没有看见小闵……

"我问你大白天为什么关门？你紧张什么？"

"刚才……清点了一下钱，保险柜里面的……怎么了？你又来干什么？"

其实，尤小雨刚才离开后并没有走远，她想起刘丕志说要把那张购物卡送给派出所所长，这显然是谎话，派出所的事情半年前就已经解决了，这卡一定是留着给小闵的，于是，她就又返了回来。"不干什么，你把那张购物卡给我，我要用。"

一听说要购物卡，刘丕志心里平静了许多，他庆幸没有把购物卡交给小闵，他转身从办公桌上拿过购物卡，交给尤小雨说："拿去吧，以后不要每天都来上班了，把娃管好就是对我最大的支持。"尤小雨本来就不是每天上班，也从来就不按时上下班，听了刘丕志的话说："好吧，但我随时会来查岗的……"

尤小雨离开了，刘丕志立刻走进套间，从里到外看了一遍，果然不见小闵的踪影。人呢？他的眼睛盯在了厕所的门上，"肯定在里面！"他敲了敲厕所门说："没事了，出来吧。"果然，小闵打开厕所门走了出来。

"吓死我了……"小闵说。

"你真聪明！！"刘丕志给小闵竖起了大拇指，转身走到窗户边朝楼下看去。他看见尤小雨下了楼，并确认她走远了，这才牵着小闵的手走出了套间。刚才说给小闵购物卡的事情有了变故，他只好从保险柜里拿出一万元现金，交给了小闵。

刚才躲进厕所里的小闵，听见尤小雨进来时，紧张得心都要从喉咙里跳出来，现在才慢慢平静下来，她接过钱说："以后不要钱呀卡呀地给我了，要帮我就给我转账，很方便的。"刘丕志轻轻地捏了一下她的脸蛋说："转账很方便，但就是见不上你人怎么办？""讨厌，我走了。"看着小闵离去的背影，刘丕志自言自语地说："他妈的，还是爱钱！"

十

民政局局长李富林虽然口头答应了安排王牛牛到县剧团工作，但这件事还真不是一件容易的事情。

他好多年没有来过县剧团了，"文革"时期曾经在这里看过革命样板戏，开过批斗会，后来偶尔带外地客人来看古典秦腔剧，再后来就听说剧团解散了。他来到县剧团后，这里早已门庭萧瑟，铁栅栏大门开了个约两尺宽的缝隙，李富林侧着身子挤了进去。院子的梧桐树上落着几只乌鸦，看见有人来了呱呱地叫着飞走了。昔日人山人海的院落，热闹非凡的盛景，一票难求的场面一去不复返。恢宏气派的剧场已经闲置多年，外墙上的马赛克瓷片早已荡然无存，门口的几根大红柱子上的油漆已经斑驳脱落，如狼疮患者般不堪入目。东边有一排瓦房，门都上着锁，只有一间房子的门上挂有白布门帘，门帘上"东盛县剧团"几个洗得发白的红字依稀可见，门框上的烟囱冒着浓浓的黑烟。他敲了敲门，里面出来一个瘦小的老头子，手里端着一杯浓茶，问："你找谁？"

李富林说："你们这里的人都到哪里去了？"

瘦老头看着这个西服革履干部打扮的人说："戏没人看了，这里的人都解散了。"

"到哪里去了？"

"有关系的调到政府部门或者事业单位，有才艺的组织起来到外面唱自乐班挣钱去了，没关系没本事的下岗回家了。我年龄大了在这里看门，也给那些寻找自乐班的客户牵线搭桥。"

"怎么才能找到自乐班？"

"我这里有联系电话，你有事情可以找柳团长。"瘦老头进屋找出一个脏兮兮的笔记本，戴上老花镜，寻找着柳团长的电话号码。

"我念，你记一下。1390918……"

李富林当即拨通了柳团长的电话，得知自乐班在外市一个农村演出，说三天后才能回来，回来后也没有固定去处，可能会在县城为一家老人三年祭祀时唱戏，到时候手机联系。"真麻烦！"李富林心想，但这事还得落实，要不然那个瞎子还会到大街上演奏，还会影响市容，如果精神文明县城评比受到影响，他这个民政局局长就会被问责，民政局年底评比也会被一票否决。

瘦老头把李局长送到了大门口，他用力推了一下铁栅栏门，铁门纹丝不动，李富林说可以出去，不用推了。瘦老头说，自从那个死鬼在门上吊死后，这门就这么大个缝隙，没有推开过。李富林知道"门上吊死人"这件事，这事当年在县城里传得很邪乎。多年前，县城关镇一名四十岁左右的副镇长，看上了剧团人称"万人迷"的唱旦角的女演员，于是就经常来这里看戏，成了这名演员的忠实粉丝。时间长了，他们眉目传情，因情生爱，最后发展到偷情。但当时剧团有严格规定，晚上演出结束后，女演员一律不能离开剧团，铁栅栏门一锁，院内院外就成了两个世界。副镇长只好半夜翻越铁门和女演员幽会，时间长了一直也没有被人发现，副镇长的翻门技术也就越来越娴熟。有一天三更时分，副镇长完事出来，蹑手蹑脚地爬上铁门准备往外翻越时，突然看见值班门房里的灯亮了，由于慌乱，在飞跃出铁门的瞬间，不小心把毛衣挂在了铁门上面的矛尖上，此刻身子迅速下滑，毛衣紧紧地勒住了副镇长的脖子，副镇长挣扎了几下就不动弹了。第二天早上，一个晨练的体育教师跑步路过这里时，发现有人上身赤裸挂在铁门上，才给公安局报了案。事后人们议论纷纷，各种版本，传遍大街小巷。有的说，副镇长办完事精气神全无，翻了半截没了力气，就挂在了矛尖上；有的说，女演员还有另一个情人，发现副镇长的行踪后，半夜潜伏在大门口，在其翻越大门的瞬间，动了手脚，致使情敌窒息身亡；还有人说，当晚，副镇长和女演员吵了架，翻越铁门时心烦意乱，动作失调就挂在了矛尖上。副镇长在翻越铁门时看见门房的灯亮了，而慌乱出事的说法，是公安局走访调查以后的结论，加之尸检结果证实，是一起翻门失误而发生的意外事故。

出了大门，瘦老头说："自从出了这事后，剧团也不景气了，最后就散伙了。"

"那个女演员现在在哪里？"李富林的好奇心使他不由自主地问了一句。

瘦老头笑了笑说："你找见自乐班就能见到她，那风采……哈哈……"

三天后，李富林局长领着王牛牛在县城东街找到了自乐班。

雇请自乐班的是城关镇东街村的村主任，村主任父亲是个九十六岁的高寿老人，三年前去世后，儿子就雇了县剧团的自乐班，在东街村唱了三天三夜的大戏。这次给父亲过三周年忌日，他还请来了这个自乐班，在村委会门前的广场搭起了戏台，也要唱三天三夜，说是给老人最后再热闹一次。广场很小，是居民们下午休闲的地方，不大的花坛周围，设置有几个运动器材。看戏的人并不多，几乎全是中老年人。李富林他们到来时，舞台上一个女演员正拿着话筒激情地演唱着一首草原歌曲，一曲刚完，台下有年轻人高喊："再来一首！"女演员给大家深深地鞠了一躬，说："谢谢，下面给大家送上一曲……"话音未落，台下喊声此起彼伏："下去，下去，叫'万人迷'上来，唱《探窑》！""唱《三堂会审》！""唱《三上轿》！"民政局局长看了看周围，提这些要求的多数是中老年观众。台上的女演员尴尬地站在台上，不知道是该继续唱还是该下去。这时候一个很白净的国字脸的青年男子走上了舞台，给大家深深地鞠了一躬说："大家喜欢'万人迷'，我代她先谢谢大家，她正在化装，马上就上台为大家演唱，先让这位年轻演员再唱一曲，谢谢了！"年轻女演员接着唱了一首流行歌曲，显然情绪低落，激情全无，唱完后，幕也不谢扭头就走了，台下响起稀稀落落的掌声。台上锣鼓乐曲响了十几分钟，还不见有人上来，台下观众不耐烦了，口哨声、喊叫声此起彼伏。终于，有人走了上来，还是刚才那个男子："对不起大家，郭小芸老师今天感冒了，可以给大家唱一段《探窑》，但嗓音可能不理想，请大家谅解，谢谢了。"民政局局长这才知道"万人迷"叫郭小芸，真是千呼万唤始不来。"万人迷"终于出来了，台下响起一片掌声。李富林看到一个体态丰腴的中年女演员走上了台，她穿着布满补丁的灰色戏装，脸上的粉涂得很厚，好像在砖墙上抹了一层厚厚的腻子。她扮演的是秦腔剧《探窑》中的王宝钏，一招一式很是讲究，在锣鼓家什的伴奏下，她旋转、甩袖、亮相，招招有板有眼，丝毫也不马虎。她唱道：

老娘不必泪纷纷，
听儿把话说原因。
我的父在朝官一品，
所生我姐妹共三人。
……
说什么婚姻门户要相称，
富配富来贫配贫。
人都盼丈夫把官坐，
儿不嫌牵马坠镫的人。
……

唱完台下响起一片掌声。果然是名角，感冒了嗓音依然圆润动听，但体形相貌姿色远不如前面唱草原歌曲的女演员。王牛牛听得入神，脸朝着扩音喇叭的方向，半张着嘴，手打着节拍，显得异常痴迷。李富林有点儿失望，他思忖，那个看门的瘦老头可能也是个秦腔戏迷，就像现场的老年观众一样，喜欢看老演员唱戏。当年那个翻门和她幽会的副镇长如果看到如今的她，可能就不会冒险翻门而死于非命了。"岁月是把杀猪刀啊！"他感叹了一句，和王牛牛一起离开广场，向村主任家里走去。

村主任家在距离广场不远的地方，是个三层小楼，院子很大，院内种有花草，养着金鱼。村主任认识民政局局长，突然见到这么大的"官"来到家里，忙不迭地出来迎接。他以为民政局局长是给家父过三周年行礼来了，忙说："劳驾您了，谢谢，谢谢！"随即招呼到客厅烟茶相待。李富林边喝茶边说明了来意，村主任脸色稍有不悦，但又立马笑逐颜开，赶忙喊人去找自乐班负责人柳团长。不一会儿，柳团长进门了，李富林看到他笑了笑说："认识认识，你就是刚才在台子上给'万人迷'打圆场的帅小伙。"

"什么帅小伙，都四十多了。"

"剧团效益怎么样？"李富林把自乐班依然叫剧团。

"别提了，现在年轻人都不喜欢看秦腔，观众越来越少了。"

"秦腔不是已经申报了国家非物质文化遗产吗？前景应该是不错的啊！"

"唉！那都是报纸上说的，老百姓不买账，就没有市场。过去农村人还喜欢秦腔，现在多数人都到城里打工去了，剩下的老婆老汉爱看戏却不掏钱，都是些爱钱、怕死、没瞌睡的……"柳团长很幽默也很无奈。李富林听了柳团长的介绍，觉得这时候给他推荐一个盲人演员，他一定会很为难的，这种自乐班是在市场的夹缝中求生存的，随时都有解体的危险。但他又想到这是一个打着县剧团牌子的企业，既然是企业，就一定要纳税，如果给他们安排一名残疾人，就可以免除一部分税收，这样既减轻了自乐班的税赋，又给王牛牛找到了出路。于是他说："你们这个自乐班交税吗？"

"交，按照一般纳税人税率交，税率是12%左右。"

"如果安排一个残疾人能不能少交一部分税？"

"可以少交，但要白养活一个人啊！算下来正好就是免税的部分。"

"我给你介绍一个有表演才能的残疾人，既会演节目又可以免税。怎么样？"

"那要看是什么才艺了。"李富林局长刚才进村主任家大门时，让王牛牛在门口等着，现在他看时机成熟了，说："是个能人，才艺多多，你可以面试一下。"说完他出去把王牛牛领了进来。

在村主任家的客厅里，柳团长上下打量着王牛牛，觉得很面熟，但一时又想不起来，感觉有点儿像是在街上见过的卖艺的盲人，但因为是民政局局长领来的，看打扮又很干净得体，也就没有往那方面想。他问王牛牛都会什么才艺。王牛牛回答说，会拉二胡，会吹笛子，还会吹唢呐。柳团长说："还是个全才啊！"李富林插话说："他还会说快板。"村主任接过话茬说："快板有意思，老少都喜欢。"柳团长看了看李局长说："能不能让他表演一段快板？我们团里正好缺这样的人。"村主任说："来一段'四软四硬'试火一下。""什么叫'四软四硬'？"李局长不解地问。柳团长笑了，王牛牛也笑了。村长说："农村人流传多年的怪话，比如说'四软'：姑娘的腰，棉花包，水晶柿子，猪尿脬。'四硬'：上箭的弦、水瓮的沿、和尚的××、金刚钻。"柳团长说："还有'四欢四白'。'四欢'：风中旗，浪里鱼，十八的姑娘，叫槽的驴。'四白'：头场雪，瓦上霜，大姑娘屁股……"

"好了好了，都是些不健康的话。"李富林局长制止了他们的段子，"要说就说有积极意义的，揭露社会不正之风的，有现实教育意义的也行。"

村主任说："'四闲四虚'就是揭露社会现象的，'四闲'：大款的老婆，领导的钱，下岗职工，调研员。'四虚'：老板的肾，官僚的稿，小姐的眼泪，统计局的表。"

李富林也被逗笑了，说："没有王牛牛说得好，叫他随便说一段吧！"

王牛牛听后，从包里拿出竹板，先打了一段开场板。只见竹板一会儿在指尖灵活地翻动，一会儿在空中旋转飞舞，娴熟的打击技巧和明快的竹板节奏，使大家眼花缭乱，随着竹板的嘀嗒声慢下来，王牛牛的快板开始了：

> 人到五十像篮球，儿子姑娘抢着留，
> 买米买面又买油，抱着孩子能上楼；
> 洗锅做饭不发愁，拖地买菜像灵猴，
> 能养鸡来能喂牛，冬天还能打煤球。
> 人上六十像排球，儿女不抢也还留，
> 虽然不像以前牛，和面还能用手揉；
> 买葱买盐打酱油，帮助孙子能洗头，
> 忠心耿耿当家奴，儿女轻闲街里游。
> 人过七十像足球，儿子姑娘都不留，
> 人老话多不能由，擤鼻吐痰口水流；
> 女儿女婿看见愁，儿子媳妇皱眉头，
> 儿要出差女旅游，不想收留找理由。
> 人到八十没活头，不如一头老黄牛，
> 少气无力卧床头，吃喝拉撒把人求；
> 远亲近邻无人瞅，早点想开早放手，
> 结发老伴陪你走，天涯海角信天游。

"好好！"柳团长连连说好，"这个人我们要了。"

李富林说："还是要多说些正能量的快板，这样才符合精神文明县城建设的要求，这个人我就交给你了。"说完，他立即给梁欣仁拨通了电话："梁县长吗？我是——哦——听出来了，给您汇报一下，那个盲人王牛牛已经安排好了，我就在自乐班，哦，剧团，让柳团长和你通话。"

柳团长一听是梁欣仁副县长的电话，心咚咚直跳，他接过民政局局长递过来的手机，双手捧着说："喂……哈哈，什么团长呀，我是小柳，没事，没事，我会好好关照他的，是……是……"柳团长挂了电话，激动地说："没想到这么点事儿惊动了县长，请你转告梁县长，我一定会安排好这件事情，给全县的精神文明建设做出应有的贡献！"

梁欣仁见到李富林后，对他的办事能力非常满意，并对他说："干事情就要重视抓落实，领导深入下去亲自抓。清理盲流的事情多年解决不好，就是因为没有抓落实。"李富林说："这种事情本来就是民政局的工作，我们以前工作抓落实不够，今后要重视抓落实。"李富林说完看了看梁欣仁，梁欣仁满意地点了点头，他觉得梁副县长非常在意对王牛牛的安置，便接着说，"先叫王牛牛在剧团干着，民政局对残疾人有补助款，像他这样的重度残疾，每个月可以发一百元生活补贴，也可以集中起来逢年过节时由您亲自送去，体现县上领导对残疾人的关怀。"梁欣仁对民政局局长的这个提议非常满意，他没有明确表态，只是说："就按规定办吧！"

十一

法庭上，王冬牛的律师甄少言举手要求发言，主审法官点头表示允许。甄少言说："据调查，原告尤小雨在按摩店做减肥项目期间，早已经和被告王冬牛产生了一定的暧昧关系，后来事情的变化是循序渐进的，有其因果关系的，彼此间不能割裂，也不能孤立看待。"说完，只见他从手提包里拿出来一个鼓鼓囊囊的信封，递给了主审法官。

大家的目光投向了这个信封，里面会是什么东西呢？这一定是有关这起强奸案的直接或间接证据，这些证据在法庭上适时拿出是有经验的律师通常的做法。对这个信封最为关注的是尤小雨，她睁大了眼睛，注视着法官的一举一动。她在想，里面会是什么呢？是王冬牛的东西，还是她自己的东西？这些东西能够说明什么问题呢？

　　自从尤小雨减肥成功后，周围的姐妹们非常羡慕，纷纷让她介绍减肥经验，她说一是合理饮食，二是坚持推拿。她把正筋骨推拿中心的电话告诉了她们，同时她告诉她们，自己只做了腹部减肥，没有提及胸部推拿，也没有推荐王冬牛这个盲人技师。她觉得王冬牛就是为她量身打造的技师，无论手法技巧，推拿效果，都是她从来没有遇到过的最好的技师，再加上他幽默的言谈，得体的举止，还有一些文艺范儿，都使她有一种奇异而美妙的感觉。这种感觉在她心中不断升华，由开始的朦胧模糊渐渐变得清晰明朗。她甚至不觉得他是一个残疾人，他们之间的沟通已经没有了障碍。她喜欢听他说段子，他的段子很多，有讽刺社会现象的，有心灵鸡汤类的，还有一些搞笑的荤段子。听了荤段子，她开始还会脸红，后来就习以为常了。有一次王冬牛给她按摩腹部的时候讲了一个段子，一直让她忘不掉：一个女子因胸小而嫁不出去，一日相亲时对男人说："我胸小，你嫌弃吗？"男人说："有馒头大吗？"女子说有！洞房之夜，男人冲出洞房，跪地仰天长呼："天啊，旺仔小馒头也算馒头？"她听完后，笑得几乎岔了气。王冬牛的段子随口就来，他似乎从尤小雨的笑声中得到了鼓励，接着问尤小雨："你听过卖油条的段子么？""没有，说说看。"此刻的尤小雨非常期待。王冬牛说：有一个卖油条的男人解完手回来，不洗手就给女顾客拿油条。女顾客察觉后说："你拿的我不要，让你媳妇给我拿！"媳妇给她拿完油条后，看着女顾客远去的背影嘀咕道："哼！他才摸了一下你就嫌脏，我昨晚摸了一宿……""哈哈哈哈……"尤小雨觉得自己有点失态，马上止住笑声说："你怎么满肚子都是怪话？记性还这么好？"王冬牛给她讲了自己从小在农村长大，后来到街头卖艺，再后来到剧团的自乐班说快板、拉二胡、吹笛子的经历。尤小雨听后开始同情王冬牛了。

在腹部成功去脂和胸部成功隆起后，尤小雨又想做腿部减脂项目。因为她每次看见小闵穿着短裙一扭一扭走过来，周围男士们都会不由自主地投去窥猎的目光，心中的火气就不打一处来。凭什么？不就是大腿长得匀称嘛！她知道自己穿短裙没有小闵好看的原因就在这里，如果减去臃肿的脂肪，酒店女神的地位还是非自己莫属！但不知道推拿中心有没有这种项目？她知道人们熟悉的项目是颈椎、腰椎或者肩周炎的按摩，就连腹部减肥项目，如果不是姐姐告诉她，她是不知道的。胸部推拿是她自己提出来的，王冬牛好像以前也没有做过，属于新开发项目。腿部减脂项目推拿中心肯定没有人会做，因为她在和王冬牛接触的过程中从来没有听他说过有这个项目。王冬牛如果做不了这个项目，推拿中心肯定就没有人会做了，因为在她的心中，王冬牛就是正筋骨推拿中心的灵魂、骨干、台柱子，没有他，这个推拿中心就没了魂，就无戏可唱，就黯然失色，就生意萧条。在腹部和胸部项目做完后，尤小雨有一段时间没有去推拿中心了，这天傍晚她来到推拿中心，前台热情地接待了她，给她安排在她经常去的房间，说王冬牛师傅在上钟，让她稍等一会儿。

来之前，她穿了一身天蓝色连衣裙，还特意给腋下、颈部、脚脖、手腕处喷了些新买的法国兰蔻香水。到房间后，她拿出刘胖子给她的苹果手机，自拍了几张照片，给姐姐尤小梅发了过去，问姐姐连衣裙好看吗？尤小梅看到照片背景是推拿房里面的瓶瓶罐罐，说连衣裙好看，接着又问她今天做什么项目？尤小雨说想做腿部减脂项目，尤小梅不知道还有这个项目，就说你先了解一下，如果可以做的话我也去做。其实尤小雨并不知道王冬牛能不能做这个项目，她只是猜想王冬牛有做这个项目的能力，今天她就要和王冬牛谈这个事。她给姐姐说，肯定会有效果，王技师是手到病除的神手，你准备好钱就行了……说话间，王冬牛推门进来了："好几天不来了，今天怎么这么香？换香水了？"

"你闻出来了，怎么样，好闻吗？"

"好着呢，茉莉与芍药的混合味，清淡高雅还有些神秘感。"

"真厉害，产品说明书上就是这样介绍的。"尤小雨平时习惯用韩国化妆品，香水也是韩国的牌子，王冬牛刚进来就发现了她的变化，而且把香型说得一点不差，她由衷佩服王冬牛敏锐的嗅觉。她接着说："我平时用的是韩国香水，今天用的是法国兰蔻香水。"

"法国是有名的香水生产地，有些产品有几百年的历史了，但化妆品还是用韩国的比较好，因为适合亚洲人的皮肤。"

"你怎么懂这么多？"

"在学校时老师讲过化妆品的类型和用法，我说的都是一般常识。你今天来不只是探讨香水的吧？"

"哦！我想问问腿部减脂的问题……"尤小雨试探性地说出了来意。

"腿部减脂和腹部减脂原理应该是一样的，都是通过推拿使多余脂肪燃烧，再加上合理饮食和腿部肌肉锻炼就能够达到减脂的目的。"

"这个项目你能做吗？"

"一般客人不做这个项目，店里也没有开设这个项目，所以我平时也就不做。"

这句话是尤小雨始料不及的，她本以为王冬牛会很乐意为她做腿部减脂项目，就像做胸部按摩一样，使她得到满意的效果。他是有什么顾虑吗？怎样才能打消他的顾虑呢？于是问王冬牛："你对这个项目没有把握吗？还是店里有什么规定？"

"理论上讲应该没有问题，店里也没有明确规定，就是……"

"怎么啦？"

"就是你应该找一个女技师做好一些。"

尤小雨明白了王冬牛的顾虑，说："我相信你的技术，也相信你的人品，如果觉得在店里做不合适，我们可以到外面找地方做。"

"外面更不行，一方面是店里有规定，技师不允许在外面上钟；

另外我自己行动也不方便。"

"那就在这里做，对外就说是做腹部按摩或其他项目，我给你额外的小费。"

"不是钱的事……"王冬牛明显有些为难，但尤小雨又是这样执着，他只好说："要做就只能说是做其他项目，计费也按照其他项目计费，比如颈椎、腰椎、足疗都可以。"

"好的，就这样定了。钱除了支付前台外，我再另外给你付费。"尤小雨说完看着王冬牛的表情，她急于想知道王冬牛的态度，可王冬牛脸上的表情几乎没有任何变化，看不出是满意还是基本满意或者根本就不满意。原来，人的表情不是从脸上可以看出来的，而是通过眼睛的神态表现出来的，而盲人的眼睛是没有神态的。

"叮咚咚、叮咚咚……"尤小雨的手机响了，是姐姐打过来的，"喂，说好了，可以做，好的，好的。"尤小雨挂了手机笑着说："我姐姐也想做这个项目，你这个技师很受欢迎啊！"

"换手机了？"

"你怎么知道？"

"铃声不一样了。"

"真厉害，刚换的你就知道了，是苹果手机。老手机不用了，你如果需要就送给你，只是键盘上的字磨得不清楚了。"

"可以啊，我的手机经常死机，是个老人机，功能很少。你的手机给我正好，我也只能用键盘手机，谢谢你啦！"王冬牛一直用的是键盘手机，靠手指的触摸打电话，他还可以通过别人按键盘的声音，听出拨打的是什么号码。刚才尤小雨说键盘上面的字不清楚了，显然忘记了他是个盲人。

"好吧，下次来我给你带上，起码比你这个功能多，还可以录音呢！"尤小雨说。

王冬牛拉上了门上的半截窗帘，让尤小雨脱掉了连衣裙，然后把一条浴巾盖在了尤小雨的身上。王冬牛介绍说：按摩减肥只是辅助的措施，大腿每天都在做运动，既有肌肉也有赘肉，平时要科学锻炼，就是快走，每天抽出半小时来快步走，使赘肉也变成肌肉，坚持一段时间就会有一定的效果了。今天给你涂抹的是普通精油，下次来专门给你买瘦腿精油和瘦腿能量膜，这样能让腿部的脂肪更快地燃烧，效果非常好。王冬牛说着，给手心倒了点精油，双手围成一个圈，然后从小腿底部到大腿上部，来回按摩。这样大约半小时后，尤小雨感觉到腿部发热，说："发热是不是在燃烧脂肪？"

"发热是按摩的作用，还要打开腿部的穴位，对腿部的穴位进行按摩是非常重要的，这样才能加速皮下脂肪的燃烧。"王冬牛对人体常用的三百多个穴位了如指掌，而且对各穴位的功能也非常清楚。他对尤小雨说："光腿部的穴位就有七十多个，如果要瘦腿需要打开十六个穴位，开始可能有点痛，你要有思想准备，慢慢就会好一些，这就需要恒心和毅力。"尤小雨说："没问题，为了瘦腿吃点苦也值！"

"今天就到这里，下次新产品回来了再继续做。"王冬牛一边整理用具一边说。

"下次是什么时候？"

"等我电话，因为这些产品需要从外地邮购。"

……

晚上十点多，尤小雨回到了家，她想，王冬牛购买产品，一定是要花钱的。她从抽屉拿出一万元现金，再找到刚刚换下来的三星手机，用一个塑料袋装起来，放到了一起。孩子和保姆已经睡了，刘胖子照例没有回家——其实刘胖子已经好久没有回家了——她习惯了一个人睡觉。睡梦中，她梦见自己的腿突然像大象的腿一样，越来越粗了，走起路来也像大象一样缓缓地扭动着，酒店里的员工们对她指指点点，小闵见了她笑得直不起腰来，她一气之下，拿起手机朝着小闵的头部砸去……"啪！"的一声，手机打偏了，砸在了玻璃隔断上，玻璃碎了一地。她被这一声惊醒了，揉了揉眼睛，天已经大亮。她听见客厅里有人，推开门一看，只见保姆在客厅里清理着刚刚打碎的一只玻璃杯子的残片。"我不小心打碎了……"保姆诚惶诚恐地看着她。"没事，以后不要毛手毛脚的。"

她奇怪怎么做了这么一个梦？"梦和现实都是相反的。"小时候她母亲经常说这样的话，这个梦预示着她的腿部减肥是成功的。她捏了捏大腿，觉得还是有点酸痛的感觉，她知道这是按摩的结果。

几天后的一个下午，尤小雨在酒店里接到了王冬牛的电话，她在手机上存的不是王冬牛的名字，而是"王技师"。电话里王技师说，产品已经回来了，让她今天就过去。尤小雨赶忙回家，拿了早已准备好的钱和手机，直奔正筋骨推拿中心。

王冬牛这天没有客人，他见到尤小雨后，在按摩房的柜子里取出新购回来的产品，一一做了介绍。尤小雨看到其中有一卷保鲜膜，不解地问："保鲜膜是干什么用的？"王冬牛说："一会儿你就知道了。"尤小雨把装有钱和手机的塑料袋交给王冬牛说："这是钱和那部旧手机，充电器也在里面。"王冬牛用手捏了捏，淡淡地说了声："谢谢！"转身把塑料袋放进了柜子里。这声谢谢很随意，没有尤小雨想象中那样激动，那样感恩，好像是在拿回了自己的东西。是他对旧手机不感兴趣，还是邮购的减肥产品价值不菲，已经远远超过了一万元？还是……尤小雨心里没底。

推拿开始了，这次王冬牛没有用普通精油，而是用新买回来的瘦腿精油进行按摩。方法和上次一样，只是增加了穴位按压。他用两个大拇指来回按摩小腿上的一个穴位，说这个穴位叫承山穴，对瘦小腿有帮助。在大腿的外侧中部的位置，他用两个大拇指反复按揉一个穴位，说这个地方叫风市穴，对瘦大腿有一定的效果。在按摩到大腿根部时，王冬牛在某一个部位加大了力度，尤小雨觉得有一股电流突然冲向了全身，她不由得"啊"了一声，"怎么了？""没什么，这是个什么穴？""疼吗？""不疼，只是感觉……"尤小雨说不出来是一种什么感觉，她从来没有过这种感觉，这感觉是异样的，是那种令人舒服愉悦令人向往但又几乎令人窒息的感觉。王冬牛当然明白这是什么穴位，但他没有告诉这个穴位的名称，而是说有些穴位没有固定的名字，但可以治疗疾病，比如说你刚才"啊"了一声，说明那个地方就有一个穴位，可以叫"阿是穴"，是不固定的穴位。他给尤小雨讲了唐代名医孙思邈发现"阿是穴"的故事：唐朝时，终南山有一位老猎人，由于长年在外打猎，得了腿疼病，发作时难以忍受。他多方求医无效，后来听说长安城有个"药王"孙思邈，医术非常高明，于是他来到长安求医。孙思邈就给他服药、扎针，但治了将近半个月，病却不见好转，他想，除了针扎已知经穴，是不是可以另寻新穴呢？他请老猎人躺在炕上，手指在腿上一分一寸地掐试针穴，并不停地问这里疼不疼？老猎人回答不疼……当他掐试到某个地方时，老猎人突然大喊："啊，是！"孙思邈便掐住这个点，毫不犹豫地把银针扎入这个穴位，过了一会儿，老猎人腿疼的症状就减轻了。因为疗效显著，孙思邈就记下这个新穴位。就这样连续扎了七八天针，老猎人的腿疼病终于痊愈了。此后，孙思邈思忖给这个新穴位命名，忽然想起老猎人的喊声，于是就将新发现的穴位称为"阿是穴"，而且一直沿用至今。"真是神医啊！"尤小雨听得瞪大了眼睛，让王冬牛接着讲孙思邈的故事。

王冬牛接着又讲了孙思邈"引线诊脉"的故事，说唐朝时期有一皇后，因病卧床，久治不愈，朝廷命人找来孙思邈诊治。治病就必须先号脉，但太后的"凤体"是不能随便触摸的，于是孙思邈就想出了"引线诊脉"的办法。他找来一丝红线，一端系在太后手腕上，一端自己捏着，通过丝线的振动来诊断病情。尤小雨听着好奇，说丝线怎么能振动？王冬牛说故事都是传说的，如果"引线诊脉"属实，那一定是另有隐情，绝非是他有通过摸绳子，就能摸出太后脉搏强弱的特异功能。太后的肌肤，是随便可以摸的吗？显然不是。纵然是看病，也得小心翼翼，弄不好，就会招致杀身之祸。聪明的孙思邈对太后的症状，其实早已心中有数，却并不急于给出结论，而是要绕着弯子，在她的手臂拴根绳子，摸着绳索的一端为其把脉。摸绳子，百分之百是装模作样，是一出演给皇宫里的人看的戏。不摸其脉，显得有点轻率，似乎不大认真；但摸其脉，却又可能摇动皇帝心中的醋坛子，引来其他事端。不认真和性骚扰，这两样罪责，不论哪一种，孙思邈都担当不起。于是在两难之中，孙思邈就想出了引线诊脉这一绝招。如此，可谓一石三鸟，既能避免自身遭殃，又能满足宫廷之人对精心医病之期待，还能显摆自己诊疗技术之高超。

尤小雨听后，惊异不已，她惊异孙思邈医术的同时，更惊异王冬牛的推理判断，把"引线诊脉"的传说讲得令人心服口服。

王冬牛一边讲着故事一边用瘦腿精油按摩，尤小雨在听故事中接受着按摩，一点都不觉得枯燥无味。按摩结束后，王冬牛用柔软的毛刷子在尤小雨大腿、小腿上来回地刷经络，再然后给大腿小腿均匀涂抹上瘦腿能量膏，他说这样能让腿部的脂肪更快地燃烧。最后一道工序，就是用保鲜膜包住腿部。大概十五分钟，尤小雨明显地感觉到腿部在发烧，她说："有点烧。""这就对了，说明脂肪在燃烧。"半小时后，王冬牛慢慢撕下了保鲜膜，能量膏也随之脱离，尤小雨看到腿上的皮肤显得红润光亮，仿佛刚从汗蒸房里蒸出来似的，也可能是心理作用，她还感觉到两条腿开始变瘦了。王冬牛继续给她按摩双腿，这次用的是精油，动作很轻很温柔，说这叫封闭按摩，使打开的穴位再封闭起来，这样做一个月就会有效果了。尤小雨看着这双神奇的大手，突然觉得王冬牛就是一个神人，这个神人可以让她由胖变瘦，由比较漂亮变得非常漂亮，让她在酒店里昂头挺胸，自信心大增。她有点儿喜欢这个盲人按摩师了，她记住了"阿是穴"这个名称，她喜欢他按压阿是穴的感觉，喜欢他讲孙思邈的故事。

十二

梁欣仁是在街上看到王冬牛的。那天，他乘车准备到市里开会，刚出县政府大门，车子就放缓了速度。原来前面有一个送葬的队伍，长长的队列中，孝子们哭哭啼啼、稀稀落落缓慢地移动着。司机左右避让，终于开到了队伍的前面。唢呐乐队正在起劲地演奏，队伍中的乐人穿戴不一，有穿棉袄的，有穿羊皮背心的，有背心上面套西服的，有西服外面套毛衣的，长袍短褂，各具特色。还有一个头戴大檐帽的，帽子颜色已经变成了黑灰色，不知道是公检法的，还是工商税务的大檐帽。有一个瘸子异常显眼，一脚高一脚低地举着唢呐边吹边走，怪异的动作，夸张的神态，引来路人好奇的眼神。梁欣仁突然看见王牛牛也在其中，他摇下车窗玻璃，仔细辨认，确认就是王牛牛！只见他正鼓起腮帮子使劲吹奏着唢呐，他的腰间系着一根细细的麻绳，麻绳的另一头系在了前面一个吹唢呐的乐人腰间。梁欣仁感到奇怪：王牛牛不是在剧团吗？他拨通了民政局局长的电话："你知道王牛牛现在的情况吗？哦！就是那个街头卖艺的盲人……不知道？那就请你去剧团了解一下吧！"

王冬牛到剧团的自乐班以后，并没有想象中的那样如鱼得水。开始他上台说快板，观众还觉得新鲜，但说了几场就没人喜欢了，观众说，我们是来看戏的，干巴巴的一个人说啥呢？没有锣鼓家什不热闹。以至于后来王冬牛一上台，下面就有人鼓倒掌，吹口哨。于是柳团长就让他到乐队拉二胡。谁知他平时二胡独奏惯了，老是抢拍子，气得演员直跺脚。后来又叫他改吹笛子，他吹得倒是很卖力，但从头到尾都是高音出头，和整体乐队根本无法配合。但由于是民政局局长安排的人，梁欣仁副县长也知道此事，并且这个人还关系到创建精神文明县城建设，所以柳团长不能轻易就把王冬牛赶走。后来柳团长发现，当地人过丧事的时候，有"家祭""迎饭""打怕怕"等风俗，长长的孝子队伍要招摇过市，以显示故去之人后继有人，香火旺盛，枝繁叶茂；到坟墓上去祭奠，来回都要有吹唢呐的乐人在队伍前面吹奏。而唢呐乐队是民间乱搭班子的松散组织，人员多少不固定，今天十个人，明天可能就变成了五个人，雇主家有的在乎有的不在乎人员多少，按人头付费，只图烘托一下气氛而已。柳团长正好认识一个唢呐队的领班，这个人以前也是剧团乐队的成员之一。柳团长把王牛牛介绍给唢呐队，并答应每个月给王牛牛三百元工资。唢呐队负责人面有难色地说："我这个唢呐队已经有一个瘸子，还有两个脑子八成的，再来一个瞎子，就成残疾人协会了。"柳团长反复介绍了王牛牛的才能，说他虽然是个瞎子，但脑子够用，演技高超，不惜力气，只会给你带来效益，不会有负担。唢呐队长提出了一个条件，要求柳团长把三百元增加到五百元，并且交给唢呐队，否则就不接收王牛牛。柳团长想：只要王牛牛的残疾证放在剧团，每年就能得到税务局免税五万多元，于是就答应了。王牛牛到唢呐队后，的确像柳团长说的那样，每次演奏都非常卖力，在乐队里起着中流砥柱的作用，即使个别人偷懒不吹唢呐或者当"南郭先生"，也不会影响整体效果。

民政局李局长把了解到的情况向梁欣仁做了汇报，说只要给他有个安顿，不影响市容就可以了。可不久后发生的事情着实让李局长犯难了。

那天柳团长找到他说：王牛牛突然跑到剧团来说，他不想去唢呐队了，要回来上班。原因是唢呐队的人欺负他是个盲人，克扣他的工钱。一次他们给一个包工头家里过丧事吹奏唢呐，包工头很大方，当场给每个乐人发了一百元工钱，可钱到王牛牛手里时，却成了五十元。王牛牛对钱币的面值是非常清楚的，不论哪种钱币只要一过他的手，马上就可以说出面值多少。钱是经过瘸子的手到他手里的，他问瘸子多钱？瘸子说一百，他找到唢呐队长说理，瘸子说瞎子把钱换了。唢呐队长拿出一张百元面值的人民币交给王牛牛，问多钱？王牛牛摸了摸说是一百元，但这张是假币。唢呐队长气愤地说，这钱是刚刚从银行取出来的，怎么会是假的？王牛牛说：现在哪里没有假？顺口溜都说：假烟假酒两头堵，奶粉面粉全有毒，假货坑人百姓苦，个别干部还入股，受害人民不胜数，花钱受气伤筋骨，头朝蓝天背靠土，可怜百姓太纯朴，白扔钱财谁来补，受伤心灵谁安抚，我们实在不清楚，你们难道没父母……唢呐队长说，滚！少给我说这一套。王牛牛说，唢呐队里也有假，滥竽充数不受罚，好人出力不讨好，吃亏受气没多少……唢呐队长说，滚滚滚！不想干了就走人。王牛牛说，此地不养爷，自有养爷处！说完卷起铺盖就走了。唢呐队长看着手里的一百元纸币心里想：银行出来的钱怎么会有假呢？

王牛牛来到剧团的自乐班给柳团长说要回来上班，柳团长说，暂时没有事情干，先回去休息几天再说。王牛牛知道这是推辞话，回去可能就来不了了，于是威胁柳团长：如果不给他安排岗位，他就把这一情况告诉梁欣仁副县长。柳团长无奈只好找到了县民政局局长李富林。李富林说，那就在你这个自乐班里养着吧，好赖找点事情干，只要不让到街上流窜就行了。王牛牛在自乐班待了一个多月，不让上台演出，也不许到处乱跑。让他保管服装道具，他凭两只手摸索着叠衣服、装道具。一次自乐班到农村演出时，几个小孩子发现是一个瞎子保管服装道具，于是串通好，一部分人让他说快板，一部分人去偷东西，结果今天丢了件衣服，明天丢了支刀枪。柳团长得知后，只好又安排他去帮厨。在厨房他只会择葱剥蒜，其他什么也干不了，时间一长，王牛牛厌烦了，他主动向柳团长提出要离开剧团。柳团长说，离开可以，但不能在街上摆摊设点。王牛牛说，可以，但要把残疾证带走。柳团长也就只好答应了他的要求。

东盛县创建精神文明县城建设顺利通过了验收，县上召开了规模盛大的表彰大会，县城建局、民政局、公安局、精神文明办公室等十多个单位获得了表彰奖励。民政局局长李富林还代表受表彰单位在大会上做了经验交流，重点介绍了在建设精神文明县城过程中如何安置好流浪人口的问题。梁欣仁也因此被提拔为泸阳市精神文明办公室主任，兼市委宣传部副部长，是正县级待遇。市级部门的工作相对县上要轻松许多，他经常深入基层搞调研，写出的文章有理有据，有骨有肉，并且常常刊登在《泸阳调研》和《泸阳日报》上，渐渐地，他成了市里公认的笔杆子。

转眼间，梁欣仁到市里工作也有一年多时间了。这天，他带着市精神文明办的同志到东盛县调研该县精神文明县城建设的巩固情况。东盛县精神文明办主任、民政局局长、城建局局长等几个部门领导陪同。当他们行走到县文化馆附近时，一阵悦耳的笛声传了过来。他们驻足观望，只见在文化馆门口围了一大堆人。梁欣仁说："过去看看。"民政局局长李富林拨开人群，率先走到吹笛人身旁，厉声喝道："怎么又是你？"梁欣仁看到被呵斥的人是王牛牛，他走到王牛牛面前，习惯地干咳了两声，掏出一张百元纸币递到了他手中，和蔼地说："你怎么又到街上来了？"王牛牛听出是梁欣仁的声音，说："贵人，又见到你了。"说完扑通一声跪在了地上。梁欣仁忙扶起他说："你不是从剧团到了唢呐队吗？什么时候又到街上来了？"王牛牛叹息了一声说："人家都嫌我是个盲人，我也没有啥本事，只好在街上吹笛子混日子。""以前帮你收钱的那个女娃呢？""哦，你说小娥，她现在身子沉，待在家里不出来。"王牛牛说完脸红了。"你是说她怀孕了？你们结婚了？"李富林急切地问道。"没办手续，她和我一样是个恓惶人，我把她收留了。"梁欣仁转身对李富林说："这可是个特殊情况，两个残疾人，马上又有个孩子，怎么生活呢？不能一味地赶走了事，要采取切实可行的帮助措施。"李富林从口袋里掏出一千二百元现金交给梁欣仁说："这钱你给他，算是今年的残疾人生活补助费，回头我补办手续。"梁欣仁接过钱数了一遍，顺手交给王牛牛说："这是一千二百元现金，你拿回家去，有机会我会到村上看望你。"王牛牛接过钱激动地说："妈呀，咋这么多钱？我一辈子都没见过这么多的钱！"梁欣仁说："拿着吧！这是民政局补助的，有机会找点其他事情干，再不要到街上卖艺了。""好好，听你的。"王牛牛深深地给梁欣仁他们鞠了几个躬，说："我再给你们吹最后一首歌就走。"只见他拿起笛子，把贴有笛膜的部位在脸颊上轻轻地滚动了几下，又用嘴吹了吹笛膜，再用舌头舔了舔笛孔，他现在用的笛子，已经是非常专业的那种了。一曲《好人一生平安》的乐曲随着王牛牛指尖的跳动悠扬地传到了远方……

　　调研结束后，梁欣仁写了一篇题为《精神文明县城建设成果重在巩固》的调查报告，报告中列举了东盛县县城摆摊设点反弹的现象，还特别列举了王牛牛街头卖艺的事例，并就如何建立长效机制提出了自己的见解，如对待王牛牛这样的残疾人应该有专人负责帮扶，一帮到底，不脱贫不脱钩，等等。也就在这个时候，《泸阳日报》"沪阳好人"栏目刊登了一篇题为《寻找好人》的短文，在市里引起了热议。文章是一个盲人的口述：

　　　　我是一个盲人，家住东盛县阿姑乡麻地坡村，自幼丧母，七岁时父亲又失足落崖去世了，我就成了孤儿。我从小吃百家饭，穿百家衣，过着食不果腹、衣不遮体的日子。后来我遇到了一个贵人，他给我指出了一条街头吹笛子卖艺的生路，后来又安排我到县剧团工作。他多次接济我，给我钱和衣物，使我能够生存下来，我看不见他的容貌，但我能够感觉到他火热的心肠，据说他现在离开了东盛县，不知道调到哪里去了，他是我唯一的亲人，没有他就没有我的今天，没有他我可能还在沿街乞讨卖艺，我想他……

　　　　　　　　　　　　　　　　　　　　　　　　王牛牛

　　梁欣仁知道这是王牛牛找人代笔写的。文章中没有提及他的名字，显然是故意要制造一点儿悬念，但也的确感动了许多人，一时间大家议论纷纷，要替盲人找到这个贵人。梁欣仁自己也被感动了，他决定到王牛牛家里去看望一次。

　　深秋，天气渐渐寒冷，市区通往阿姑乡麻地坡村的道路比过去通畅了许多，柏油路一直可以通到村里，行道树上的叶子在秋风中飘落着，路旁的庄稼地里杂草丛生，有些地块成片荒芜，呈现在眼前的是一片凄凉景象。这天，梁欣仁亲自驾驶着汽车，车上还有《沪阳日报》

和沪阳电视台的两名记者。宣传部的优势就是可以随时调动新闻部门的记者，何况他还是副部长兼市精神文明办的主任。出发前，梁欣仁专门让妻子整理了一大堆旧衣服和旧鞋帽，又到药店里用医疗卡购买了几盒治疗感冒、腹泻的常用药，他要当着记者的面把这些送给王牛牛。

一个多小时后，汽车进村了。大中午，村子里人却很少，几个小孩在汽车后面用土疙瘩追打着汽车。梁欣仁刹住车，摇下车窗玻璃，后面的小孩一哄而散。梁欣仁问路过的一位老汉："老哥，你知道王牛牛家在哪里吗？"

"牛牛家，端直走，上坡，左拐看见一棵大槐树，旁边的下地窑就是。"

"哦，谢谢！"

汽车上坡、拐弯停在了大槐树下。他们三人下车后果然看见了一个下地窑。下地窑是北部丘陵塬区常见的村民居所。先在平地上开挖出一个足够大的方形深坑，再将方坑的四壁削平，方坑底面即庭院的大小，深度则由所开凿窑洞的高度来决定。方坑开凿好以后，就可以在四壁开凿窑洞了。由于考虑到采光等因素，一般在方坑的北、东、西三面开凿窑洞，而在南壁上开凿出一条长斜坡通道，以作为下地窑通往外界的道路，在通道的出口处，建造有门楼等辅助建筑。院子里还可以种花栽树，养殖畜禽。可以说，一座下地窑，就是一方小天地，站在下地窑方方正正的庭院里，抬头向上望去，天像变成了四方形。居住在窑洞内，既节省了木材，又方便舒适，黄土窑洞还有冬暖夏凉的特点，可谓一举两得。过去这些村子全是下地窑，进村后只看到树木看不见房屋，现在随着建筑条件和生活条件的改善，已经很少有人继续住下地窑了。

梁欣仁一行走到下地窑门口时，看见大门开着，正对面是两孔窑洞，窑洞上面的墙皮已经斑驳脱落。窑背上面茂密的蒿草无力地下垂着，蒿草中觅食的几只麻雀听见来人惊飞起来，窑背上的沙土哗啦啦掉落下去。左边窑洞里一个腆着肚子的女人走出了窑洞，梁欣仁一眼便认出是帮助王牛牛收钱的女人。女人依然很瘦，穿着不合体的宽大花格子夹袄。她似乎也认出了梁欣仁，急忙转身回到窑洞，拉着王牛牛，俩人都笑眯眯地走了出来。"牛牛，我们来看你啦！"梁欣仁先开口搭话。"哎呀呀，老天爷，啥风把你吹来了？快进屋里。"王牛牛两只手张开伸向前方，梁欣仁忙迎了上去。电视台记者小张立刻把摄像机的镜头对准了他们。进窑后，他们看见室内陈设很简单，一个大通炕占了窑洞的四分之一，炕上铺着凉席，炕沿是木质的，磨得油光黑亮。炕上有一个棕色板柜，柜上放着一台半导体收音机。屋里墙角有一个小方桌，桌上有几个大小不一的茶杯，几个木凳子摆在小方桌周围。报社女记者吴菲菲看着窑洞的顶部对梁欣仁说："这里安全吗？你看看上面。"梁欣仁抬头，看见窑洞顶部有一个纵向裂纹，从窑顶中部延伸到外面，到窑口时，已经有筷子般粗了。王牛牛哈哈笑着说："这是个老窑，裂纹已经几十年了，没事的。"

梁欣仁说："村里人都住进了平房或者楼房，你怎么还住在这里？"

"这里以前是队里的饲养室，包产到户后，队里没有了牲口，我就把这里拾掇了一下。"

"你家里以前的房子呢？"

"以前也是下地窑，还没有这里好，那年村里来了一个社教工作组，两个年轻队员晚上喝了点酒，天太黑，路不熟，不小心踏空从窑背上掉了下去，一个摔断了腿，一个摔成了植物人，工作组说这个下地窑不吉利，就填平了。"

"还有这事？"吴菲菲很好奇。

"我大那年从东沟里摔下去了，有人也说我家风水有问题哩。现在我就住到了这里，也没花啥钱。"

"你现在靠什么生活呢？"吴菲菲拿出笔记本问道。

"一是靠村上的邻居帮助，再是有空了在集市上吹笛子、拉二胡挣点小钱，主要还是靠贵人帮助。"

"你的贵人是谁呢？"

"就是老梁，梁欣仁。"王牛牛把下巴朝梁欣仁坐的方向扬了扬，"自从他调走后，我就没有了抓手，心里就慌了。"

"于是你就登报要找好心人？"

"文章是我们村里一个小学老师写的，他说报社还给稿费哩。"

几个人都笑了。梁欣仁指着炕沿上坐着的小娥笑着说："小娥是你媳妇了，你要抓紧办理结婚手续，不然孩子生下没地方落户口。"

"结婚证已经领了，是村主任给办的，还说给举办婚礼呢！"

"举办婚礼？好事啊，小娥娘家在哪里，还有什么人？"

"她也是个可怜人，她大是羊石凹煤矿的工人，那年矿上发生瓦斯大爆炸，埋到了井下就没有出来，她妈后来改嫁了，男方的条件是不能带娃，她就开始流浪了，在城里碰到了我，我就把她收留了。"

羊石凹煤矿在东盛县境内，那起瓦斯爆炸事故是前几年发生的，当时梁欣仁还是东盛县的副县长。他清楚地记得，当时矿上警笛齐鸣，警车、救护车来回穿梭，矿井口冒着浓浓的黑烟，一群孤儿寡母在警戒线外哭成了一团，妇女们拉扯着维护秩序的警察和保安人员，试图冲向井口；孩子们抱着母亲的腿"妈妈！妈妈！"哭喊着，那一声声撕心裂肺的哭喊声，使梁欣仁至今想起来都心痛。想必小娥就是当年那些小孩子中间的一个吧！想到这里，他下意识地看了看炕沿上坐着的小娥。

"那你今后有什么打算？"吴菲菲问道。

"走一步算一步吧，现在村里年轻人都到外面打工去了，剩下'703861'部队在村里留守，现在好多地都荒了。我俩一个瞎子一个哑巴，出去也没人要，就只好留守在村里了。"

"'703861'部队是什么意思？"吴菲菲好奇地问道。

"哈哈，农村人胡编哩，'70'是指七十岁以上的老人；'38'就是指妇女；'61'是指儿童。"

"有意思，真有意思。"

吴菲菲记下了这些，看着梁欣仁，无奈地摇了摇头。梁欣仁拿出带来的旧衣物和药品，交给王牛牛，王牛牛又交给了小娥，小娥把这些东西整整齐齐地放进了炕上的板柜里面。梁欣仁又从口袋里掏出五百元现金，说："这点钱你先拿着，以后我还会来看你们的。"并掏出一张名片交给小娥说，"这上面有我的电话，有事情可以联系。"

"谢谢，谢谢，太谢谢了。"王牛牛和小娥不停地点头感谢。

记者吴菲菲和小张也分别掏出了二百元现金交给了他们。

梁欣仁一行起身和他们告别，临别时，吴菲菲含着泪动情地说："梁部长现在是市级部门的领导，他一直关心着你们，他的事迹我们一定要好好宣传，让全社会都来关注你们这些弱势群体，帮助更多的残疾人。"

两天后，沪阳电视台和《沪阳日报》都集中报道了梁欣仁关心残疾人的事迹。《沪阳日报》报道的标题是"帮盲人的好人找到了！"副标题是"记几十年隐姓埋名帮扶残疾人的沪阳好人梁欣仁"。电视台更是图文并茂地进行了宣传，梁欣仁在电视上煞有介事地介绍了自己认识王牛牛的过程以及如何帮助他找工作，为他争取民政局补助资金和自己如何拿钱、拿物，帮助王牛牛的事迹，并呼吁全市市民伸出无私的援助之手，献出一份爱心，帮扶身边的那些需要帮扶的可怜人。

十三

法官打开了信封，从里面掏出一个褐色的旧手机。律师甄少言说："这个手机是尤小雨几个月前送给王冬牛的。"

尤小雨看得很清楚，这部手机正是她送给王冬牛的手机。他们拿出这部手机干什么呢？尤小雨心里没谱，一脸茫然。

"这能说明什么问题呢？"法官不解，面向律师问道。

"从电信部门查到的通话记录上可以看到，在短短的两个月时间里，王冬牛和尤小雨通话达三百多次，平均每天达五次之多，从通话时间上看，最长的时间一次竟然超过一个小时，这说明他们之间远不是一般的客户关系那么简单。"甄少言说完，看了看法官。法官把目光投向了尤小雨："请原告解释一下。"

"没什么可说的……联系按摩……就要通话，手机就是用来通话的，怎么啦？"

"每天需要联系五次以上吗？"法官问道。

"我不知道每天联系了几次……"

律师甄少言举手："我补充一点，从通话记录上看出，有两百多个电话是从原告尤小雨手机打出的，有十几个是凌晨一点以后打出的。"说完他把查询的通话记录单递交给了法官。

法官看了看通话记录，拿起手中的旧手机面向尤小雨："请原告解释一下，凌晨一点以后打电话联系什么事情？"

"联系……联系……他白天常常不接电话，所以有时候，就可能晚上打……"

尤小雨开始结巴了。她看了看王冬牛，王冬牛面无表情，但耳朵竖得高高的。她看了看姐姐尤小梅，姐姐半张着嘴，表现出一脸的茫然、疑惑和不解。她和王冬牛之间的事情只有他们自己知道。

自从她把旧手机送给王冬牛，或者说自从王冬牛开始给她做腿部减肥开始，更准确地说是在王冬牛给她按压了"阿是穴"以后，她已经把他当成了可以信赖的朋友，她不觉得他是个残疾人，不觉得他是个什么也看不见的盲人。她喜欢和他交流，喜欢他身上的气味，更喜欢被他按摩，或者说喜欢他抚摸自己的身体。如果几天不去按摩店，她会感觉到浑身不爽，心情烦躁，干什么既提不起兴趣，更精力集中不起来。在做腿部按摩一个疗程后间隙的一周里，她觉得浑身每一个细胞都开始萎靡，开始僵死。这种萎靡、僵死的感觉来得很快，来得真实，来得使她措手不及。第三天的晚上，她翻来覆去睡不着觉，后来实在困得不行了，也不知道几点了，她才迷迷糊糊睡着，醒来时，天已经大亮。她抓起枕边的手机，不由自主，不假思索地拨通了王冬牛的电话："你好……"

"你好，我是王冬牛。"

"我是……"熟悉的声音使尤小雨心脏咚咚直跳。

"知道了小雨，有事吗？"

"没事，就是想问一下……什么时候可以去做按摩？"

"上次不是说过了吗？一周以后啊，今天才第三天。"

"我想……能不能提前就做，效果可能会好一点。"

"嗯——哦，可以，那就今天上午来吧，稍晚一点，九点钟吧。"

"好的，谢谢！"

挂掉电话，尤小雨打开衣柜，找出一件印有青花瓷图案的旗袍，穿上后在镜子前照了照，非常合身。这件衣服是她前几年在上海出差时买的，回来只穿了几次就显得紧绷绷的了。许多衣服都是这样，随着身材的变化，都成了柜子里的摆设，送人——可惜了，放着——占地方，闲暇时欣赏一下，常常不由自抑地对发福的身材感到悲哀。她由衷地感激王冬牛，是他让她找到了自信，恢复了青春；也使沉睡于柜子里与黑暗为伍与樟脑球做伴，且价格昂贵的衣物苏醒了，见光了，翩翩起舞了。她想，这些衣服价值的重现与她身材的变化相关，而身材的变化是王冬牛推拿按摩的结果，她应该回报这个结果。于是她从抽屉里拿出两万元装进了手提包。她看时间还早，想到楼下的"美玲发屋"做个头发。她已经好长时间没有到理发店做头发了，平时洗完头，自己拿吹风机吹干了事，她觉得穿旗袍就应该配一个有型的发式。她下了楼，向"美玲发屋"走去，刚一走进理发店，几名女理发师就围了上来，"啊，姐真漂亮！什么时候买的衣服？在哪里买的？"

"只有姐这身材才能配这旗袍。"

"姐看上去越来越年轻了。"

"姐像一个电影明星，名字一下子想不起来了……"

大家你一言我一语，尤小雨拢了拢长发说："美什么呀，三十多的人了，快给我做一下头发。""让我们领班给您做。"一个女生说。

一位头上留着一撮白毛的男士走了过来，示意尤小雨坐在靠窗户边的椅子上。这个位子光线比较好，是领班专用的，白毛不是一般人，是领班，领班必然是店里技术比较高的理发师，领班出马，当然是贵宾来了。尤小雨看了看白毛，突然觉得自己的地位提高了许多……

一个小时后，尤小雨的长发变成了微微卷曲的大波浪形，再将大波浪巧妙地盘起，形成一朵梅花结状，配上旗袍显得优雅、柔媚、自然、端庄。尤小雨自然是非常满意，在高跟鞋有节奏的嗒嗒声伴奏下，她离开了理发店，身后传来"啧啧！"的惊叹声，当然她也知道惊叹里包含着还有羡慕嫉妒恨等成分。

到按摩店时，不到九点，王冬牛还没有下钟。前台把她领到了她经常做按摩的房间。坐在熟悉的按摩床上，她看着得体的旗袍把凹凸有致的身躯勾勒得恰到好处，脸上便火辣辣地泛起了红晕，心中涌出了少女时期才有的羞涩和一种无名的冲动。这种感觉在她上初中的时候有过。那时她是学校排球队的一名队员，教练是一个姓白的高个子男老师，同学们喜欢叫他"大白"。一次排球队参加区上比赛时，尤小雨轮转到后排，在接一个快压底线的球时，她一个鱼跃将球救起，迎来场上一片欢呼声，但同时她的大腿肌肉也被严重拉伤。回到学校后，大白老师在自己的宿舍里给她理疗，又是按摩又是贴膏药，还自费给她买来云南白药和跌打损伤丸。大白按摩时，穿着背心和短裤，也就是运动场上的打扮，显得随意，也为了利落。大白按摩的手法是不够专业的，但在她看来是近于完美的。那双大手一接触她那颀长的大腿，她就会浑身战栗，心动加速，面色潮红。此时她会把头埋得很低，任由长发垂落到胸前，以掩饰泛红的脸颊。她会通过头发的间隙，仔细观察大白按摩的动作，观察大白臂膀、胸部、腹部、腿部那一块块鼓起的肌肉和国字形脸上那纯朴憨厚、严肃认真的表情。随着一推一拉、一按一揉的动作变化，他身上的每块肌肉也会跟着起伏变化，"大白——真棒！"这是她心里默念了无数次的话，也是球场上她们一群女孩子常喊的一句话。每次离开时，她都恋恋不舍地看着大白，大白总会避开她的目光，然后笑眯眯地把她搀扶到楼下，并叮嘱她一定要多休息，按时服药。看着大白亲切慈祥的面孔，她每次都有一种无名的冲动，如果大白稍有表示，她将会毫不犹豫地扑倒在他的怀里。也许她的伤并不重，也许是大白的精心照料，一个礼拜后，她的伤就痊愈了。有时候，她真后悔自己的伤痊愈得太快了点，如果再有个十天半月的，那该多好。为了感谢大白，她悄悄记下了大白鞋子的尺码，给母亲说自己想买一双运动鞋，母亲给了钱后，她立刻去商店买了双李宁牌白色运动鞋，包装好后，还特意在盒子上扎了个红丝带。她捧着这双鞋，像捧着自己的一颗心，在一个周末的黄昏，轻轻地敲开了大白宿舍的门。她把这双鞋递给大白时羞涩地说，我是第一次给别人送礼物。大白说你还小，女孩子是不能随便给别人送礼物的。她说我已经是大人了。大白说你还不到十八岁。她挺了挺已经开始丰满的胸脯，说你看我是小孩子吗？大白清楚，喜欢体育的女生一般都显得健美成熟。就说个儿高不等于年龄大，你要把心思用到学习上。她说我是感谢您帮我治疗腿伤。大白说治伤是老师的责任，礼物可以收下，但是钱要给你，正好我也需要买一双鞋。尤小雨眼圈红了，她本来想：大白一定会收下她送的礼物，并且对这个礼物爱不释手，大加赞赏，深表感谢，然后她就趁势邀请大白周末和她一起去爬山，去游泳，或者去喝咖啡，去唱歌。未曾想到的是，大白态度如此冷漠，如此不近人情，她听后扔下鞋子，头也不回地跑出了房间……

后来大白结婚了，她伤心了很长时间，慢慢地也就淡忘了他。从此以后，这种和异性接触的奇妙的感觉就从来没有出现过，直到后来她遇到了刘胖子也没有出现过。她和刘胖子的结合是刘胖子一厢情愿的，是被逼无奈的，是苟且厮混的……自从她生了孩子后，刘胖子几个月都不回家，回家也是分床睡，近一年多来基本就不回家了。她看着自己今天的打扮，想起一句老话"女为悦己者容"，自己为谁而容呢？是王冬牛吗？他"悦己"吗？他能看见自己的"容"吗？不管怎样，她希望他"悦己"。他觉得王冬牛非常像当年的老师大白，身材像，说话声音像，呼出的气味像，就连按摩的手法和感觉也像。她突然明白了，一直以来对王冬牛产生好感的原因与大白有关——大白等于王冬牛。

"咚咚咚！"随着敲门声，王冬牛进来了。

"啊，今天换衣服了？头发也焗油了？"

"你怎么知道？你能看见了？"尤小雨睁大了眼睛，又一次惊讶了。

"哈哈，闻见了，一股焗油味还有柜子里的樟脑球味。"

太厉害了，这个王冬牛简直就是神人，他凭嗅觉和触觉完全可以感知外界的一切，这和明眼人有什么区别？尤小雨今天的精心打扮就是想让王冬牛知道，他竟然真的察觉了出来，她觉得眼前的这个人简直就是当年的"大白"，她的心咚咚直跳，但很快又平静下来。只见王冬牛卸下了眼镜，转身关上了门，又拉上了门上的布帘子。

她脱掉了旗袍，小心翼翼地挂在了墙上的衣钩上，接着她取下头上的发髻，拢了拢曲卷的长发，一股焗油的清香味弥漫在整个房间，她躺在了床上，等待着推拿项目的开始。王冬牛取出减肥膏，均匀地涂到尤小雨的腿部，他边涂边说："你的体形已经非常完美了，现在就是需要巩固成果，今后可以隔一周来做一次就可以了。"尤小雨没有言语，她眼睛闭着沉思了一会儿说："你还给别的女人做这种项目吗？"

"没有，但最近有人打听过这个项目。"

"谁来打听了？是不是……"她想说是不是我们酒店的小闵，但没有说出来，她认为最嫉恨她身材变化的只有小闵，小闵一定想知道她身材变化的原因，也一定会打听到她是在这里按摩后变化的。但即使小闵来打听了，王冬牛怎么会知道是小闵？当然也不排除别的女人来这里打听，女人的第六感觉有时候也不那么靠谱。

"不知道是谁，听前台说的。"

"如果别的女人要来做，你会答应吗？"尤小雨不希望别的女人来这里做，更不希望王冬牛给别的女人做，她对自己现在有这种想法也感觉到奇怪。

"目前不会答应，因为我没有时间，而且成本也比较高，其他技师都不愿接这样的活儿。"王冬牛说出了成本高，尤小雨心里咯噔了一下，怪不得上次给王冬牛一万元时，王冬牛没有任何推辞和表示一丁点儿谢意，原来这个项目的成本是比较贵的。

　　"那就好，我会给你合理报酬的。"尤小雨放心了，她庆幸自己今天临出门时带来了两万元现金，只要是钱能解决的问题就不是问题——她要用钱拴住王冬牛，拴住他的人还有他的心，让他全心全意为自己服务。

　　王冬牛今天的推拿主要在腿部，他像往常一样，先用一条浴巾盖住尤小雨的上半身，然后对腿部进行推拿，也可能是巩固治疗，他的手法较以前有所变化，主要是以按压穴位和按摩为主，不像以前那样有疼痛感、烧灼感。尤小雨在王冬牛的按摩中昏昏欲睡，她感觉到此刻才是真正的享受，真正的幸福。中央电视台的记者拿着话筒，扛着摄像机，在街上问了那么多人什么是幸福？你感觉到幸福吗？她觉得没有一个回答得靠谱。如果要问她，她一定会毫不犹豫地说：有钱花就是幸福，经常被按摩会使人感觉特别地幸福。突然她感觉到大腿根部有一种麻酥的感觉，这感觉从大腿迅速传遍了全身，甚至传到了脚趾、手指、发梢，像被电击的感觉，但不刺、不痛、不怵。这种感觉是她从来没有体会过的感觉，是什么感觉？嗯——哦，是撞击心灵的愉快的感觉！对，是愉快的感觉——快感！她心里冒出了这样一个词。王冬牛当然明白大腿根部有几个穴位，并且清楚地知道这些穴位的名称和功能，他加快了按摩节奏，加大了按压力度……尤小雨"啊"了一声，双腿不由自主地曲了起来。

　　"怎么啦？"

　　"嗯……这里也是阿是穴吗？"尤小雨想起了王冬牛说过的"阿是穴"。

　　"算是吧，凡是不确定的穴位都可以称作'阿是穴'，只要有感觉就说明这里有病，就需要按摩。"

"我有感觉了，我这算是病吗？"

"算病也不算病……"说着王冬牛加大了按压穴位的力度。

"啊啊啊……我要……死了，死了……"

"不是死了，是美死了，舒服死了。哈哈哈……"

王冬牛第一次在尤小雨面前说出这些近于挑逗的语言。尤其是他那怪怪的、坏坏的"哈哈哈"的笑声，像一股电流直穿她的骨髓，使她有一种肉麻的感觉，但尤小雨并没有反感，她接受了王冬牛的挑逗，默许了他的"坏"。其实男人的"坏"，大多都是女人造就的，因为女人的爱，使男人的"坏"成了一种迷人的优点，令女人深陷在泥沼里，无法自拔。她觉得挑逗她的人就是当年的大白，她要给王冬牛也买一双和当年给大白买的一模一样的运动鞋。她佩服那些创造语言的人：美加上死，舒服加上死——美死了，舒服死了，就是刚才的那种感觉，没有这种感觉的人是创造不出这样的语言的。还有气死了、恨死了、烦死了……这些感觉她都有过，刘胖子把她气死了，她把小闵恨死了，陪工商、税务、公安上的人喝酒烦死了……现在的感觉是美死了，她梦呓般地喃喃道："对……美……死了……"

咚咚咚！有人敲门。王冬牛停止了按摩，给尤小雨盖好了浴巾。"来了，来了。"只见他转身把门上面的一个插销打开，然后开了门。前台负责接待的胖女人把半个身子探进来说："王师傅，县医院有人打来电话，说你女儿高烧引起了肺炎，现在正在医院救治，叫你赶快去。""好的，我马上就去。"尤小雨起身，从包里掏出事先准备的两万元现金，交给王冬牛说："这钱你先拿着用，不够了再给我打电话。""谢谢，谢谢！"王冬牛连连点头感谢，拿着钱走出了房间。

尤小雨穿好衣服，疑惑地看着房门上面的插销，以前这门是内外都可以打开的，如果安上插销，外面的人就不能随意进来了。什么时候安上去的？是谁安的？如果是王冬牛安的，那就说明王冬牛多心眼了，他多出的这个心眼究竟是怎么想的呢？是为了保护她的隐私，还是不愿意让别人知道他会做腿部减肥项目？或是他还有其他什么想法？不论什么原因，这样做是必要的，安全的，也是她心里面一直顾忌的。以前做按摩时，她总是担心有人突然推门进来，她的眼睛老是注视着门口，一有动静，她就会用浴巾遮挡住身体。这里虽然多是盲人，但也有明眼人，比如那个胖女人。现在好了，一个插销使她心里面坦荡了许多，安全了许多，她和王冬牛之间的任何事情，王冬牛看不见，任何人也看不见。她说什么就是什么，她想怎么说就怎么说。曾经，她还担心过房间里会不会有监控？因为她上班的华悦大酒店里就安装有监控，吧台、财务室、歌厅、洗脚房都有监控。她仔细查看过这小小的屋子，没有任何电器设备，只有屋顶上那只吸顶灯有些可疑，是紫红色的，花朵形状的，有时候会忽明忽暗。但仔细看，灯罩上落满了灰尘，是安装上就没有动过的样子，应该不会有问题。房间没有监控，门上安了插销，她放心了。

王冬牛出门后，胖女人帮他叫了一辆出租车，他直奔县医院而去。

十四

舆论宣传是个神奇的东西，可以瞬间把你从地面捧到天上，也可以瞬间使你从九霄坠入深渊。

梁欣仁这下算是出名了。他帮助残疾人的事迹在全市传播后，人们纷纷赞扬他的善举，称他为"沪阳好人"，一些单位和学校还请他去做精神文明报告。后来省委精神文明办公室在全省开展了推荐精神文明先进个人活动，梁欣仁毫无悬念地被推荐为全省"十佳好人"之一，他的事迹也引起了省上领导的重视。接着他又被省级有关单位请去作报告，他的演讲稿是经过省委宣传部组织专人修改的，他们认为原来的稿子缺乏深度，没有高度，于是将演讲稿由原来的十几页改成了二十几页，并对他的演讲技巧进行了专业辅导，要求他尽量脱稿演讲。他每次演讲都从王牛牛的父亲出车祸讲起（当然隐去了县委的汽车撞人的情节），说王牛牛父亲遭遇车祸致残后，家里就因残致贫。再后来父亲去世了，王牛牛就成了无亲无故的孤儿，这个孤儿是在他的帮助下才活了下来；他把王牛牛吹笛子、拉二胡的技能说成是他手把手教出来的；把县民政局委托他每年给王牛牛的残疾人补助款，说成是自己省吃俭用节约出来的；他还把王牛牛说成是县剧团自乐班里德艺双馨的演员，剧团自从有了王牛牛的参与，才坚持办了下来，否则早就倒闭了。王牛牛是残疾人自食其力的楷模，这个楷模的产生是精神文明建设的成果……修改后的稿子较原稿生动、深刻了许多，梁欣仁开始演讲时总觉得很别扭，有些话说不出口，但时间长了，次数多了，也就习惯了。他的演讲常常能换来台下听众的眼泪和雷鸣般的掌声。

不久，梁欣仁当上了市委秘书长，一年后又担任了市委常委兼秘书长，进入了市级领导班子。他的进步除了自身努力和舆论造势外，也离不开一位老领导的竭力推荐，这位老领导就是当年东盛县的王书记，后来成了王副市长，现在是刚退休不久的沪阳市政协原主席。他给市委栗书记竭力推荐梁欣仁，他说秘书长人选一般要具备三个条件：资历、能力、定力。资历就是工作的经历，既要有基层工作经验，还要有多个岗位担任领导职务的经验，没有一定的资历，不能服众；能力主要是综合协调能力和写作能力；定力就是遇事沉着不慌，少说话多干事。梁欣仁就具备这些。市委书记接受了这个推荐。

梁欣仁走马上任后，春风得意。一时间，祝贺的、探望的，新关系老关系，有事的、没事的都络绎不绝地拥到他的办公室来。他除了应付领导，应付会议，迎来送往，协调关系外，还要应付这些造访者，虽然忙碌但不觉疲惫，日理万机却精神矍铄。据说这种感觉叫"官场亢奋综合征"，其表现是忙碌并快乐着，紧张且兴奋着。

这天下午，在梁欣仁送走最后一拨客人后，桌上的电话铃响了，"喂，您好，这里是市委办公室，我是梁欣仁。"这样客气地接听电话，是梁欣仁担任秘书长以后对市委办公室全体干部的要求。

"秘书长怎么这么客气，我是吴菲菲。"

"啊哈哈，吴菲菲，你好，有事吗？"

"没事，就是给您表示祝贺，另外如果您能抽出时间，我想再去一次阿姑乡麻地坡村看看王牛牛。"

"有采访任务吗？"

"没有，没有，我想带着孩子去看看。"

"孩子怎么了？"

"一言难尽，孩子吃穿不愁，就是不听话，我不知道农村孩子缺吃少穿都是怎么长大的？让他去接受一下教育。"

"好办法，那就周六去吧，到时候联系。"

"好的，谢谢秘书长了。"

吴菲菲自从陪梁欣仁采访了王牛牛以后，对王牛牛一家的境况非常关注和同情，特别对当年腆着大肚子的小娥异常牵挂，不知道他们的孩子是男是女？会不会有残疾遗传病？现在是怎么生活的？她的儿子叫遥遥，今年八岁，推算一下，小娥的孩子应该有三岁了。遥遥虽然上了二年级，但老是不听话，和同学打架，和老师顶嘴是家常便饭。回到家里吃饭挑三拣四，除了痴迷于电脑游戏，对其他一概都没兴趣。老师布置了一篇作文，题目是"压岁钱怎么花"，他打开电脑找到了一句"钱可以买来性却买不到爱情！"抄到了作业本上就要交差。吴菲菲看后，气得直想哭，她找来一位儿童心理咨询师，诊断孩子的情况。心理咨询师告诉她：小孩子有四个叛逆期，八至十个月是第一期；一岁半至三岁是第二期；三到四岁是第三期；四到八岁是第四期。每个叛逆期都有明显的表现，要针对表现采取相应的应对措施。八岁以后会稳定一段时间，但又快到了青春期，青春期一般从十二岁开始，十八岁结束，这期间也会和家庭、社会产生对抗性，家长也要视其表现，采取相应的措施。二十岁以后孩子大了，接触了社会，有了自己的思想，对家长的一些想法不认同，家长就更管不了了……吴菲菲把这些记录了下来，仔细一琢磨：妈呀，一个孩子长大就没有一刻让人消停的阶段？

心理咨询师是一位中年女性，她笑眯眯地、和蔼可亲地问遥遥："你为什么喜欢打架，是不是觉得很好玩？你和老师顶嘴是不是觉得老师有时候不公平？你不听妈妈的话是不是觉得妈妈太啰唆？"遥遥扑闪着大眼睛，摇了摇头说："啥都不是！""那为什么呢？""我是吃饱了撑的！"此语一出，大家愣了一下，接着又都笑了。心理咨询师告诉吴菲菲说："这孩子有了自己的思想，现在的关键是要因势利导，发现优点，扬长避短……"吴菲菲送走了心理咨询师，脸上表情一片茫然。她捋了捋心理咨询师云里雾里的话，越发觉得心里没谱了。她倒觉得遥遥说得在理："吃饱了撑的！"对，就是吃饱了撑的！农村家长管孩子，有几个懂得叛逆期？缺衣少穿的一个个不是都长大了吗？她想起了上次采访王牛牛时的景况，琢磨着他们的孩子长什么样？有没有遇到孩子的叛逆期？他们怎么管孩子的？他们是不是还住在那个有裂缝的土窑洞？她又想到了梁欣仁，梁欣仁现在是大领导了，会不会和她一起去呢？试试吧！没有王牛牛这个残疾人，没有舆论的造势，他能当上"十佳好人"吗？不当"十佳好人"，他能有今天吗？她犹豫着打通电话后，梁欣仁竟然痛快地答应了。

周六的清晨，天气异常晴朗，阳光穿过云层，给大地洒上一层金色。市委办公室的一辆黑色轿车，从市委大院出发，先到广电局家属院接上吴菲菲母子，便疾驶在通往东盛县的公路上。刚出市区，一片盛开的牡丹园吸引住了遥遥的目光，他大呼小叫地喊道："妈妈，快看花海！"

"花海！形容得好，二百多亩牡丹呢，这是前年从洛阳引进的，品种多，花期长，既有观赏性又有药用价值。"梁欣仁一脸自豪地介绍着，"远处可以看见的那个院子，是新开的农家乐，专门经营各种特色农家饭，中午回来就在这里吃饭。"

"好啊，我请客，我们家遥遥就爱吃农家饭。"吴菲菲看了看坐在身旁的遥遥。

遥遥说："农家乐里面有大灰狼吗？有喜洋洋吗？"

吴菲菲说："除了没有大灰狼，羊、狗、鸡、猪、兔子什么都有。"遥遥手扒着车窗，注视着窗外，对农家乐充满了期待。

近几年，梁欣仁同王牛牛的联系始终没有中断。东盛县民政局每年都以梁欣仁的名义，分两次给王牛牛送残疾人补助款，一次是夏季收麦季节，一次是春节之前。梁欣仁时常整理一些过时的衣物，让下乡的同志给王牛牛捎去。今天早晨，他和王牛牛通过电话，说要来村里。他们通话是用手机，王牛牛的手机是民政局局长送的一部键盘式旧手机。王牛牛有事给他拨打电话时，铃声只响两下立马就挂断，他看到未接来电显示"瞎子阿炳"，就拨了过去。时间一长，他醒悟了过来："瞎子阿炳"是为了节省电话费。

汽车进村了。这次他们直接把车停在了王牛牛家的窑背上，梁欣仁拎着一包衣服，吴菲菲手牵着遥遥，遥遥背着个小书包。看见窑背上架着一个铁锅似的东西，遥遥好奇地问："妈妈，为什么把锅放在这里呢？"吴菲菲笑着说："这不是锅，是卫星电视接收天线。"

他们走到下地窑坡口时，王牛牛和小娥已经迎了出来，小娥牵着王牛牛的左手，嘴里"呜啦呜啦"地表示欢迎。王牛牛说："老天爷呀，咋把你给盼来了！"当然他看不见来了几个人，他这声是冲着梁欣仁来的，"快到屋里坐，快到屋里坐。"

进了窑门，梁欣仁说："市电视台的吴记者也来看看你，还有她的儿子。"

"你好。"吴菲菲点了点头。

"听出来了，那一年你来过，欢迎欢迎。"

遥遥看了看王牛牛又看了看妈妈，疑惑地说："他是个瞎子，怎么能知道是你？"吴菲菲脸红了，瞪了遥遥一眼："怎么说话呢？！"遥遥不吭声了。

"没事，没事，我就是个瞎子，娃说的是大实话。"王牛牛说完，哈哈地大笑了起来。这爽朗的笑声，冲淡了刚才的尴尬气氛。

梁欣仁把手里的一包衣服交给了小娥，说："这些衣服都是半新的，谁能穿就穿。"

"谢谢部长恩人，衣服多得都穿不过来了。"王牛牛说道。

吴菲菲听见王牛牛把梁欣仁称作部长，插话说："梁部长现在不是部长了，现在是市委常委兼秘书长。"

"怎么？犯错误了？"

"没有，是提拔了。"

"秘书长就是个写材料的差事，农村人就叫笔杆子，怎么还算提拔了？"王牛牛实在不懂得官场这些渠渠道道。吴菲菲张了张嘴，还想解释，梁欣仁插话说："一样一样，都是为人民服务的。"

"倒茶，倒茶。"王牛牛叫小娥招呼客人。

吴菲菲环顾四周，发现窑洞里面发生了些许变化。窑洞墙壁进行了粉刷，原本黑乎乎的窑洞明亮了许多，窑顶上的裂缝也看不见了。炕上的竹凉席变成了花布床单，两床干净的被子叠得整整齐齐。屋子里增加了一个柜子和一个桌子，桌子两边有两把靠背椅。柜子上有一台十四英寸的彩色电视机，想必窑背上的卫星电视接收天线就是给这台电视机配套的。王牛牛穿着一件合体的灰色西服，西服里面的紫红色衬衣异常显眼。只是裤子有点儿宽，也有点短，吊在半腿上，晃晃荡荡的，和西服很不搭调。西服口袋里塞得鼓鼓囊囊的，不知道是些什么东西。

小娥给每人倒了一杯茶，递到了大家手里。遥遥接过茶杯说："谢谢阿姨！"

王牛牛循声摸了摸遥遥的头说："这娃真乖，多大了？"

"八岁半。"

王牛牛从西服口袋里掏出一把红枣，递给遥遥说："吃吧，自己地里树上摘的。"

遥遥看了看妈妈，双手接过红枣说："谢谢叔叔！"

"城里娃就是有礼貌，农村娃见了生人就跑了。"

"你家孩子呢？怎么没有看见？"吴菲菲想起了王牛牛的孩子。

"在羊圈给羊喂草哩，看见生人不出来了。"

小娥走出窑门，不一会儿，一个腼腆的小女孩怯怯地走了进来。她穿着一件红毛衣，毛衣上沾有柴草叶，毛衣袖口已经开始脱线。头顶扎着根小辫子，硬邦邦地戳向天空，两个脸蛋泛着紫红色，黑黝黝的大眼睛，警惕、好奇、胆怯地注视着窑里的每一位客人。她进门后没有说话，吴菲菲心里沉了一下：莫非她也是个哑巴？她起身想去抱抱她，小女孩快速跑到了小娥身后，抱住小娥的腿张望着来人。小娥推了一把小女孩，小女孩又跑到了王牛牛的身旁。王牛牛说："没出息，也不知道问候客人。给客人倒茶去！"

"长得真乖，几岁了？"

"五岁了。"哦，会说话！吴菲菲高兴地拉住小女孩的手。

"叫什么名字？"

"叫枣香。"

"枣香，好听，谁给你起的？"

王牛牛接过话茬说："我胡起哩，农民没文化，枣树挂果的时候生的，就叫枣香。"

"好着呢，好着呢，我算了算应该不到四岁啊，怎么说是五岁呢？"

"农村人说年龄都说虚岁，就是五岁了。"

"那我就是九岁了？"遥遥在一旁插了一句。

"对，你已经九岁了，还像个不懂事的孩子。"吴菲菲乘机教育着遥遥。遥遥并不在意，他从背包里掏出带来的笔记本、铅笔、文具盒、小人书以及饼干、巧克力、山楂片等，放在了桌上，对枣香说："这些都是给你的。"

"这还差不多，像个当哥哥的样子。"吴菲菲很高兴，她觉得遥遥此刻给她撑了面子。

"谢谢你！"枣香看着一桌子很少见过的好东西，高兴得咯咯咯地直笑，接着端起茶壶给客人们一一添满了茶水。梁欣仁对王牛牛说："能不能给大家吹一首曲子？"

"可以，先叫女子给你们吹，看看我娃的本事。"

"她也会？"大家异口同声问道。

"跟着我学哩，有时候音逮不准。"王牛牛说。

转眼间，枣香从抽屉里取出一个竹笛，问爸爸："吹啥呀？"

"就吹《好人一生平安》，今天来的都是好人。"

枣香用舌尖舔了舔笛孔，梁欣仁笑了，这个动作和王牛牛在街上吹笛子时一模一样。

随着枣香手指灵活的跳动，优美的乐曲从笛子里传了出来，不知是窑洞扩音的原因，还是笛子本身的效果，《好人一生平安》的乐曲在这里产生了奇妙的回声和共鸣……"好听，好听！"一曲吹完，大家异口同声，并掌声响起。

"还会什么乐器？"吴菲菲瞪大了眼睛，注视着枣香。

"其他还没有学会，二胡拉得像杀鸡。"王牛牛说，"我给大家拉几首刚学会的曲子，请指教。"说完，王牛牛取下身后墙壁上挂着的二胡，端端正正地坐在椅子上，熟练地调好了琴弦，说："先来一首《二泉映月》。""好！"大家鼓掌。不愧是剧团自乐班里练出来的，深沉悠扬的乐曲，一下子把大家带到了久远的年代。

梁欣仁奇怪，笛子、二胡在窑洞里发出的声音怎么如此深沉美妙？他看了看窑洞顶部，又看了看周围，他想可能是窑洞特殊的构造，使乐曲产生了某种意想不到的艺术效果。那年他去欧洲某国访问，在一个教堂里，导游让他们听了一次无音乐伴奏的小合唱，效果非常奇特美妙，七八个人的声音在教堂内似乎变成了数十人的声音，虽无音乐伴奏却令人陶醉其中。导游说，这是教堂设计师的功劳。莫非窑洞也有同样的效果？或许和下地窑的窑院也有关系？反正好听，真的好听！

王牛牛接着又连续演奏了《草原之夜》《再见了大别山》《遇上你是我的缘》等十几首曲子。听完优美的二胡曲，吴菲菲问遥遥："好听吗？"

"太好听了，我佩服死了。"

"你佩服什么？"

"佩服这一家子人，我回去要写一篇日记。"

"这就对了。"吴菲菲和梁欣仁对视了一下，两人会意地笑了。

梁欣仁看了看手表又看了看王牛牛说："今天打扰你们了，你还有什么事情，可以告诉我，我会帮你解决的。"

"说啥话呢？巴不得让你来呢！也没有什么大事情，就是……"王牛牛欲言又止。

"就是什么？说吧。"

"就是……在家里待得时间长了，心里闷得慌，头上都快长出犄角了。"

"理解你的心情，只是现在不允许在街上摆摊演奏，剧团也不景气，我回去再想想办法，你等我消息吧。"

梁欣仁说的"再想想办法"是真心的。他理解王牛牛的想法，这个盲人毕竟在外面闯荡过，算是见过世面的人。特别是在剧团工作过几年，也见识了各色人等，再加上有民政局局长和他的关照，一般人也会让他三分。他自己也觉得有才艺之人，不能就这样浑浑噩噩下去，这是一种追求，一种向往，一种合情合理无可非议的愿望。

在王牛牛夫妇的一再挽留下，梁欣仁一行还是离开了。

在车上，吴菲菲想起心理咨询师的一大套理论就想笑，农村人哪个懂得叛逆期、青春期？田野里放养的孩子个个都懂事。枣香不经意间就学会了笛子演奏的才艺，如果是城里的孩子，三岁会吹笛子，早都被捧成神童了。有句话叫"穷人的孩子早当家"，可能就是这个理。如果把城里的孩子都赶到乡下去锻炼一个时期，不信他们中还有挑食的、不听话的。遥遥说的"吃饱了撑的"，还真是一句深有体会的至理名言。她摸了摸遥遥的头，遥遥已经昏昏欲睡，她决定隔一段时间就把他领到乡下去体验一次生活。

牡丹园到了，汽车朝农家乐开去。

农家乐门口有一个醒目的原木色牌子，上面写着"人民公社大食堂"几个字，院子很大，停了十几辆小车，还有许多摩托车、自行车。

"欢迎光临！"礼仪小姐迎了上来，她们都是年轻美貌的女性，一律头顶白手帕，穿着蓝花花上衣和粉红裤子，围裙上绣着鲜艳的牡丹花。

"生意不错么。"梁欣仁说道。

"今天是礼拜天，加上牡丹开园了，所以人多。"一个礼仪小姐边走边说，"你们坐包间还是坐外面亭子？"

"还有亭子？"

"是的，那一片都是。"礼仪指了指远处的树林。只见农家乐院子里有一大片樱桃园，樱桃园里建有十几个红、绿、黄色彩各异的小亭子，亭子里面的客人有的在喝酒，有的在打扑克。

梁欣仁看了看吴菲菲："你说呢？"

吴菲菲看见两排平房设有二十几个包间，每个包间门上不是数字编号，而是"某某大队"的字样。"有特色，就坐包间吧。"

礼仪小姐把他们领进了一个叫"王莽大队"的包间。吴菲菲选择在包间吃饭是有原因的：一是觉得露天风大不够卫生；二是这里距离市区较近，熟人太多。

服务员拿来了菜单，吴菲菲点了四个农家菜，要了几碗面条。遥遥进了包间又跑了出去，一会儿又跑了进来。他问妈妈："为什么叫王奔大队呢？"显然他把"莽"字读成了"奔"字。吴菲菲说："那个字读'莽'，王莽就是一个大队的名字，没有为什么，就像你叫遥遥一样，没有为什么。"

梁欣仁接过话茬说："王莽是一个人的名字，他是西汉时期的一个皇帝，公元8年至公元23年在位。王莽是一位在历史上备受争议的人物，古代史学家以正统的观念，认为其是篡位的巨奸，现代史学家认为他是一个有远见而无私的社会改革者。当时，王莽为缓和西汉末年日益加剧的社会矛盾而采取了一系列新的改革措施，包括土地改革、币制改革、商业改革和官名县名改革。王莽大队在东盛县境内，那里是王莽当年铸造钱币的地方，后人为了纪念他，就把那个地方叫王莽村，人民公社时期叫王莽大队。"

"听懂了吗？梁叔叔就是知识渊博。"吴菲菲脸红着问遥遥。

"听懂了，那王莽大队有造钱币的工厂吗？"

"有遗址，下次有机会可以带你去看看。"梁欣仁说。

说话间，四个农家菜端上来了。有凉拌灰灰菜、小葱拌豆腐、红油耳片、西红柿炒土鸡蛋。"要不要给你们炖个土鸡？"服务员问道。

"那就来一个。"吴菲菲正在减肥，压根就不想吃肉，服务员这么说，她就顺口答应了。再说，今天梁秘书长陪她跑了一整天，也应该吃好一些。

遥遥吃了几口菜又跑了出去。

"这孩子从来就不好好吃饭。"

"那就说明不饿……"梁欣仁话没有说完，遥遥跑进来说："外面有唱歌的，你们听。"

果然，远处传来悠扬的民歌声。

"你们要不要点几首歌助助兴？"一个身背吉他的小伙子挨个儿包间问着。

"听你弹吉他吗？"梁欣仁问道。

"我是乐队的，我们有歌唱演员。"

"一首歌多少钱？"吴菲菲问。

"一首歌五块、十块都行，就是助助兴。"

"太贵了，一顿饭才几十块钱。"

小伙子看了看桌上点的菜，知道这些人不是随意掏钱的主，又到别的包间去了。看着小伙子离去的背影，梁欣仁想：在农家乐助兴演唱实在是个好办法，如果让王牛牛在这里演奏，不是也能挣钱吗？如果再带上女儿枣香演奏，不是更能吸引人吗？这时，热腾腾的炖鸡汤端上了桌。梁欣仁问服务员："你们经理在吗？如果方便请他来一下。"

"经理在呢，我去叫他。"

几分钟后，一个中年男子走进了包间："哎呀呀，这么大的领导来啦，也不提前打个招呼？"一口南方普通话。梁欣仁一愣，觉得来人面熟，瞬间便想了起来。"你是黄……经理？黄阿海！"

"没有什么经理的啦，水泥纸袋滞销啦，利用牡丹节开办农家乐，多少挣几个，总比闲着强啦。"

"你们南方人就是有经营头脑，纸袋厂还生产着吗？"

"现在水泥滞销，回款率很低，包装袋就不敢大批生产啦。办个农家乐，员工们也就有了事情干，现在工厂招工难，如果放长假就没有人啦。"

"农家乐收入怎么样？"

"最近还不错，牡丹花败了，天气凉了就没有人了。"

梁欣仁想起王牛牛托他找活干的事情，就问黄经理，能不能让盲人在这里演奏乐器，给客人们助兴？黄经理说，可以，你说怎么安排都行。梁欣仁介绍了王牛牛的情况，还说他有个三四岁的女儿也会乐器，父女俩就吃住在这里，闲时帮忙干一些力所能及的活儿，如择葱剥蒜、打扫卫生等，有了客人，父女俩演奏乐器，挣一点零花钱。黄经理满口答应，并说帮助残疾人是积德行善的事情，自己责无旁贷。

吴菲菲叫来服务员结账，黄经理拦住了："今天我请客，再说梁秘书长给我们引进了盲人乐队，我们这里的生意一定会更好。"

大家要走了，却不见了遥遥，原来在他们聊天的时候，遥遥跑出去玩了。吴菲菲不见了孩子，急得大声喊："遥遥，遥遥！"黄经理说："不着急，我知道在哪里。"黄经理领着他们，绕着樱桃园边的小路，走了约三五分钟，在一个铁栅栏前看见了遥遥，只见他手里拿根木棍，正挑逗着里面的野鸡和兔子。吴菲菲拎起遥遥的衣领厉声喝道："怎么到这里来了，跑丢了怎么办？"

"没事的啦，孩子找不见，十有八九都在这里，这里是我们农家乐的动物园。"黄经理笑呵呵地说道。

"动物园"里动物还真多，除了野鸡野兔，还有野猪、羚羊、狐狸、鸵鸟、孔雀等，黄经理介绍说，这些动物都是从外地陆续买回来的，可以供客人们观赏。下一步还要开挖一个鱼塘，养一些鱼供游客垂钓娱乐，客人们也可以吃到新鲜的鱼。梁欣仁赞扬黄经理脑子活，有思路。黄经理说还要靠梁秘书长支持。大家说说笑笑地离开了这里。

在回家的路上，梁欣仁扭过身对后排坐的吴菲菲和遥遥说："遥遥回去要写一篇日记哦！"

遥遥说："写两篇，一篇是'我见到了阿炳'一篇是'红眼睛的小兔子'。"

"好棒！题目都想好了。"

"看来把他带出来晚了……"吴菲菲若有所思地说。此刻，她又想起了遥遥说过的话——我是吃饱了撑的。

十五

主审法官把目光转向了王冬牛："请被告回答几个问题，你要如实回答，否则将承担相应的法律责任。"

"问吧，我听着呢。"王冬牛说。

"在原告举报你强奸之前，你们是否发生过性关系？"

"发生过。"

"发生过几次？"

"记不清了。"

"第一次是什么时候发生的？"

"记不清准确时间，应该是……第一次时间应该是在我女儿得了急性肺炎住院后不久……"

"他胡说，他满嘴胡说，一个瞎子的话你们也信？！"尤小雨急了，她憋红了脸，几次要从座位上站起来，冲向王冬牛。

"请原告冷静！"

两名法警及时制止了尤小雨的冲动。

"请被告继续回答问题。"

"就是在我女儿得病期间，大概有半年多了。"

……

那天，王冬牛急火火地赶到医院时，已经晚上十点多了。他捏了捏西服上衣口袋里的两万元现金，心里踏实了许多。送他的出租车司机看他是个盲人，把他领到了设在一楼的急诊科。急诊科一名值班的女医生问道："他怎么啦？"出租车司机说："他是个盲人，他女儿得了急性肺炎，正在救治，请帮他找找。"女医生问："叫什么名字？"王冬牛说："叫王枣香。"女医生看了看接诊记录，又拿起座机打了个电话，说："在住院部三楼303。"

住院部在另外一栋楼上，出租车司机又把他送到了住院部三楼。找到病房后，王冬牛感激万分，一再道谢，并掏出五十元钱交给出租车司机，司机只收了应收的十元钱就匆匆离开了。

病床上的枣香有气无力地叫着："爸爸，爸爸……"王冬牛摸索着坐到了女儿病床边，用手摸了摸女儿的头，感觉很烫，问道："你妈呢？""我妈找钱去了，医生说，再不交钱就要停止挂针了。"

大约半小时后，小娥气喘吁吁地回来了。王冬牛问怎么样了？小娥摊开双手摇了摇头，嘴里发出"呜呜"的声音。枣香说："我妈找了一天都没有找到钱，来时带的两千元早都花完了，医生说我这病是急性肺炎，要用进口药，一盒药就要两千多元呢！药太贵了，咱回家吧……"听着女儿的话，王冬牛心中涌起一阵阵酸楚。

转眼间，女儿十岁了，在邻村小学上四年级，每次考试都是全年级第一，体育、音乐及各种才艺名列前茅。老师说，这个孩子如果在条件好的城里学校念书，一定会有大出息的。女儿听了这些话，也多次嚷嚷着要到城里上学。但到城里谈何容易，租房子、吃饭穿衣、交学费什么都要花钱，什么都比乡下贵。这次女儿病了，还不知道要花多少钱才能治好。好在今天来时尤小雨给了他两万元，不然今天这个坎就迈不过去了。他从口袋里掏出两万元交给小娥，让她去交医疗费，小娥突然看见这么多钱，眼睛瞪得老大，张开嘴，"啊啊呀呀"着，转身向门外跑去。王冬牛对女儿说："你好好治病，钱的事情是大人考虑的事情。"

不一会儿，小娥就回来了，她高兴地给枣香比画着。她一会儿指指已经空了的输液吊瓶，一会儿向王冬牛伸出大拇指，一会儿又做出背书包的姿势。枣香看明白了，妈妈在说：治疗肺炎的药马上就给你挂上了；你爸爸真棒，及时拿来了治病的钱；你病好了就可以上学了！果然，一会儿两个护士进来了，她们一个拿着盐水瓶，一个端着瓷盘子，熟练地给枣香挂上了吊瓶。一个护士说，这针要连续挂一周，炎症才能消下去。另一个护士说，你们来得晚了，差点耽误了治疗，急性肺炎耽误了是有生命危险的。王冬牛连说辛苦你们了，辛苦你们了！谢谢，谢谢！

这几天，尤小雨觉得时间过得特别慢，她几乎每天都要给王冬牛打电话，有时候两三个，有时候五六个，有时候半夜还要打电话问候。电话的内容都是孩子的病怎么样？还需要不需要钱？什么时候可以出院？你自己也要注意身体，等等。有天凌晨一点，她突然拨通了王冬牛的电话，王冬牛从睡梦中被惊醒，他以为是医院里女儿的主治医生打来的，因为他下午离开医院时，主治医生告诉他，晚上一定不能关手机，有事情会及时通知病人家属的。他在铃声响第二下时就接通了电话："喂，哪位？"

"我呀，怎么这么紧张？"

王冬牛听出是尤小雨的声音，心中的火不由得冒了出来，他想说："神经病！"但忍住了，毕竟她是他的忠实客户，在女儿得病的关键时刻还给予了资金的支持。他压了压火气说："什么事啊，这么晚了不睡觉？"

"晚上喝了点酒，睡不着啊，想和你聊聊孩子的事情。"

"孩子病快好了，谢谢你的关心！"

"好了怎么办？好了再回农村去？回去如果病犯了得不到及时救治怎么办？"

一连串的问号，使王冬牛不知道该怎么回答，这些问题也是他最近想得最多的问题。再说，孩子也多次提出想到城里上学，趁这次得病把孩子转到城里上学也是必要的。花费大点怕什么？钱没有了可以挣，耽误了孩子的学业那可是一辈子的事，是无法弥补的。如果要让孩子到城里来，在哪里租房子？转学要什么条件？这些问题他都将要面对。尤小雨这么晚了为什么要打电话？没准尤小雨已经在给他想办法了。想到这里，他的心情平静了许多。

"你说得有道理，我也想让孩子到城里来，可是在哪里租房子，上学怎么办？在哪个学校上？我都没有考虑好。"

"这些我都替你想好了，就住在县城东郊阳光小学附近，那里有我姐一套闲置的旧房子，租金可以谈，距离学校不到二百米。"

"那就太谢谢你了，见面咱们再详细谈谈。"

"什么时候见面呢？"

"上次给你做是周二，那就下周二吧！"王冬牛这里说的"做"就是做推拿，两个人熟悉了，默契了，语言就可以简练了，有时候可以简练到一个动作甚或一个眼神，当外人还在云里雾里时，他们就已经心领神会了。

"今天是周五，还要等四天啊？"

"怎么啦？说好一周巩固治疗一次嘛！"

"明天就见面吧，主要是早点商量孩子的事情。"

"好吧，那你就明天晚上八点到店里来。"王冬牛听出了尤小雨迫不及待的声音，看来她关心孩子的事情是真心的。

"好的，明天见！"尤小雨挂断了电话，激动的心怦怦地直跳，她想明天要办的最重要的事情，就是和姐姐联系租房子的事情。

……

　　尤小雨的姐姐在阳光小学附近有一套房子，是两室一厅的小高层，在四楼，没有电梯。房子是他们刚从温州过来时买的，装修好没住几天，就搬到纸袋厂住了。后来又在县政府旁边新开发的小区买了套两百平方米的房子，有电梯，上下楼方便，这个房子就闲置了。上午九点多，尤小雨给姐姐拨通了电话，把王冬牛孩子住院，以及想搬到城里住要租房子的事情告诉了姐姐。姐姐认识王冬牛，满口就答应了下来，并把租金商定为每个月六百元，因为这个楼盘的房租均价是每个月一千二百元，等于优惠了一半。商量好后，尤小雨心情异常高兴，她想把这个消息立刻告诉王冬牛，她刚拿起电话准备拨号，想了想又放下了：还是见面再说吧，到时候一定会给他一个惊喜。

　　下午六点，尤小雨匆匆吃完饭就离开了家。她看了看手表，时间还早，她觉得应该给王冬牛的孩子买点什么。她在楼下的超市转悠了半小时，买了一大堆小孩食品。出了商场，她又想起要给王冬牛买运动鞋的事情，于是又径直向体育用品商店走去，体育用品商店在县政府斜对面，离这里有十几分钟的路程。在商店里她向服务员打听李宁牌球鞋，服务员说，李宁牌的球鞋下架了。她在柜台上找到一种接近李宁牌球鞋样式的运动鞋。她没有问过王冬牛穿多大尺码的鞋，但她能看出应该是43的，当年给大白老师买的就是43的。服务员取出一双43尺码的鞋，她看了看觉得还是没有把握。她想给王冬牛打电话问一下尺码，但犹豫了一下还是没打，因为打了电话，送鞋就缺少了惊喜感，王冬牛也不一定会告诉她实情，甚至还会拒绝她买鞋的好意。"来一双44的吧！"她决定买一双稍大一点的，系鞋带的运动鞋稍大一点宽松舒服。

　　八点整，尤小雨急匆匆赶到了推拿中心，王冬牛也刚从医院回来。见面后，尤小雨迫不及待地告诉王冬牛租赁的房子已经谈好，并答应给孩子联系转学。王冬牛高兴地不停搓手，说："谢谢，太谢谢你们姐俩了！"尤小雨又说给孩子买了些小食品，让去医院时带上，王冬牛说："太客气了，太客气了！"本来尤小雨还想说买鞋的事情，但看到王冬牛不断地说客气话，就没再说。

王冬牛照例拉上了门上的布帘子，轻轻地插上了插销。尤小雨注意到他插插销的时候，踮了一下脚尖，因为插销在门的最上面，一般人不注意是发现不了的，也是够不着的。

尤小雨慢慢地脱掉了衣服，安心地躺在了按摩床上，王冬牛习惯性地给她上身盖了条浴巾，尤小雨则把浴巾揭掉，放在了一旁，说："太热了。"

"可能要下雨了，我也觉得热。"

"那你还穿得那么整齐？"

"工作期间必须这样啊！"

"又没有外人，可以随便一点。"

王冬牛犹豫了一下，脱掉了外衣，结实的肌肉把背心撑得鼓鼓的。他给手心倒了点精油，仔细地给尤小雨涂到了腿上。他涂得很仔细，从脚踝到小腿，从小腿到大腿，从大腿到胯部，不一会儿，两条腿就湿漉漉地油光发亮。

"今天能不能做个全身巩固按摩？"

"好的，不过时间可能会长一点。"王冬牛明白尤小雨的意思，从她揭掉身上的浴巾时就明白，她希望全身都油光发亮，全身都得到按摩，因为全身的减肥成果都需要巩固。

王冬牛做事是认真的，他按部就班地从腿部开始按摩，搓、揉、按、捏、压、点，手法不断变化着，按摩到大腿根部的几个穴位时，尤小雨呼吸急促，开始呻吟，双腿不断扭动着，王冬牛没有停止对穴位的按压，随着按压力度的增大，尤小雨双腿扭动的幅度也在增大，以至于按摩床发出了吱吱的响声。

"啊啊……"尤小雨眼睛模糊了，她看见给她按摩的分明就是大白老师，大白俯下身子，向她微笑着，两只柔软有力的大手开始温柔地抚摸她的胸部，急促、均匀、熟悉的气息吹进了她脸上的每一个毛孔，她感觉脸在发烫。接着，她觉得大白像阅读经典教科书一样，仔细地阅读着她的全身，他是在用嘴唇阅读，不放过一行，一页，甚至一个标点符号……她浑身开始战栗，喊了声："大白！"

王冬牛停了一下，俯下身子在尤小雨耳边小声说："叫大哥就行，叫大伯就把我叫老了。"

"讨——厌！"尤小雨眨了眨眼睛，回过神来。

王冬牛拿起精油瓶给尤小雨腹部、胸部、肩膀均匀地滴上了精油，接着从腹部开始往上推拿，一直推拿到锁骨，又从锁骨往下推拿，一直推拿到腿部。这时候的尤小雨全身已经被精油浸透，宛若从水里刚刚捞出来的一般。王冬牛给尤小雨做全身巩固按摩是非常仔细的，他的手掌没有放过任何一个角落，他的手指精准地按压着每一个有利于减肥的穴位。随着王冬牛按摩手法的变化，尤小雨胸部开始上下起伏，王冬牛看不见上下起伏的胸部，但能够听见不断变化着的呼吸声，这声音由细变粗，由小变大，由远变近，由慢变快，最后变成了抽泣似的呻吟。这呼吸，这动作，这呻吟，使王冬牛浑身燥热。他接触过许多女人，因为他们这个行业，服务的对象不是男人便是女人，但像尤小雨这样的女人他还是第一次遇到。这是一个美丽可爱的女子，是一个风情万种的尤物。这个女人在他这个小小的按摩床上，经过他"精雕细刻"不知不觉地在变化着，变得更加美丽迷人了——腰细了，细得双手就能将其卡住；胸挺了，挺得似乎随时要撑破扣子蹦出来；皮肤像绸缎一样柔软，脸颊似镜子般光滑。这一切他看不见，但可以摸见，摸见比看见更加令人心动，摄人魂魄。

尤小雨双手开始毫无目的地在王冬牛身上乱抓，终于，她抓住了王冬牛身体上最不安分的部分，王冬牛战栗了一下，接着后退了一步。尤小雨渴望的眼神他是看不见的，但尤小雨近于哭泣的呻吟他是听得见的，这声音的确是在哭泣，近于哀求的哭泣。他前进了一步，又后退了一步——他完全乱了分寸……

对于性，他并不陌生，和小娥在一起的时候，他就懂得了性，但每次都是他主动小娥被动，等到小娥有了感觉，他又没有了兴趣。从盲人学校回来后，他学会了按摩穴位，他试着给小娥按压身上的敏感穴位，小娥的反应是沉默、烦躁。他问小娥有什么感觉？小娥比画着说是痒痒的，怪怪的，还有点疼，最后还一把推开他的手，意思是说："一点儿都不正经！"

人和人的差距是很大的，女人和女人的差距也是很大的，尤其是乡下女人和城里女人差距咋就这么大呢？王冬牛明白尤小雨此时已经饥渴难耐了……他现在有两个选择，一是继续按摩，接着顺其自然；二是就此停下，适可而止。他心里有两个王冬牛在辩论，一个说：你是按摩技师，应该讲职业道德，要守住底线。一个说：她已经熟透了，不吃白不吃。一个说：你这样就变成了坏人。一个说：男人不坏女人不爱。一个说：这样做了，你会后悔的。一个说：一个巴掌拍不响……在理性和人性的辩论中，最终人性战胜了理性。王冬牛觉得自己此刻就是一个力大无比的公牛，他要把自己坚硬的犁铧插入肥沃的土地。他没有见过土地，但他熟悉土地，他在土地上睡过觉，流过泪，他抚摸过土地，亲吻过土地，他吃过观音土，他知道土地可以生长万物。眼前的尤小雨就是一片肥沃的土地，等待着耕耘，等待着播种。他脱掉了，不！是撕掉了湿透的背心和裤头，像牛一样闷声闷气地"哞——啊——"一声扑到了按摩床上……

尤小雨的意识模糊了，她感觉灵魂离开了身躯，灵魂变成了幽灵，幽灵藏进了一朵花里，紫红色的，很艳，也是湿漉漉的。花朵开始慢慢地上升，上升……一直上升到了天花板上，和紫红色的吸顶灯重合了。花朵在天花板上俯瞰，按摩床变成了一只小舢板，尤小雨变成了一条美人鱼，王冬牛变成了渔夫。美人鱼在舢板上扭动着身躯，渔夫抚摸着美人鱼。海风很大，美人鱼和渔夫被海风刮得站立不稳，渔夫紧紧地抱着美人鱼，生怕被海风刮走。渔夫黝黑的脊背和美人鱼洁白的身躯形成了鲜明的对比。海风中，小舢板开始剧烈地晃动，美人鱼紧紧地搂着渔夫，十指抓住渔夫宽厚的脊背，指甲陷进肌肤，抠出一道道鲜红的血痕。渐渐地，两个身体融化成了一幅太极云图，黑中有白，白中有黑，黑白互动，浑然一体。海风越刮越大，瞬间，风卷起了浪花腾空而起，云和海连成了一片，天和地连成了一体，宇宙混沌了……一团芳香的气体从太极云图中散开，散开……幽灵悄悄地离开了花朵，花朵开始下降……尤小雨恢复了意识。她清楚，此刻，是王冬牛在她的身上，两个人的重量使按摩床不堪负重，"吱吱"的声音愈来愈烈，尤小雨感觉床要塌了，她的双手紧紧地搂住王冬牛的脖子，王冬牛轻轻地抱起了尤小雨，双手揽住她的腰部，尤小雨舒展的长发在空中有节奏地飘荡……

"累了……"尤小雨说。

"累了？"王冬牛说。

王冬牛把尤小雨轻轻地放在了按摩床上，转身穿好了衣服。尤小雨睁开疲惫的眼睛问道："刚才发生了什么？"

"刚才你做梦了，很美好的梦。"

"嗯，梦里有你。"尤小雨温柔地说。

"对，有大伯。"

"你怎么知道？"尤小雨把"大伯"听成了"大白"惊讶地问道。

"让你叫大哥，你总要叫大伯。"

尤小雨明白了，她甜甜地叫了声"大哥！"王冬牛应了一声，俯下身子，朝着发出甜蜜声音的地方，把嘴唇紧紧地贴了上去。

尤小雨让王冬牛擦拭涂到身上的精油，王冬牛用浴巾边擦边说："皮肤已经吸收了，你的身材越来越好了。"

"还是你的手法好，我应该好好谢谢你。"

"你的手法也不错，我现在脊背还在火辣辣地疼。"

"怎么啦？我看看。"

王冬牛转过身后，尤小雨看见黝黑的脊背上有一道道深浅不一的血印，顿时明白了，说："我不是故意的，还疼吗？"

"没事，权当是你写的天书，刻在了我的脊背上。"

"你真坏，你知道我写的啥？"

"你真坏。"

"我问你写的啥？"

"写的——你真坏。"

"不是——你真好。"

尤小雨想起给王冬牛买的运动鞋，起身穿好衣服，从塑料袋里取出运动鞋说："你试试这双鞋，我今天买的，看看合适不？"王冬牛说："太客气了。"他坐在按摩床边试了试，"大小正合适。"看着白色的运动鞋，尤小雨眼前又出现了大白老师的身影，她不由得笑了一下。这笑声很小，但王冬牛听见了，说："笑什么，不好看吗？"

"好看，好看，我刚才突然想起了最近在手机上看到的一个笑话，就想笑了。"尤小雨想就此转移话题，王冬牛却穷追不舍，这个满肚子装着笑话的人，对这个话题来了兴趣："说说看，什么笑话？"尤小雨脑子里没有记住一个笑话，她迅速翻看着手机，在百度上点了"搞笑段子"，还真蹦出一个笑话。她念道："一对新婚夫妻进入洞房里，丈夫说：'我十年寒窗苦学，现在就要进入你的考场，这是大考呀！'妻子马上脱掉衣服，笑着说：'请考生入场。'丈夫很快完事。妻子马上拉着丈夫的手，温柔地说：'你别走，考试成绩不合格，我给你一次补考的机会。'"念完段子，尤小雨脸红了，她也奇怪手机怎么就偏偏蹦出了这么一个段子？

"哈哈哈，有意思的段子，那你说说，我今天考试及格吗？"王冬牛反应很快，他把这个段子和刚刚发生的事情联系了起来。

"讨厌，不及格！"

"那就下周补考吧！"

……

尤小雨离开推拿中心时，已经晚上十一点了。她觉得时间过得飞快，她奇怪自己最近的感觉，确信自己开始恋爱了。她一直认为，有丈夫有孩子的女人是不应该有恋爱的想法的，但一想起刘胖子结婚后对她的态度，想起刘胖子和小闵之间的烦心事，她又心安理得了。她一直以为自己是个理智的人，周围经常有各种诱惑，特别是在酒店和公关场合，借酒调情的男人对她频频示爱的时候，她都能理智地摆脱。偶尔也有她遇到的心仪的男人，即使内心再如何狂热地亲近他，也从来没有敢越雷池一步。她想，她今天迈出的这一步，是对刘胖子的报复吗？是，但又不完全是。这一切都是发自内心的，是愈来愈强烈而美好的感觉，是一种食不甘味、夜不能寐的感觉，这感觉不仅仅是来自于对王冬牛的好感，还有从王冬牛身上常常能够看到大白老师的身影。她在王冬牛身下扭动的时候，意念中完全是和大白老师在一起，当她清醒的时候又会有一种对不起王冬牛的愧疚感。不论怎样，这种感觉是发自内心的，深入骨髓的。原来，真正的恋爱竟是如此美妙、如此销魂，她从来没有过这样的感觉，这种奇妙的感觉是遇到王冬牛以后才有的。一个盲人什么都看不见，在盲人面前，她是掌握主动权的，她要牢牢掌握住这个主动权，因为她心里永远忘不掉大白老师。王冬牛的付出，她会回报的，她决定最近几天就给王冬牛的孩子联系转学的事情。等自己下周来的时候，再给他一个惊喜。

在回家的路上，在散发着昏黄光芒的路灯下，她想起一首歌《恋爱的感觉真好》，不由得哼了起来：

恋爱的感觉真好 / 让我忘记了烦恼 / 每次都有说不完的话 / 每次都有笑不完的笑 / 恋爱的感觉真好 / 生活增添了美妙 / 每天都有快乐的心情……

十六

市委常委会一直开到了下午六点半，梁欣仁收拾完东西，略显疲惫地走到楼下。市委对面开发楼盘的老板周金发迎了上来："梁秘书长辛苦了，来了几次都没有见到您，今天好不容易碰上了。"

"有事吗？"

"没什么事，就是想请您吃顿饭，好长时间没有在一起聚了。"

梁欣仁认识这个周金发，他是几年前从渭北煤田来到沪阳市的。他把开发煤矿挣来的钱投资到沪阳市搞房地产开发，也算是为沪阳市做出了贡献。今天来请他吃饭，会有什么事情呢？也不一定非有什么事情，老板们请领导吃饭就是一个感情投入罢了，有时候也可以借领导的威望显摆一下自己的能力，他这样想。

"到哪里吃饭？你们这些老板也太客气了。"梁欣仁这样说，其实也就是答应了周金发的邀请。

"到雅兰阁大酒店，那里来了个新大厨，烧一手好菜。"周老板见梁欣仁痛快地答应了，脸上放着红光。

"不去酒店，在农家乐吃个便饭，简单、方便还热闹。"

"那就去……"

"去牡丹园的'人民公社大食堂'。"梁欣仁接过话茬。

"好吧，您坐我车。"周老板打开加长的凯迪拉克后侧车门，把梁欣仁让了进去，梁欣仁上了车看见开车的是一个留着鸡冠头的小伙子，微微皱了一下眉头。周老板介绍说："这是我儿子周满意，快叫梁叔叔。"小伙子往后侧了一下身子说："梁叔叔好！"梁欣仁问周满意干什么工作。周老板说，娃没念下书，初中没毕业就辍学了，现在没有事情干，听说市交警队最近招聘合同工，也就是协警，这娃就是喜欢当警察，有可能的话您给帮忙搭个话。梁欣仁明白今天这顿饭的分量了，他也不好拒绝，只好说，先按招聘程序走吧，符合条件了我给说个话。"谢谢，谢谢！"周老板激动地说，"事情成了一定重谢。"

"人民公社大食堂"离市区不远，梁欣仁最近几乎每周都要去。有时候是有接待任务，他有意安排在那里；有时候是周末，他领着家人和朋友去牡丹园游玩后吃饭。今天周老板请客，他也就顺势提出到那里。

进了农家乐，老远就听见悦耳动听的笛子声，梁欣仁知道是王牛牛父女俩在给客人演奏。是王牛牛在演奏还是枣香在演奏？梁欣仁已经分辨不出来了，因为枣香的演技已经非常娴熟。门迎小姐照例迎了上来，她们已经认识梁欣仁："今天坐包间还是外面亭子？"

"坐外面吧，到吹笛子的那边去。"梁欣仁扬了扬下巴说。

门迎小姐把他们领到了王牛牛父女俩演奏的地方。只见枣香身穿浅蓝色上衣，粉红色裙子，头上扎着蝴蝶结小辫，正在给一桌客人吹奏《草原之夜》曲子，王牛牛在一旁竖起耳朵仔细听着，身旁放着二胡、唢呐、竹板和一个葫芦丝。枣香吹完一曲，饭桌上的一个女士给枣香递过来十元钱。枣香深深地鞠了一躬，说谢谢。枣香看见梁欣仁来了，跑过来高兴地说："梁叔叔好，我今天吹了十几首曲子。"

"好，真能干。"

"我爸说再挣够五百元就让我上学。"

"好啊，学一定要上，不念书就没有出息。"

王牛牛听见梁欣仁来了，说："恩人来了，你吃饭，我给你拉二胡。"

"不急不急，最近还可以吧？"

"好得很，愿意听曲子的人越来越多了。"

周老板招手叫来一名女服务员，要了一个亭子，问有什么特色菜？服务员说，主要是农家菜。周老板又问，有没有特色野味？服务员说，有野兔和野鸡。周老板说，各来一只，野兔红烧，野鸡清炖。说完又点了几个农家菜。梁欣仁给周老板介绍了王牛牛父女的情况，周老板说："早就听说过梁秘书长关心残疾人的事迹，原来就是他们呀！"

"就是他们，你们这些老板也要帮助这些残疾人啊！"

"会的会的，我一定会帮助他们。"说完，周老板从包里掏出一沓现金，数了两千元，起身交给了王牛牛，王牛牛接过钱，用手捏了捏，迅速装进了西服里面的内衣口袋，激动地说："谢谢恩人，谢谢大恩人。"

梁欣仁被周老板的慷慨举动惊讶了，这两千元现金，相当于王牛牛在这里好多天的收入。但他没有表现出惊讶的神情，因为周老板的义举是表演给他看的，他若惊讶，周老板便得意；周老板得意了，就等于他欠了周老板的人情。梁欣仁想起在车上说的招收协警的事情，看了看坐在椅子上，留着公鸡冠子一样的头发，跷着二郎腿，叼着纸烟，玩着手机游戏的周公子，心里一阵厌恶——这样的人如果进了公安队伍，败坏人民警察形象不说，没准会打着警察的旗号干出一些伤天害理的事情来。

"这钱是周老板给你的。"梁欣仁担心王牛牛误会给钱的人是他自己，因为王牛牛一直把他叫恩人。他进一步强调说，"周老板叫周金发，是市里的明星企业家，经常做好事不留名。"

"谢谢周老板，您点几个曲子，我给您拉。"

"随便拉吧，我不懂音乐。"

"老板谦虚，那我就随便拉了。"

王牛牛一口气连续拉了《好人一生平安》《赛马》《二泉映月》《敖包相会》《骏马奔腾保边疆》等好几首传统曲目。周老板心不在焉地听着，眼睛一会儿看看梁欣仁，一会儿瞄瞄礼仪小姐，一会儿又盯住枣香发愣。周满意继续玩着手机游戏，不时翻看一下王牛牛，显出极不耐烦的神情，毕竟这些曲子离他太远。梁欣仁眼睛微闭，手在桌子上打着节拍，一副陶醉的样子。演奏停了，梁欣仁睁开眼睛说，最近进步很大啊，我都着迷了。他看了看周老板，问还想听什么，继续点。周老板说："他好像还会说快板，来一段。"

"好的，你们到这里来，就是为了吃农家饭，吸新鲜空气，找个有利于健康的环境，我就来一段自己编的《身体健康第一位》。"王牛牛的竹板"噼里啪啦"响了起来，周围吃饭的人都把目光投了过来，几个小孩子离开饭桌围了过来。王牛牛右手收起大竹板，左手轻轻摇着小竹板，嘀嗒嘀嗒开了言：

各位领导和老板，你们吃饭听我诌；

工作上班早到晚，吃饭睡觉没正点；

　　新鲜空气洗洗肺，太阳出来晒晒背；

　　牡丹花香惹人醉，公社食堂饭不贵；

　　五谷杂粮养养胃，散步慢走别太累；

　　三朋四友聚聚会，小酌一杯别喝醉；

　　少熬夜来早点睡，争取活到一百岁；

　　身体健康第一位，送给在座每一位。

　　王牛牛编的快板中"各位领导和老板"这一句原来是"各位女士和先生"，后来他发现，来这里吃饭舍得听曲子给钱的都是领导或者老板，一般游客是很少掏钱听曲子的，于是他就改了称谓。

　　"好，再来一段！""来一段荤的！""吹一段唢呐！"有人喊。

　　王牛牛说："有娃们家哩，荤的就不说了，再说一段《实在话》。"这次他没有用大竹板，只见小竹板在他手指上飞快地转了几个圈，随着嘀嗒嘀嗒的节奏开了言：

　　几句实在话，送给老朋友。

　　不到九十九，坚决不要走。

　　如果下决心，方法一定有。

　　清晨去运动，中午要午休。

　　晚上要早睡，熬夜伤肝肺。

　　饮食要均衡，营养要足够。

　　少肉多蔬果，七分饱住口。

　　控制油盐糖，戒烟戒烈酒。

　　知己与朋友，多少总要有。

　　心境常欢悦，不忧亦不愁。

　　脑筋常常动，痴呆不来纠。

　　常存满足感，一切不强求。

"好好！说的都是实在话。"一个干部模样的老同志，从兜里掏出五块钱交给了站在王牛牛身旁的女儿。接着，又有几个人也掏出两块、五块或者十块的纸币交给了枣香。枣香接过每个人的钱都会鞠躬说谢谢。看着父女俩满意的神情，梁欣仁想，如果这样坚持下去，王牛牛就一定会早日脱贫，进入小康的。想到这里，他脸上露出了喜悦的笑容。饭菜很快上桌了，梁欣仁起身走到王牛牛身边，拉着他的胳膊说："一起吃饭吧，我们这桌就三个人。"王牛牛怎么也不过去，说还有客人要点曲子呢。周老板见状，起来对梁欣仁说："咱们吃吧，人家不习惯和咱们在一起。"梁欣仁也就没有勉强。周老板从车上拿出两瓶包装精致的酒，把一瓶放到餐桌上，另一瓶拿到旁边不远处的另一个餐桌上。由于隔了几个亭子，加上果树阻挡，梁欣仁没有看清楚餐桌上的人。周老板走过来说："这酒是上次出国带回来的，出口茅台，应该不会有假。"梁欣仁说："那边还有熟人？""是人事局的几个朋友，刚碰见的。"周老板边说边打开盒子，解开红丝带，取出一瓶茅台酒，酒瓶是酱紫色的，略大于普通茅台酒瓶。打开瓶盖，一股茅台特有的香味弥漫出来，酒品果然不一般。周老板先给梁欣仁面前的杯子斟满一杯，又将这杯酒倒入自己面前的杯子，再摇了摇杯子把酒洒在了地上。他拿起空杯子闻了闻，说香啊！梁欣仁看出，这是懂茶道的人的习惯动作。梁欣仁佩服这些老板们的心机，今天请他吃饭是早有准备的，如果下午没有碰见他，一定会锲而不舍地"碰见"。几杯酒下肚，周老板说："现在像您这样关心穷人的领导很少见了。"

"其实我也没有做什么事情，就是动动嘴皮子而已。"

"这个盲人到这里来，您一定给说话了？"

"介绍过，有些人就是一个坎迈不过去，你帮他一下就过去了，我也是做些力所能及的事情。"

"我儿子的工作就是我的一个坎，是我的心病。"周老板看着周满意说，"快给梁叔叔敬酒！"

周满意斟满一杯酒，高高举起说："祝梁叔叔官运亨通，财源滚滚，寿比南山！"

"不要说这些江湖上的话，我们当干部的，就是干实事、为人民服务的。"梁欣仁心里不悦，但还是接过杯子，抿了一口。在接杯子的一瞬间，他发现周公子的右手食指少了一截，很明显是后天致残的。

"娃们家不会说话，没文化。"周老板斜睨了一眼周满意，继续恭维着梁欣仁，"你们当领导的就是有水平，站得高，看得远。"梁欣仁说："时间不早了，今天就到这里吧！"

西落的太阳像有人用绳子拽着一样，刚才还红彤彤地悬挂在空中，一眨眼绳头一松手，就看不见了。离开农家乐时，梁欣仁走到枣香面前，蹲下来拉住枣香的手说："经常有这么多人听演奏吗？"

"平时没有，就是你来了听的人多，给钱的人也多。"

"今天算不算人多？"

"今天是收钱最多的一天。"

"有了钱，你就可以上学了，好好念书，长大才能有出息。"

"我要上大学。"

"一定可以，但你要先上小学，再上中学，最后再上大学。"

"我知道了，谢谢梁伯伯。"

梁欣仁掏出五十元钱，塞到枣香手里说："天不早了，收摊，吃饭去。"

周老板拿着喝了半瓶子的茅台酒，递到王牛牛手里说："这半瓶茅台酒你留着喝吧！"

王牛牛双手摇着说："不敢不敢，这个我不敢要。"

"为什么？不就是半瓶酒嘛！"

"刚才听人议论说，你们来坐的车值一栋楼，吃的饭值一头牛，其实就是说你这酒贵，你这半瓶酒就是半头牛，我喝不起。"王牛牛压低声音说。

"他们胡说哩，这就是羡慕嫉妒恨，哈哈哈……"周老板一脸的得意，把酒塞到了王牛牛的手里。他看了看梁欣仁，梁欣仁沉着脸，一副若有所思的样子。

"他们还有话哩……"王牛牛欲言又止。

"还说什么？"梁欣仁迫不及待。

"他们说，现在是领导傍大款，小姐寻老板，遍地黑社会，警察保护伞。"王牛牛声音压得更低了。

"是你编的，还是听别人说的？"

"都是我听来的，前几天还听了个'十五子'，是说你们当官的样子的，不好听，不说了……"

"没事，你说，我想听听都说些啥？"

"官员现状：装的是样子，混的是日子，保的是位子，上的是场子，下的是馆子，圆的是肚子，练的是胆子，搂的是妹子，哄的是娘子，享的是乐子，霸的是车子，占的是房子，管的是章子，盯的是票子，为的是孩子……"王牛牛一口气说完了"十五子"，"你想听还多着呢，有空我给你慢慢说。"

"这些顺口溜可不能当快板说，不符合精神文明建设。"

"我不会说的，就是不知道咋回事，这几年能人多得很，出口就是编派你们这些当官人的段子。"

车子离开了农家乐，梁欣仁一路无语。他后悔今天和周老板出来吃饭，特别是那瓶扎眼的茅台酒，引出了王牛牛的段子。这些段子虽然出自王牛牛的口，但反映的是一种民意。从古至今，生活圈子历来是官员的一面镜子，民间谚语往往是在给官员画像。清廉者必然玉树临风，一尘不染；贪腐者一定脑满肠肥，贪赃枉法。自己这样的官员，看似风光，貌似高贵，其实工作极其繁杂琐碎。陪领导鞍前马后，日不能息，夜不能寐，领导召唤立即到位。一年到头加班加点，终日疲惫，身心憔悴，身在其中，深知其味。在九十年代中后期，搞笑段子开始在手机上传播，多为一些男女相互调侃之事和男女淫秽之事，不是"小姐"如何，就是"二奶"如何，博得人们哈哈大笑，笑过之后，不留任何思考。现在的段子，少有男欢女爱之事了，多为一些揭露社会积弊、揭露官场腐败、揭露形式主义、揭露官员的不作为等等。王牛牛今天说的这些，他听着新鲜，其实早已经在社会上传开了，他所说的，也可能只是冰山一角……"要叫人不知除非己莫为啊！"他自言自语了一句，声音似在喉咙里咕噜了一下，只有他自己能听见。

"梁秘书长，晚上安排个活动？"周老板的话打断了梁欣仁的思路。他抬头看见车已经到市区了，路灯和店面的霓虹灯陆续亮了起来。

"不去了，送我到办公室，明天有个会议材料要准备。"梁欣仁极不耐烦地找了个理由推托了周老板的安排。

他明白周老板的"安排"，无非就是唱歌、洗脚、按摩、打牌之类，当下老板想从官员处谋取某种利益一般都是这些套路，要办大事下大套，要办小事下小套。名曰娱乐，实则色情；名曰放松，实则淫秽；名曰打牌，实则行贿。官员若贪腐，必然会上套，一旦上套便愈陷愈深，不能自拔……

"那就改日再聚一聚，娃的事情还要领导多多关照。"周老板依然惦记着招收协警的事情。

梁欣仁眼睛看着窗外，没有接周老板的话茬。他知道这种人不会就此罢休的，今天不答应，明天还会来，这个渠道不通，就会走其他渠道，所谓东方不亮西方亮，没准事情很快能办成，回绝的话还是不说为好。汽车很快到了市委门口，铁栅栏大门已经关闭，梁欣仁下了车，转身对周老板说："谢谢今天的安排，娃的事情，按程序办，我们共同努力。"

周老板对梁欣仁的这个回答是意料之中的，这种模棱两可的话他听多了，一般官员都会说这样的话，既不得罪人，又能圆了场。集多年对付官场之经验，不出血是不会有收获的。常言道：舍得舍得，有舍才能有得啊！他从提包里拿出一个信封，在梁欣仁下车的瞬间，迅速塞进了他的西服口袋里。周老板刚要关车门，梁欣仁快速抓住车门手把，厉声说道："你这是干什么？"

"没什么，本来想让你玩会麻将，给你准备了一点本钱，你忙就以后有机会再玩。"

"你这是胡闹！"梁欣仁感觉像吃了苍蝇一样恶心，他往出掏钱，周老板一只脚支在踏板上，一只脚踩在地上，摁住梁欣仁的口袋不放，两个人僵持了起来。"嘀嘀！"有汽车开了过来，刺目的灯光使他俩同时松开了手。周老板迅速关上了车门，按下车窗玻璃说："今天想请你吃大餐，结果吃了个农家乐，太不好意思了，不过你关心的那个王牛牛我也会关照的。"

"好吧，这钱我就替你交给王牛牛，谢谢你了。"梁欣仁说完，头也不回地向市委大院走去。

"那是你的事……"周老板心里明白，只要梁欣仁收了钱，事情就有了眉目，至于他说再把钱给谁，那不过是收钱的由头罢了。说把钱给残疾人，这个台阶下得好。"老奸巨猾的家伙！"周老板心里骂了一句，转身吼一声："走！"周满意鼻子"哼！"了一声，一脚油门，汽车飞驰而去。

梁欣仁到了办公室，心里憋了一肚子闷气，他掏出信封打开一看，里面是整整齐齐没有拆封条的两万元现金，他把钱放到了抽屉里，想着找机会给王牛牛送去。本来他是打算直接回家去的，到办公室是推托周老板安排活动的理由。他正要关门离开，突然手机响了："喂，梁秘书长吗？""哪位？""我是报社的小刘，今天召开市委常委会的新闻稿写好了，经请示市委书记，说请您把一下关，连夜就排版印刷了。""好的，你发我办公室电脑上。"

小刘是沪阳日报社的主编，和梁欣仁很熟悉，这样连夜审稿子的事情是经常发生的。"今晚又要加班了……"梁欣仁嘟囔了一句，又回到了办公桌前。

十七

　　法庭上的王冬牛承认和尤小雨多次发生性关系，并说出了第一次发生关系的时间，这就使得案情有了新的变化。尽管尤小雨矢口否认，但从她的表情可以看出，她已经不再阻拦王冬牛的陈述，而且对王冬牛陈述的一些细节，比如王冬牛女儿枣香住院、帮助租房子、帮助枣香转学等表示认可。

　　台上的法官们小声耳语了几句，主审法官问尤小雨："被告陈述的可是事实？"

　　"有些事情我记不清楚了……"

　　"你们多次发生性关系是事实吗？"

　　"有过，有时候是违背我的意愿……是强迫的……"尤小雨声音仿佛卡在了喉咙里。

　　"请你仔细回忆一下帮助王冬牛租房子和孩子转学的时间以及此后发生的事情。"

　　尤小雨清楚地知道，自从她帮助王冬牛租了房子和孩子转学以后，他们之间的关系就发生了质的变化。从只谈论健身到无话不说，从定时按摩到迫不及待，从肢体接触到灵魂碰撞……这些发展变化在逐渐地、不知不觉地、两情相悦地变化着。

　　那天晚上尤小雨离开王冬牛以后，一直处于亢奋状态，躺在床上翻来覆去睡不着。她拿起手机瞄了一眼，凌晨一点多了，她想给王冬牛打个电话。说什么呢？随便聊聊吧！反正睡不着："139092……"拨完号码，她又挂了，她想现在王冬牛应该在医院，接电话是不是不方便？刚放下电话，她又拿了起来——在医院怕什么？王冬牛说过，他媳妇小娥是个哑巴，十聋九哑，她什么也听不见，什么也说不出。她又把电话拨了过去，嘟——嘟——没人接。"可能睡着了。"她想。

可刚放下电话一会儿，铃声响了，拿起来一看，王冬牛打过来的："什么事啊，这么晚了打电话？"

"睡不着啊，你累吗？"

"啊——"王冬牛打了个哈欠，"不累，你呢？"王冬牛的确是从睡梦中被铃声吵醒的。

"不累，兴奋！睡不着想和你聊天。"

"早点休息吧，明天还要上钟呢。"王冬牛把上班叫上钟。他知道尤小雨是没话找话说："下次见面再好好聊。"

"下次是明天吗？"

"下周。"

"我明天就去联系孩子转学的事情，联系好了我找你。"尤小雨把下次见面的时间定在了联系好给孩子转学事宜以后，可能是明天，或者是后天，反正不会是一周。她觉得一周太长，她和王冬牛已经有一日不见如隔三秋的感觉了。一周不见？算算，也太久了吧？

"好吧，谢谢你……"王冬牛挂掉了电话。

尤小雨贴上了面膜，蒙蒙眬眬睡着了。不知不觉中，她来到了一望无际的大海边，是她老家的东海。在海边银灰色的沙滩上，大白老师右手食指顶着一个旋转着的排球，向她走来。她兴奋地迎了上去，大白老师扔掉排球，张开双臂，把她紧紧地搂在了怀里，大白眼角挂着泪水，说："我想死你了。"尤小雨说："我恨死你了……"边说边用拳头捶打着大白肌肉隆起的胸脯。突然，一个巨浪涌上沙滩，把他们卷入大海，她清楚地看见海浪中的大白在呼唤着，挣扎着，一会儿浮上来，一会儿沉下去，嘴里、眼里全是泥沙……她想喊却发不出声，身体在不由自主地往下沉，两只手在水中挥动着，想抓住什么，却什么也抓不住……绝望中，一只大手向她伸了过来，这是一只很有力的大手，把她从大海中拎了上来。她希望这只手是大白老师的手，她大声喊道："大白！"这只手把她揽到了怀里，又轻轻地放到了沙滩上，走了，一双白色的运动鞋在沙滩上留下了一串深深的脚印。她看清楚了，救她的人是王冬牛，走得很快，头也不回……她向着远处喊"大——哥！"向着大海喊"大——白！"无人回应，耳边只有海浪呼啸的声音……她希望这不是真的，希望这是一场梦，她想睁开眼睛，却怎么也睁不开；她再用力，终于睁开了，但却似乎有一层薄膜覆盖在眼睛上，她用手一撕，原来是脱落的面膜蒙在了眼睛上。

窗外已经大亮，果然是一场梦，她长舒了一口气。

给王冬牛孩子转学的事情比原来预想的要简单多了。尤小雨一大早就来到东郊的阳光小学，她是通过华悦酒店前台的一名服务员联系到学校的一名副校长，这位副校长是前台服务员的表哥。尤小雨说明来意后，副校长热情地接待了她。问了枣香的基本情况后，副校长说，学校每年有十个名额，是留给长期在县城打工者子女的，只交学费，不交择校费，对于残疾人家庭或特困家庭孩子，还可以减免学费——而这些，局外人是不知道的。"这简直太好了，枣香正好符合这些条件。"尤小雨显得有些激动。副校长问："枣香是你什么人？"尤小雨说："是亲戚朋友家的孩子。"副校长喊来教导主任，说了枣香要转学的事情，并仔细叮嘱了一番。在教导主任的带领下，尤小雨顺利地办完了枣香的转学手续，临走时，她向副校长和教导主任一再表示了感谢，并邀请他们有空一定到华悦酒店做客。一出校门，她就给王冬牛打电话，王冬牛刚刚吃完早饭，正在宿舍外面的水池子洗碗，听见电话铃声，手也没有擦干就接起了电话："喂，我是王冬牛。"

"大哥，告诉你一个好消息。"尤小雨开始称呼王冬牛大哥了。

"什么好消息？"

"你猜……还是见面说吧，什么时候见，你定时间。"

"好吧，老时间，晚上八点。"

王冬牛猜想尤小雨所说的好事是枣香转学的事情，这件事对他来说的确是一件好事，也是一件难办的事情。他听说没有城市户口的孩子在城里上学是要缴纳昂贵的择校费用的，而且还要找熟人才能进去。不知道尤小雨怎么办的，办到了什么程度？还有房子租好了没有？这些事情要办妥当，都超出了他的能力之外。

尤小雨挂掉王冬牛的电话，接着又拨通了姐姐尤小梅的电话，她告诉姐姐已经给王冬牛的孩子联系好了转学事宜，要求她尽快把房子钥匙交给王冬牛。尤小梅对妹妹最近的变化是有所察觉的，从开始帮王冬牛联系租房子，并且还要优惠租金，就让她感觉到了奇怪，这次又主动帮助王冬牛的孩子联系转学……按摩师和顾客的关系就是服务和被服务的关系，妹妹对王冬牛的过度热情，远远超出了这种关系。会不会另有所图？尤小梅不愿意往其他方面想，也许妹妹是菩萨心肠，想帮助一个残疾人，做点好事积德呢！不论怎样，见面问问情况再说吧！正好昨天从温州老家来了几个中学时期的同学，是从事塑料制品生产的，让她帮忙联系推销一次性医用输液管，约好中午在一起聚餐，地点定在华悦酒店。她在电话里对尤小雨说，温州老家来人了，中午一起坐坐，到时候把房子钥匙交给你。

华悦酒店餐厅在二楼，尤小梅和尤小雨提前到了。尤小梅从包里掏出小区房子钥匙，交给妹妹后说："你的办事效率真高啊！怎么说也应该签个租赁合同吧？"

"残疾人签合同不方便，我代他签。"尤小雨说完脸红了一下，接着说，"这家人是我见过的最可怜的人，一个瞎子，一个哑巴，孩子最近又生病了，我们应该帮帮他们。"

尤小梅看着尤小雨一脸认真的神情，没有说话，她觉得妹妹说的也在理，谁能不同情弱者呢？看来是自己想得太多了，不过她还是要提醒提醒妹妹：对王冬牛不要用情过多，服务与被服务的关系一定要摆正。她清楚王冬牛虽然是盲人，但绝对是盲人中少有的极品，脑子聪明，说话幽默，而且是标准的型男。她在心里酝酿了几句话，她想说"男人没有一个靠得住，女人太多情吃亏的总是自己"，她还想说"寂寞是春药更是毒药，能耐住寂寞的女人是有品位的女人"。她知道妹妹家庭的现状，结婚生子后，基本上没有了夫妻生活。她还想说"已婚女人若留情最终是要流泪的"，但又觉得怎么说都不好开口。

最终，她还是没有憋住，说了一句她认为比较得体的话："帮人要适度，有些人是升米恩斗米仇，我怕你吃亏。"

"放心吧，我会把握尺度的。"尤小雨理解姐姐的良苦用心。

咚咚！随着敲门声，服务员打开了包间门，尤小梅的老公黄阿海领着一男两女进来了。其中一个高挑个儿的女人抱住尤小梅又是跳又是拍打，说想死你了老同学，想死你了！然后女同学把一个西装革履、白净瘦小的男子拉过来，介绍给尤小梅说，这位是我先生，叫唐利亚，外号"唐老鸭"，也是塑料制品厂的经理。"欢迎你们，请坐！"尤小梅招呼着客人。另外一个体形健壮的女士盯着尤小雨看了半天，突然喊了声："小雨，真是小雨，你怎么变得这么苗条？"

"你是——璐璐，刘璐璐。"尤小雨也认出了刘璐璐，两个人紧紧地拥抱在了一起。尤小雨向姐姐介绍说，璐璐和她以前都是学校排球队的队员，虽然不在一个班级，但在排球队关系最好，璐璐是有名的扣球手，大白老师称她是郎平第二。席间，尤小雨和刘璐璐坐在一起，边吃边聊，无话不说，聊了各自的家庭，聊了分别后各自的事业。尤小雨突然想起了大白老师，不知道他现在情况如何，她想直接问，又觉得唐突，于是就先问了其他几个代课的老师，最后绕到了排球教练大白老师。

"排球教练大白老师你还记得吗？"尤小雨问。

"你还不知道?!"刘璐璐睁大眼睛注视着尤小雨。

"怎么啦？"尤小雨看着刘璐璐的神情，心咚咚直跳，她预感着有不好的消息。

"走了，几个月前的事情，淹死了，很惨……"刘璐璐摇了摇头，不忍说下去。

"怎么回事？"

刘璐璐心情沉重地说，大白老师前几年就离开了学校，和几个人合伙办了一个深海鱼油加工厂，但由于市场饱和，销路不畅，不到半年就关门了。后来又搞起了轻型建筑材料开发，产品符合国家产业政

134

策，销路很好，企业很快就做大了。就在他踌躇满志，准备大干一番的时候，出事了……刘璐璐放下筷子，用餐巾纸擦了一下眼睛，继续说，一天中午，大白和几个客商喝完酒在街上散步，看见街道两旁挂满了花花绿绿的泳衣泳裤，卖家拿着小喇叭在高声兜售着，客人中有人提出去海边游泳。大白知道，这些客人都是从北方来的，钟情于大海，就答应陪他们一起去。到了海边，大家"扑通扑通"全跳了下去，大白不知道他们的水性如何，怕发生意外，也就紧随其后跳了下去。不一会儿，天空变暗，刮起了海风，大白觉得不妙，喊他们返回，可在酒精的作用下，客人们毫不理会，个个豪情万丈，拿出了欲与天公试比高的勇气，继续乘风破浪。突然，海风掀起了海浪，平静的海面躁动了，一个浪头把他们抛向高空，接着又将他们卷入深渊。大白急了，他大喊："往回返，往回返！"一会儿多数客人都游到了岸边，只有一个客人被海浪冲向远方，大白奋力向这个客人游去，几次将要抓住这个客人的手，却又被海浪推开，最终由于体力不支，两人被卷入茫茫大海之中……第二天，人们在几公里外的沙滩上发现了他们的尸体，大白老师的眼睛、鼻子、耳朵里全是泥沙。

尤小雨听完，眼泪不由自主地流了下来。她想起了昨天晚上做的梦，梦中看到大白老师被海浪冲走的场景和刘璐璐描述的几乎一模一样。这是大白老师给她托梦吗？梦中的大白是那样的健美，那样的多情，那样的风度翩翩，在被海浪冲走的瞬间，似乎还想对她说什么，但最终没有说出来。

"太不可思议了，太可惜了，我昨天晚上还梦见他了……"尤小雨边擦眼泪边说，她已经无心吃饭了。

刘璐璐说："看来你一直惦记着他，其实他也惦记着你，我们在温州见面时，他每次都提到你，他当年对你最好，我们都嫉妒你呢！"

"太不可思议了，太可惜了，他是为了救人啊！"尤小雨抽泣地哭出了声。

黄阿海见尤小雨和刘璐璐叽叽咕咕，哭哭啼啼，就讲了个笑话打破了沉闷的气氛。他说，前几年有一个温州老板到东盛县推销服装，下了长途汽车，就挡了一辆出租车。出租车司机问他要去哪里。老板出门多日，就想找一个地方快活一下，他想了想说，哪里有"打炮"的就到哪里。出租车司机就把他径直拉到了县城东郊的一个地方。下车后，老板一看门口有人站岗，问司机，这里是什么地方？司机说这里是一个炮兵部队，人很多，服装可以在这里推销。老板说，我要找打炮的地方啊！司机说对啊！这里是一个炮兵团，经常演习打炮啊……黄阿海讲完，大家哈哈大笑。他还补充说道："这是两年前发生的一个真实的故事。"几位温州客人边笑边继续喝酒，其中一位说，不对啊，你这是在贬损我们温州人啊！众人顿悟，对！贬损温州人，罚酒！罚酒！大家摁住黄阿海的头连灌了三杯酒。

晚上八点钟，尤小雨准时来到了推拿中心。王冬牛关好门，拉上门帘，插上插销，转身说："今天喝酒了？一身酒气。"

"老家来了几个客人，聚了聚。"

"喝酒可不利于减肥啊！"

尤小雨掏出姐姐给的钥匙塞到王冬牛手里说："房子已租好，这几天就可以搬家，枣香转学的事情也说好了。"

"这么快，我想都不敢想……只是……"

"怎么啦？"

"只是搬一次家，就要添置许多东西，需要一笔不小的开支。"

"东西你不用管，我姐姐家里的旧家具基本上没有动，你带上铺盖，拎包入住吧。"

"是不是？那就太……我都不知道应该怎么谢你们姐俩了。"

"不谢，你的事情就是我的事情。"尤小雨说完紧紧地抱住王冬牛，脸贴在了他富有弹性、结实丰满、散发着雄性特有气息的胸脯上。王冬牛感觉出她在流泪，却不知道她为什么流泪。尤小雨把王冬牛越抱越紧，继而开始轻轻地抽泣，随着抽泣，身体开始战栗。她知道大白永远走了，永远不可能回来了，她觉得大白的灵魂和王冬牛的身体融在了一起，她不能离开王冬牛，她也要融入王冬牛的身体里。空气凝聚了，房间里安静得只剩下两个人的呼吸声。王冬牛从上往下轻轻地梳理着尤小雨的长发，问道："怎么哭了？"

"没事，我离不开你了，真的离不开你了。"尤小雨没有抬头。

王冬牛知道这是个敷衍式的回答。他清楚，自从给她做腿部按摩，特别是按压了"阿是穴"以后，她就离不开他了。今天的哭泣一定另有隐情，但究竟是什么原因，他不想问，也不能问，他想起前几年听过的一首歌，歌词中有这样的话：女孩的心思男孩你别猜，你猜来猜去也猜不明白，不知道她为什么掉眼泪，也不知她为什么笑开怀……女孩是这样，女孩长大了也是这样，情绪多变是女人的天性，有的直白，有的善于伪装！当一个女人喜欢上一个男人的时候，笑点和泪点都是比较低的，如果对每一个情绪的变化都刨根问底，女人是会反感的。想到这里，王冬牛说："开始吧……"

"嗯！"尤小雨答应着，脱掉了衣服，躺在了按摩床上。房间里很闷热，王冬牛说，可能要下雨。尤小雨说，你也听广播了？今天预报说有雨。王冬牛说，我是凭感觉。他今天没有像往常那样，把精油倒在手心，两手搓一搓再推拿，而是直接滴在尤小雨的身上，从腹部开始，一直滴到了胸部和锁骨。王冬牛问，凉吗？尤小雨说，凉飕飕的，舒服。王冬牛很仔细地把精油均匀地推开，不漏掉身体的每一个部位。推拿半小时后，尤小雨看到王冬牛已经大汗淋漓，她心疼地说："歇歇吧！"王冬牛擦了一把汗说："没事，就是天气太热了。""那你把衣服脱掉！"王冬牛顺从地脱掉了衣服。尤小雨坐了起来，双手揽住王冬牛的脖子，把头仰了起来，王冬牛听到了尤小雨急促的呼吸声，他低下了头，两个嘴唇碰到了一起，两个舌尖搅到了一起，两个灵魂融在了一起，不，三个灵魂融在了一起……

按摩床开始发出吱吱的响声，尤小雨的呼吸急促了，窗外一声炸雷，继而倾盆大雨哗哗而降。尤小雨急促的呼吸变成了低沉的呻吟，随着大雨倾泻时的噼啪声，又变成了肆无忌惮的尖叫。天空乌云翻滚，窗外一片漆黑，偶尔一道闪电划过夜空，她眼前出现了茫茫大海，大海中有一个黑点忽上忽下，她奋力游了过去，这黑点分明就是大白老师。大白在水中挣扎，他双手挥动着，在空中乱抓，想要抓住什么，尤小雨伸出双手，试图抓住大白的手，风浪太大，所有的努力都是徒劳的。大白在流泪，尤小雨在流泪。一会儿，大白沉入了海底，无影无踪。尤小雨筋疲力尽，停止了惊恐的呼喊，停止了手臂的挥动……雨停了，风停了，混沌浮躁的宇宙瞬间变得清爽宁静了。在疲惫的喘气声中，尤小雨睁开了眼睛，看见王冬牛用浴巾给她擦拭着身体。尤小雨轻叹一声："我湿透了。"

"就是，怎么好像从大海里捞出来的一样。"王冬牛一边擦拭一边说。

"我刚才做了个梦，梦见掉进大海里了。"

"为什么还哭了？"

"我哭了吗？"尤小雨实在没有办法回答这个问题，她摸了摸枕巾，已经被泪水浸湿了一大片。她是哭了，哭得很伤心，她是为大白而哭，她清楚大白已经走了，永远不会再回来，但大白的灵魂已经融入王冬牛的身体里了，既然如此，她的哭也就是为王冬牛而哭。她说："我为你而哭。"

"为我有什么好哭的？你身体健美了，但心理还需要调节，长期这样会伤身体的。"王冬牛一本正经地说，因为他把尤小雨的哭，理解为女性的一种本能，或者是激情迸发时的本能反应，过度的反应是劳心伤神的。他懂这方面的知识，虽是一知半解，但开导眼前这位美女还是绰绰有余的。

"怎么调节？"

"找一名老中医，用中药调理一下就好了。"

"你就是老中医，你就能治我的病……"尤小雨起身，紧紧地抱住了王冬牛，仿佛一松手他就会消失一样。

王冬牛听见尤小雨笑了，笑得很开心。但他永远不会知道尤小雨为什么哭，为谁而哭。

十八

王冬牛拿到租赁房子的钥匙后，激动得不能自抑。他到医院把这个好消息告诉了小娥，也把枣香可以到城里上学的消息告诉了枣香，母女俩听后高兴地在病房里手舞足蹈，枣香的病情瞬间似乎好了一多半。小娥比画着说，要把家里的大铁锅和风箱带来。枣香翻译给王冬牛，王冬牛摇着头说城里用不上这些。小娥瞪大眼睛，露出惊讶的神情——城里人不做饭吗？王冬牛边比画边说，城里人做饭用燃气，燃气灶上面不能架大铁锅，只能用小炒锅、钢精锅、高压锅，吃饭也不用大老碗，要用小碗、小蝶、小盘子。小娥笑得咧开了嘴，双手一会儿拽拽衣角，一会儿不停地搓动，好像立刻就要尝试燃气灶做饭的感觉。枣香说要把她喂养了几年的波尔山羊带来，不带来羊就饿死了。王冬牛说，什么都不带，就带你们娘儿俩，山羊卖掉，窑门上锁，全家走人，当城里人……

在尤小雨的引领下，王冬牛走进了阳光小学附近的小区，他要亲眼看看，不对——亲手摸摸他们全家将要入住的房子——城里人居住的房子。这个小区全是小高层，最高七层，没有电梯，尤小雨姐姐的房子是两室一厅，在四楼。上楼时，尤小雨拉着拐棍的一端，走在前面；王冬牛拉着拐棍的另一端，走在后面。尤小雨感觉到拐棍推着自己往前走，停了一下说："上楼不能急，容易摔跤。"

"没事，有你领着，万无一失！"

拐棍依然推着尤小雨，她气喘吁吁地往后一看，这才注意到，王冬牛是一步跨两个台阶往上走的。四楼到了，尤小雨说："到了，我来开门。"说着伸手要王冬牛手里的钥匙。王冬牛说："我自己试试。"

只见他在尤小雨的指引下，右手在门框上下左右摸了一遍，就把钥匙准确无误地插进了钥匙孔。门开了，王冬牛侧身说："你先进。"

尤小雨说："这里就是你的家了，你先进。"

进门后，王冬牛闻到了一股霉味，说："把窗户打开，长时间没有住人了。"

"好的。"尤小雨打开了客厅的窗户，接着把沙发上苫着的布单子揭了下来。她领着王冬牛先走到主卧室，说这里是主卧，一个双人床。王冬牛用手摸了摸床头和床头柜，又压了压弹簧床垫，说："美得很！一觉睡到明，连梦都不做。"

"这边是客卧，有一个单人床。"尤小雨又把他领到了隔壁房间。王冬牛摸了摸床，也是弹簧床垫，说："好好！娃就住在这里。"

接着他们去了厨房，去了厕所，最后来到了客厅。尤小雨拉着王冬牛的手走到双人沙发前，说："这是沙发，坐下歇歇吧。"王冬牛并没有坐下，而是用手摸了摸沙发扶手和靠背，他感觉出这是一种简易的布艺沙发。他的手顺着沙发靠背继续往上摸，摸到了一个镜框，说："这幅字画不错。"

"滑头！"尤小雨心里嘀咕了一句，墙上挂的不是字就必然是画，他说"字画不错"没有任何问题。"你能知道是字还是画？"尤小雨故意问道。

"应该是字吧？"

"你怎么知道？"尤小雨瞪大了眼睛。

"字一般都是装在玻璃镜框里面的，画裱糊后可装玻璃镜框，也可以装木框，油画就肯定不装镜框。"

"你真行，这就是一幅字。"

"什么字？"

"都不容易。王三小写的。"尤小雨看着墙上的书法作品说。

"好字，名家写的，就是好！"

"你还能知道字的好赖？你还能知道王三小是名家？"尤小雨对

王冬牛的赞叹产生了怀疑。

"我是说'都不容易'这句话写得好！当官的不容易，虽高高在上，但操心劳神，下有百姓监督，上有制度约束；老百姓不容易，终日劳碌为三餐，看病、上学、住房难；我当按摩师不容易，治好无数腰椎病，我的腰椎变了形，天阴下雨浑身疼；你也不容易，衣食不愁不缺钱，减肥美容费时间，再过几年还要变，一生离不开美容院……"王冬牛说完自己先哈哈哈地笑了起来。

尤小雨没有笑，说："你说的有道理，这字是我姐夫几年前花钱买的，要送给几个关系户，以便照顾纸袋厂的生意。好像是十万元买了四幅，有《道法自然》《海风山骨》《厚德载物》还有这一幅《都不容易》，前几幅都送出去了，这一幅没人要，说没有意境，就自己留下来了。"

"这一幅其实是最好的，王三小是省书法家协会二十三个副主席之一，现在的字一平尺市场价一万五,四尺的你算算,你姐夫买得便宜了。"

"你怎么知道这么多？"

"我在省盲人按摩学校上学时，学校有实习课，学员有三个月的实习期。在学校旁边的按摩院实习期间，听客人说的。"

"客人怎么说？"尤小雨很感兴趣。

王冬牛坐在了沙发上，尤小雨坐在了旁边。王冬牛说，按摩一次一个多小时，客人无聊就互相聊天。有一天傍晚，他和一名按摩师给两个派出所民警按摩颈椎和腰椎，其间一名被称为"头"的给另一位说：前几天的一个晚上，我们四个端了一个卖淫窝点，抓获卖淫女十二个、嫖客八个。其中一个嫖客主动要求交罚款，说赶快放他回去，明天还要参加省里一个重要活动。我问他是干什么的。他支支吾吾了半天，最终说出他是书法家王三小，因为他的身份证被我们查获了，想隐瞒也晚了。我说那你就先押一万元回去，等候派出所处理。他说身上只有五千元，能不能写几幅字顶钱？我一听，好事啊！我们立刻找来宣纸和笔墨，让他当场写了八幅字，我们四个人每人两幅，还罚了他四千元让回去了。临走时，他反复叮嘱让派出所同志给他保密，还说以后需要字画尽管找他，他一定竭力办到。后来才知道这家伙是省书协二十三个副主席之一，每平尺字值一万五。

"要早知道就应该让这家伙多写几幅字。"另一名警察说。

"下次抓住再说吧。"

"可能不会有下次了，可惜啊！能不能把你收藏的两幅字给兄弟一幅？"

"开始不知道价值，第二天就送人了，后来知道了价值，后悔了。没事，狗改不了吃屎，等着。"

"可惜了！可惜了！"

……

听王冬牛讲完，尤小雨笑得前仰后合，最后倒在了王冬牛怀里。王冬牛抚摸着尤小雨的脸颊说："外面的世界很精彩。过去在农村待着，日出而作，日落而息，听到的是邻里之间的家长里短，过的是有盐没醋的日子；后来进了县城，才知道了席梦思比土炕睡着舒服，羽绒服比老棉袄穿着保暖，小轿车比拖拉机坐着舒坦，楼房比下地窑住着方便；到了省城，又知道了人上有人，天外有天，县城人就是省城人眼里的农村人。"

"你现在就是城里人了，活得精彩了。"

"不行，不行，和你们不能比，我终究是个瞎子，到哪里都是一片乌黑。"

"你不是一般的瞎子，你心里明镜一般。"

"心里越明，眼前越黑……我就不该来到这个世上……"王冬牛说着竟然呜呜呜地哭了起来。这哭声很沉默，很压抑，是发自内心深处的、沉淀很久的宣泄……

"不要这样，不要这样，随着科技的发展，我们想办法把你的眼睛治好，让你见到光明。"尤小雨以为这样说就可以安慰王冬牛。

"眼睛是先天失明，治不好了，我是心里难受……"

"难受什么？"

"我如果不是瞎子，本来就应该有这样的房子，就应该娶你这样的媳妇，就不用拼命干活赚钱，就应该……"

尤小雨终于明白了，眼前这个瞎子随着见识的增长，已经不满足眼前的现状了，他心比天高，欲望无穷，给他再多的帮助也未必能够满足他的欲望。于是她说："这个房子你还满意吗？"

"满意，满意，非常满意，住在这里，对我来说就是一步登上了天堂。"

这句话一出，尤小雨又觉得自己的想法多虑了。她站起来说："枣香一出院就搬过来住，我找人帮你搬家。"

"不用帮忙，这房子里什么都有，我们把铺盖拿来就行了，只是租金……"

"租金已经说好了，合同我也替你签了，一个月六百元。"

"太好了，我真的不知道该怎么感谢你了。"

"我只要你不离开我，长期给我按摩。"说着她紧紧地抱住了王冬牛，两个人同时倒在了沙发上……

十九

沪阳市交警支队招聘协警的工作很快开始了。由于报名的人数较多，市公安局政治部制定了严格的招聘办法，除了"凡进必考"的原则外，还要进行政审、体检和体能测试，最后由公安、纪检、人事等部门组织专人进行面试，最终在报名的三百多人中择优录取前五十名。

这些情况是梁欣仁在市公安局的汇报材料上看到的。他想起开发商周金发找他给儿子周满意说情的事，摇了摇头，心想：没戏了，周公子体检时肯定过不了关，除了形象不佳，文化程度较低外，还少了一截手指头，而且是右手食指，没有右手食指射击训练时怎么办？不过这次招聘的是交警，少了食指关系不大，但为什么少了食指？是不是打架斗殴造成的？会不会有犯罪前科？留个鸡冠子似的发型，流里流气，这是什么形象呀？面试这一关一定被刷掉了。他庆幸自己没有找公安局和交警支队领导说情。

咚咚咚！有人敲门，"请进！"梁欣仁没有想到，推门进来的是周金发。"谢谢您！谢谢您！"周老板走到梁欣仁身旁，伸出双手紧紧握住梁欣仁的一只手，眼睛里流露出感激的神情。梁欣仁莫名其妙地看着满脸堆笑的周老板，心想感激什么呢？莫非是周公子真的招聘上了交警？"坐下说，坐下说。"他把周老板让到了沙发上。周老板低头拨通了一个电话："上来吧。"几分钟后，一个警察推门走了进来，梁欣仁还没有反应过来，这位警察来到他面前，立正，并行了个军礼。周老板说："这次孩子招聘的事情多亏了您啊！"梁欣仁看着面前的警察，正是周满意周公子，右手食指少了一截，显得有点儿滑稽。太不可思议了，这样的人怎么能被录用？这中间有多少环节要疏通啊？他不得不佩服周老板的能量，他不知道周老板采取了什么方法使儿子被录用，是打着自己的名义找的关系？还是用钱财疏通了各个环节？还是其他领导出面帮了忙？无论怎样，这个在他心目中的下三烂的的确确穿上了警服，成了一名交通协警。周老板领着儿子来感谢，自己也只能顺水推舟了。"没什么，不用感谢，好好工作就是对我最好的感谢。"梁欣仁说完了看周老板，周老板没有接梁欣仁的话茬，给儿子说："你先走吧，我和你梁叔叔再说几句话。"周满意说了声再见！便转身离开了。周老板说："这次招聘协警竞争非常激烈，比打仗还激烈，要不是您帮忙根本没戏。"

"其实我也没有……帮什么忙啊！"梁欣仁怎么也想不起来在协警的招聘中给周满意帮过什么忙，他不愿意违心地说自己给交警支队的领导打过招呼，更不愿意糊里糊涂地被人利用。

"您的威望和面子没有人能比的，他们都买您的账。"

"他们是谁？！"梁欣仁疑惑了。

"他们就是人事局和交警队的人，大家都出了力，我想感谢一下，能不能请您出面和他们吃个饭？"

"没时间，你自己请吧！"梁欣仁突然想起上次在农家乐吃饭时，周金发说碰见了人事局的人，并送过去一瓶酒的事情。他觉得自己不知不觉地被人利用了，心中的火气不由自主地涌上了心头，脸色变得通红。

"人要知恩图报，您不出面，我这分量……"

"事情办了就行了，再不要画蛇添足。"

"那就等您有时间了一起坐坐吧！"周老板依然不火，不急不躁，不依不饶，肉乎乎的脸上露出的是不达目的誓不罢休的神情。

周金发明白，儿子招聘上以后，还有两个月的试用期，试用期满后才能正式签订合同，这期间如果有任何不良表现，或者接到群众举报，都有可能被辞退。他对自己的儿子没有一点儿信心，所以必须找关系巩固这个来之不易的成果。他知道市委常委、秘书长在部门领导心中的分量，梁欣仁如果出面，那就把握十足，胜算满满。上次在农家乐吃饭时，他提前布了局。那天下午梁欣仁答应吃饭后，他立刻给交警支队的队长和人事局主管招聘的副局长打电话，邀请他们到牡丹园农家乐吃饭。到了以后，他又巧妙地把两桌人分开安排。他给交警支队和人事局餐桌送酒时，指着梁欣仁坐的餐桌说，梁秘书长很关心孩子的事情，专门来这里和我商量，他知道你们也来了，让我送瓶酒过来。他说这里人多眼杂，就不过来给你们敬酒，你们也就不必过去了。周老板又叫来服务员说："这桌饭记在梁秘书长那桌上，我一并结账。"这几个人仔细一看，不远处的亭子里果然坐着梁秘书长。

周金发善于察言观色，他从梁欣仁的脸色上早已经看出不高兴的神情，但集他多年在官场办事之经验，只要脸皮厚，死缠硬磨，持之以恒，没有攻不破的门，没有过不去的坎。如果顾及面子，稍有犹豫，便前功尽弃，正所谓"世上无难事，只要脸皮厚"。这句话是他在实践中得出来的结论，这结论成了他信奉的一条真理，后来也听人讲过类似的话，据说还是什么《厚黑学》上的观点，于是他就理论加实践，屡试不爽。他看梁欣仁在不耐烦地翻阅着文件夹，面部没有任何表情，便起身给他面前的杯子里添了点水，然后笑眯眯地说："您真是日理万机啊！还是抽时间和他们聚一聚吧！什么话都不用说，什么责任都不用担。"

"有时间再说吧！"梁欣仁说这话的时候头也没有抬，继续翻阅着文件。

"那就谢谢您了！"周老板表现出异常高兴的样子，好像梁欣仁已经答应了他的要求，"那我就不打扰了，再见！"

周金发终于被打发走了，梁欣仁觉得时间过得真慢。他真佩服这些老板们的能量和办事锲而不舍的精神，他想，如果我们的干部在争取项目或者完成领导交办的任务时，也有这样一股子精神，何愁没有办不成的事情？现在市委领导布置的每一项工作任务，都要通过他这个秘书长去督促落实，他就像一根针，工作就像千头万绪的线，每根线都要从他这根针眼里穿过，上情下达，下情上达，很具体、很琐碎，有些很简单的事情，到了某些单位总是久拖不决，不了了之。这方面他的体会太深了，他感觉很累，累就累在协调扯皮上。想到这里，他又笑了——难道我们党员领导干部的办事能力还不如个体老板？是能力问题，觉悟问题？还是机制问题？好像都有，也好像都不是，他摇了摇头，感觉思路有点儿乱……

丁零零，手机响了，只响了两声就挂了，梁欣仁不用看就知道是谁的电话。以前也遇到过打错电话又立刻挂掉的情况，但那只是偶然，这种情况十有八九是王牛牛的。他合上文件夹，打开"未接电话"，果然显示的是"瞎子阿炳"，他笑了：这些年不知道给他省去了多少电话费？最近一段时间没有接到他的电话了，想必他和女儿枣香在牡丹园农家乐已经站稳了脚跟。今天来电话会有什么事情呢？他可是无事不打电话的。想到这，梁欣仁把电话拨了过去，铃声只响了一

146

下就接通了："梁哥，你好。"

"你好牛牛，有事吗？"

"有事了，又要麻烦你了。"

"不客气，说吧！"

王牛牛在电话里一口气说了十几分钟。他说牡丹园里的牡丹花谢了，到农家乐吃饭的人越来越少，他和枣香的演奏也就没人听了，没人听也就没有收入。在那里白吃白住，时间一长，老板也反感，但由于是梁秘书长介绍来的，老板也不好强行赶他们走，只是吃饭时间时早时晚，饥一顿饱一顿的。有时候干脆不做饭，枣香去厨房打饭时，厨师说没有客人来还做什么饭？后来服务员也走了很多，眼看就要关门。为了避免被人赶走的尴尬，他们就告辞回家。回家后不久，他就病倒了，开始以为是普通感冒，吃了许多药，总是高烧不退，后来到县医院检查，医生说是病毒性感染，已经发展成了心肌炎，如果不及时治疗，会有生命危险。在医院住了半个月，花费六千多，正好就是在农家乐几个月挣来的辛苦钱。现在物价飞涨，油盐酱醋都在涨价了，要维持基本生活，就要到外面找活干。现在村里年轻人都外出打工了，他一个大男人待在家里吃闲饭，于心不忍……

梁欣仁耐心听他说完，思忖这一大堆话，概括起来就俩字：缺钱。他想起周老板给他的两万元现金，现在正好排上了用场。他打开抽屉，拿出信封，把钱分成两个一万，分别装进了两个信封里。他帮王牛牛是真心的，几乎做到了有求必应，有难必帮。在王牛牛的心里，梁欣仁就是庙里的菩萨，甚至比菩萨还要灵验，一旦有求，即刻显灵。他的善心得到了王牛牛的感激，也得到了社会的赞誉和组织的认可。此刻他把两万元分别装在两个信封里是有想法的，王牛牛虽然很困难，但不能让他觉得饿了时天上总会掉馅饼，而且馅饼越来越大。于是他叫来市委办公室的司机小路，让他把一万元现金送到东盛县，交给县民政局局长李富林，同时给李富林写了一封信，信上简要说明了王牛牛的近况，让他立刻派人把钱送去，以解眼前之困境。另外一万元，他锁进了抽屉，自然，他另有想法。

民政局局长李富林是陪着中国国际扶贫中心的三个人一起前往麻地坡村的。中国国际扶贫中心致力于贫困地区的健康扶贫、教育扶贫、生计扶贫、救灾扶贫四大业务领域，资金来源于国际和国内慈善机构的援助。省民政厅将国际扶贫中心的物资分发到了省内几个贫困县区，东盛县属于西部贫困地区之一。县政府决定将这批物资送到阿姑乡，阿姑乡又决定分配给较偏远的麻地坡村。国际扶贫中心来的三个人中有一个是英国人，名叫皮尔特，瘦高个，黄头发，蓝眼睛，高鼻梁，身穿牛仔服，一部莱卡相机永远斜挎在肩上，是个中国通。他是受中国国际扶贫中心委托到西部贫困地区扶贫的，也是为了监督援助的全过程，剔除多余动作与中间截流，直接将爱心传递给贫困人口。李富林得知这批物资要送往麻地坡村，就决定亲自前往，因为他还要完成梁欣仁秘书长交给他的任务。

吃过早饭，一辆皮卡工具车，载着打包好的棉被、棉衣、书包、文具以及小食品，行驶在县城通往麻地坡村的乡村公路上，紧随其后的是县民政局的吉普车。道路很平坦，路两旁的白杨树快速向身后飞去，不到一个小时，就看见麻地坡村的牌楼。这个牌楼是近几年新修建的，仿古的牌楼顶，青石制作的牌楼柱子。牌楼顶上凿刻着柳体书法"麻地坡村"四个醒目的大字，牌楼柱子上有一副对联，上联是：和谐社会春风暖；下联是：富裕城乡气象新。仅看牌楼，这个村似乎已经奔上了富裕之路。进村后，一伙人已经早早在皂角树下等候，这伙人多是妇女和儿童。皂角树上棕黑色的皂角挂满了枝头。车停稳后，村支书和村主任迎了上来，李局长给他们介绍了中国国际扶贫中心的来人和任务，说："你们一定要分配好这些物资，让贫困户得到温暖。"支书说："我们接到了乡上的通知，已经准备好了扶贫户名单，村干部专人包扶，不会漏掉一个人。"

"快看老外，眼睛是绿的。"

"蓝的！"

"绿的！"

两个小孩大声争论起来。皮尔特笑嘻嘻地举起相机给他们拍照，民政局局长和司机从皮卡车上卸下一包小食品，当场拆开分给围观的小朋友。

"干什么？你们这是干什么?!"皮尔特用生硬的普通话大声喝道，很显然这个老外有点儿生气了，于是，喊出的"干什么！"三个字，这一声，很大，很粗，底气十足，是从腹腔里发出来的。在场的人都愣住了，不知道究竟发生了什么事。只见皮尔特收起照相机，伸手问几个小孩子要刚刚拿到手里，还没有来得及吃的小食品。小孩子们看到皮尔特毛茸茸的大手，不知所措，乖乖地把食品放到了他的手里。接着他对李局长和村干部说："你们这是在害他们，在害他们！"

"我想，你在给他们拍照，留个发食品的……"李富林想解释一番。

"没想到，没想到，"皮尔特一边摇头一边说，"他们都是小孩子，要让他们懂得只有付出才能得到回报的道理啊！"说完皮尔特走到小孩子们中间，让他们按大小个儿排成队，小孩子们也真听话，很快就整整齐齐地排成了一列。皮尔特让四个十五六岁的大孩子到皮卡车上往下卸物资，其他小孩子则在车下面接物资，并且将物资集中到皂角树下。不到半个小时，车上的物资就规整地堆放在了皂角树下平坦的地方。皮尔特又让小孩子们排成队，然后让村干部们把小食品分配给他们。看到满头大汗，手里捧着分到的小食品，脸上洋溢着笑容的孩子们，李富林似乎明白了一些什么，他对村干部说："这些物资一定要送给真正贫困的人，特别是那些因病致贫、因残致贫的家庭；对于那些肢体健全，不劳而获，专靠救济过日子的懒汉，坚决不能给。"皮尔特连连点头称是："这样好，这样好——"他的那个"好"字拖音特别长，尾声往上扬了一下。

村支书拿出一份名单交给李富林，说："选几户，你们亲自送物资，可以拍几张照片，留些资料。"

李富林看到名单上列着二十二户贫困户，王牛牛也在其中，就问："你们村里一共多少户村民？"

"一共五十六户，不算移民搬迁走了的八户。"村主任毫不含糊地回答出准确数字。

"怎么这么多？贫困户几乎占了一半啊！"

"这几年村里的年轻人都到外地打工去了，有办法的也都搬到城里去住了，留下的都是老人、妇女、儿童和残疾人了，许多土地都撂荒了。"村支书插话说。

"有没有外来承包土地的？"

"有，我们这里缺水，坡地和荒地较多，土地流转后，承包金很低，所以贫困户还是较多的。"

李富林翻着贫困户名单，选了两户，其中有王牛牛。他们带着两床棉被、一套棉衣、一袋大米、一包食品，先来到第一户人家。这户人家住在村口，离皂角树不远，推开栅栏门，院子很大，两间瓦房孤零零地坐落在院内，和偌大的院落极不相称，宛若一个瘦小的人穿了件宽大的袍子。一只公鸡正在追逐着一只母鸡，皮尔特迅速取出相机，不断摁着快门，终于，母鸡被追到了墙角，公鸡快速踩到了母鸡背上，嘴叼着母鸡的鸡冠，尾巴对准母鸡翘起的尾巴，旁若无人，准确无误地点了两下，就满足地咯咯叫着分开了。母鸡抖了抖羽毛，跟在公鸡后面寻觅着食物，好像什么事情都没有发生一样。皮尔特高兴地说："拍到了，拍到了……"村主任笑着说："叫你照人哩，你胡照啥呢？"皮尔特愣了一下，但又不失幽默："这里没有人啊，所以只能照鸡了。"大家都哈哈笑了起来。这时，一个罗圈腿的矮个子男人挑着一担水，一摇一晃，气喘吁吁地走进了院子。村主任介绍说，这位就是这家的主人，叫高英俊，是个得了大骨节病的单身男人，基本上丧失了劳动力。前几年，先后娶过两个山里的媳妇，没过两年就都离了婚，主要还是嫌他太穷。李富林看着眼前这个男子，觉得和"高英俊"这个名字太不相称了，又矮、又瘦，满脸皱纹，蓬头垢面，衣衫褴褛。等高英俊放下水桶后，李富林走到他面前问道：

"您老今年高寿？"

"三十多了，半截子入土了。"

"啊，才三十多岁？"年过半百的李富林显得有些尴尬，他指着带来的棉衣、棉被、食品说，"这些东西是中国国际扶贫中心给你送来的，还希望你自强自立，过上富裕的日子。"

"感谢共产党，感谢社会主义，感谢中国……"高英俊说了一连串感谢，显然是经常接受捐助时的常用语。他的声音又尖又细又高，发音也算字正腔圆，有黄土高坡上唱信天游的味道。李富林握着高英俊的手说："不要感谢那么多了，把日子过好了就是最好的感谢。"

皮尔特不失时机地用莱卡相机把这一切记录了下来。

第二户就去王牛牛家。他们依旧带了棉衣、棉被、大米、食品，李富林还特意提议增加了一套学习用品。看到王牛牛家的下地窖，皮尔特惊讶地大呼小叫，跑上跑下，他恨不得把这里看到的一切都搬到他的莱卡相机里去。王牛牛和小娥在下地窖院子热情地迎接大家。跟着村支书，大家进了窑洞，窑洞里面陈设虽然简单但干净整洁。李富林了解王牛牛家里的情况，给随行的几个人做了介绍。皮尔特说："这个家庭很特殊，两个大人都是残疾，孩子还小，住在这里很不安全呀！"

"这你就老外了，下地窖冬暖夏凉，是最节能、最环保、最安全的建筑，听说还要申请世界非物质文化遗产呢！"王牛牛虽然是盲人，但在外面跑得多，听得多，见识果然不一般。

"哈哈，他就是个老外，英国人。"李富林笑着说。

"太神奇了！太神奇了！地面看不见，下来一片天，还冬暖夏凉，节能环保。我要把这样的建筑宣传出去。"说完，皮尔特又在窑洞里面咔咔地拍起照来。

李富林从包里拿出一个信封交给王冬牛说："这是梁秘书长托我捎来的，你这次得病开销大，就拿着吧！"

"谢谢我梁哥，你见了他，就说我想他了。"

李富林把书包和文具递到枣香手里说："这些东西是给你的，希望你好好学习啊！""谢谢叔叔！"枣香礼貌地鞠了一个躬。

临别时，李富林对村支书说："王牛牛是梁秘书长一直关心和牵挂的人，你们也要关心啊！"

"其实他不缺钱，他现在是村里的富人了。"

"怎么这样说呢？"

"有你们这些当官的重点扶持啊……"

"残疾人总是困难多一些，我们都多关照一下吧！"李富林从村支书的话语中听出了话中有话。

"快到中午了，吃完饭再走吧！"村主任看着皮尔特，"尝尝我们这里的土特产。"

"抱歉了，我们有规定，不能在贫困村吃饭，等你们富裕了，我一定来，还要喝酒，今天——拜拜了。"皮尔特说完耸了耸肩。

离开了麻地坡村，汽车在平坦的柏油路上行使着。

李富林的心一点儿也不平静，皮尔特的"一惊一乍"和小孩子们卸货物时的认真劲，以及领到食品后满足的笑容，一直浮现在眼前。他对这几年的扶贫工作进行着反思，他总是不明白为什么一些地方越扶越贫？有些人越帮助越懒惰？他今天终于找到了答案——是那个老外在扶贫现场给他找到了答案。

二十

法庭调查正在继续。

尤小雨既然承认和王冬牛多次发生过性关系，就说明她状告王冬牛强奸一案另有隐情，所提供的有关支持强奸的证据也是不可信的，如尤小雨提供的分泌物 DNA 鉴定结果是王冬牛的，也不能说明任何问题，因为两个长期保持性关系的人要取得对方的有关物证是一件很容易的事情。

主审法官面向尤小雨问道："既然你和王冬牛之间长期保持性关系，最后一次为什么说是强奸呢？"

"他违背了我的意志，是强迫的……"

"她胡说，每次都是她自愿的。"王冬牛没有经过法庭允许插了一句。

"被告不要打断原告的陈述，请原告继续。你告他强奸你，是什么时间的事情？"

"起诉书上已经说了，是二〇一六年四月一日。"

"那么王冬牛是怎样强迫你的？请详细陈述。"

"那天的事情，我给公安局说过，过程……记不清了。"

"强奸是刻骨铭心的事情，怎么能记不清了呢？"法官沉默了片刻，观察到尤小雨一会儿双手十字交叉，一会儿双手捏着衣角，眼神左右观望，一副心神不安的样子，不失时机地说，"任何事情的发生都是有因果关系的，你们平时关系很好，他为什么突然要强奸你呢？这里面一定另有原因，请你实事求是地陈述，相信法庭会主持公道的。"

法庭一片寂静，静得掉根针都能听见，大家的目光注视着尤小雨，等待着她的陈述。终于，几分钟后，尤小雨开口了。

"他威胁我……所以我告他强奸。"尤小雨吞吞吐吐说出了告状的原委，"在四月一日的前几天，他向我索要二十万元现金，而且要得特别急，我没有给他，他就威胁我，说不给钱就要把我俩的事情说出去，我无奈就告他强奸了我……"

其实尤小雨也并不知道王冬牛为什么需要那么多钱。

自从她帮助王冬牛租赁了房子并帮助枣香在县城顺利上学以后，他们之间的关系就很快升级了。尤小雨到推拿中心去得越来越频繁了，时间也随意了，有时候待得时间一长，晚了干脆就在推拿中心过夜。那段时间里，他们是无话不说，尤小雨完全忘记了自己和王冬牛之间是服务与被服务的关系，她把王冬牛当作最知己的人、最贴心的人，他们之间聊得最多的还是各自的家庭。尤小雨把刘丕志说成是骗钱骗色、无恶不作、毫无担当的恶棍；王冬牛则把小娥形容成俗不可耐、不谙风情、不通情理的村妇。他俩互相欣赏，互相体贴，同病相怜，如胶似漆。

就在他们山盟海誓、爱得死去活来的时候，有一天下午，尤小雨发现王冬牛对她的态度变了，变得很突然，很是莫名其妙。那天，尤小雨像往常一样，到推拿中心，进了包间，看见王冬牛一动不动地坐在按摩床上。她关好门，插上插销，拉上门帘——这一切以前都是王冬牛干的。她转过身看了看王冬牛——他依然一动不动地坐着。她以为他不舒服，抱住王冬牛就要亲热，王冬牛的反应就像被蜂蜇了一下，猛地推开尤小雨，说："不要碰我！不要碰我！"尤小雨吃了一惊，发现王冬牛的表情是极度紧张和恐惧的，她注意到王冬牛的脖子上有紫红色的瘀血，就要掰开领子看个究竟，却被王冬牛一把推倒在按摩床上。你怎么啦？！这是怎么回事？发生了什么事？尤小雨不停地问王冬牛，王冬牛像木头人一样，一声不吭……她猜想，王冬牛一定是遇到了什么难以逾越的坎，但究竟是什么坎呢？她摇王冬牛的胳膊，拍打他的肩膀，王冬牛除了摇头就是叹息，不愿意透露任何信息，脸上始终呈现出忧愁、无奈、恐惧的神情。这种神情尤小雨从来没有见过，她想王冬牛一定有难言之隐，暂时就不再打问了，过几天再说吧！她拎起手包，打开房门，说了句"神经病！"就头也不回地离开了。

好几天了，王冬牛不和她联系，也不接她的电话，尤小雨心里越发不安起来，她不知道王冬牛究竟遇到了什么事，她担心王冬牛出事，她预感他可能会出事。在和王冬牛接触的日子里，她慢慢了解了他，这是一个开朗、幽默、聪明、勤奋的男人，如果不是因为残疾，一定会是一个出类拔萃的男人。她实在不忍心这个男人出什么事，她不愿意离开他。在他们语言的交流中，尤小雨潜移默化地学到了很多知识，一个盲人让她这个明眼人增长了见识，开阔了视野；在他们肢体的交流中，王冬牛的力度、技巧以及由此而带来的快感是刘胖子无法企及无法给她的。在她的心目中，她的第一个恋人是大白老师，那是青春少女纯真无邪的初恋，初恋的感觉是美妙的，这种美妙的感觉伴随着她的一生。大白老师走了，这种美妙的感觉没有走，因为它转嫁到了王冬牛身上，王冬牛代替了大白。

这天下午，尤小雨决定再到推拿中心找王冬牛。她挑了一件卡其色风衣，给脸颊上涂了淡淡的胭脂，再给脖子、腋下、手腕滴了几滴法国香水。她没有描眉，也没有涂口红，她知道无论怎样打扮，王冬牛都是看不见的，但香水味他一定能够闻见。到了推拿中心，前台的胖女人迎上来说："王技师最近一直在外面跑，不知道有什么事情，好几个客人找他按摩，都被他拒绝了。"

"到现在还没有回来吗？今天还回来吗？"

"说不准，有时候晚上都不回来。"

尤小雨失望了，她想再等一等，如果实在等不回来，就去王冬牛租赁的地方去找，没准小娥和枣香知道一些什么情况。她坐在前台对面的沙发上翻看着手机。推拿中心人来人往，到前台拿了牌子就由胖女人领到相应的包间做相应的项目，没有人注意到沙发上还坐着什么人。不知不觉一个小时过去了，天色渐晚。她拎起包对胖女人说："如果王技师回来，请你给我打个电话，我有急事找他，我的电话号码是……"

"你的电话号码我这里有，他一回来我就告诉你。"

尤小雨很快就找到了王冬牛租赁的房间，因为这里是她姐姐过去的家。尤小雨一口气爬上了四楼，她找到 402 房间，防盗门没有锁，说明家里有人。她敲了两下门，"汪汪汪"房间里传来狗叫的声音，门开了，小娥围着白色的围裙，上面沾满了零星的菜叶和水渍，一看就是从厨房里跑出来的。一只看不出毛色的脏兮兮的小狗站在小娥脚旁继续"汪汪"叫着。"王冬牛在家吗？"小娥嘴里呜哩哇啦着把尤小雨让进了房间。房间里姐姐以前用过的家具多数都没有搬走，沙发、茶几、电视也是原来的位置。正在房间里做作业的枣香听见家里来了人，走了出来。她看见是尤小雨，高兴地迎上来说："阿姨来了，快坐下。"枣香认识尤小雨，是尤小雨领她到学校报的名，还给副校长交代要安排在一个好一点的班级；然后又找到班主任说明了枣香的家庭情况，让老师对枣香多加照顾。枣香到厨房倒了一杯水递给尤小雨说："阿姨喝水。"小狗又跑到枣香脚旁，蹲下来好奇地看着尤小雨。

"怎么家里还养着狗？"尤小雨问道。

"这是个流浪狗，我妈看它可怜，就从院子捡回来了，平时和她做个伴儿，如果有人敲门，狗就会跑、会叫，我妈就知道来人了。"枣香说。

"原来是这样，怪不得我刚一敲门，你妈就开门了。"

"我爸上班，我上学，平时家里就我妈和狗。"

"你爸怎么没有在家？"

"我爸最近很少回家，昨天很晚才回来，显得很疲惫，我以为他工作累了，就给他倒了一杯茶水，他喝了一口，拉着我的手说'爸没有本事，爸对不起你'。说完还哭了。"

"你知道他现在在哪里吗？"

"可能在推拿中心吧，他应该上班啊！"

小娥走了过来，双手比画了半天，嘴里呜哩哇啦说着什么，尤小雨看不懂，向枣香投去了疑问的目光。枣香说："我妈说我爸最近被人打了，脖子、身上都有伤。"

"被什么人打的，你问问。"尤小雨表情紧张，急不可待。

枣香用手同母亲比画了一会儿，对尤小雨说："我妈说她问了好多次，我爸都不说，问多了，他很生气，还要打我妈。"

"丁零零"尤小雨的手机响了。是推拿中心的电话，尤小雨接通电话："喂，尤女士吗？我是推拿中心。"胖女人的声音。

"我是尤小雨。"

"王技师回来了，看起来很累，在宿舍睡着了。"

"好的，谢谢，我马上过来。"

尤小雨挂掉电话，飞快下楼，向推拿中心奔去。

天已经完全黑了，街道上的路灯把尤小雨的身影一忽儿拉长，一忽儿缩短。她几乎是一路小跑地来到推拿中心的，一进门，胖女人微笑着说："在宿舍睡着呢，我帮你叫去。"

尤小雨站在前台，拿出手机，查到王冬牛的电话拨了出去，这已经是第二十一次拨打这个电话号码了，王冬牛的手机上一定会有二十一个未接电话的来电提示。果然，让她无比熟悉的提示音又传了过来，"您所拨打的电话暂时无人接听，请稍后……"还是没有人接。她挂掉电话，把手机装进包里，刚一回头，王冬牛站在了她的面前。

"你到哪里去了，怎么不接我的电话？"尤小雨见到王冬牛又惊又喜又生气。

"我谁的电话都不接，怎么啦，有事吗？"王冬牛一脸的疲惫，眼圈黑紫，说话有气无力。

"快接待客人吧，好几天都不上班了。"胖女人没有好气地数落着王冬牛，"尤小姐都来了好几次，总是找不见你。"

"走吧。"王冬牛转身向按摩房走去。

尤小雨跟着进了按摩房。王冬牛关上门，插上插销，拉上门帘，转身抱住坐在按摩床上的尤小雨哭了起来。这个身强力壮的汉子突如其来的眼泪，彻底泡软了尤小雨的心，王冬牛不接她电话故意躲避让她滋生的怨气，一下子烟消云散了。尤小雨从包里取出一包餐巾纸，抽出一张给王冬牛一边擦眼泪一边问："谁欺负你了，告诉我，我能给你摆平。"她突然觉得自己此刻就像一个女侠，可以为心爱的人两肋插刀，拯救眼前这个脆弱的灵魂："快告诉我，你的事情就是我的事情。"

"怪我自己！怪我自己！不要问了，再问我就疯了！"王冬牛说完又抽泣起来。

"究竟是什么事情？你不说出来，没有人能够帮你的。"

"说了也没有人能够帮我……"

"我一定能帮你，说呀！"

"你能够给我二十万元现金吗？"王冬牛突然站了起来，面向尤小雨问道。

"啊！要这么多钱干什么？快说呀！"

"不能说，只要有钱就能解决问题。"

"什么问题？不说清楚我是不会帮你的。"

"都是你们这些女人惹的祸，我就知道女人靠不住。"

"你胡说什么呢？究竟是什么事情？"

王冬牛始终不说要钱的原因。尤小雨想，能用钱解决的问题就不是问题，王冬牛如果真的需要钱，她会想方设法帮助他的。

"你刚才说需要多少钱？"

"二十万，算我借你的。"

"什么时候要？"

"一周内必须凑够……等我挣够了就还你。"

"一周凑够？这么急，能不能缓几天，我想想办法。"

"不行，必须是一周！"王冬牛口气变得强硬了。

"究竟是什么事情？你急死人了。"

"我不能告诉你，死也不能告诉你，赶快帮我凑钱吧！"

"要不要给公安局报案？"

"千万不可以，千万不可以，报案我一家子就没命了。"王冬牛声音开始颤抖，双腿开始颤抖，浑身开始颤抖……尤小雨看出，王冬牛是真的害怕了。究竟是什么事情？一提起给公安局报案，他就如此紧张？按说依王冬牛的智商，遇事不至于如此恐惧，但既然如此恐惧，就一定是很麻烦的事情。现在有些事情靠法律的确是无法解决的，去年酒店来了几个小混混，白吃白住了十几天不给钱就走了。他们给派出所报了案，派出所根据酒店的录像，很快就找到了这几个人，后来治安拘留了几天，罚了点款就放了出来。为此，酒店做了一面锦旗，拿了几万元慰问金，还给派出所的办案警察摆了一桌酒席以示感谢。

但这几个小混混刚从拘留所放出来，就以到酒店歌厅唱歌为由，借着酒兴把歌厅砸了个稀巴烂，还打伤了几名歌厅的小姐。临走时，留下一张纸条，上面写了八个字："如果报案，烧掉酒店！"刘胖子看了看纸条，知道这几个小混混不是善茬，叫酒店员工收拾了残局，并不让任何人对此声张，从此才算息事宁人。想到这里，尤小雨说："好吧，我回去想想办法。"尤小雨无奈地答应了给王冬牛找钱，但在哪里找？怎么找？她心里没有底。她想，先答应他，回头再想办法，她不忍心看到王冬牛如此沮丧的样子。

王冬牛一听说尤小雨要给他想办法了，高兴地抱起尤小雨就亲吻起来……

尤小雨回家后，翻遍了家里的抽屉和柜子，只找到三万元现金。她平时用钱都是刘胖子给她现金，用多少给多少，但必须要说明用途。她想问刘胖子要钱，但这次数额太大，用途也不好编，看来这条路子是走不通的。她想到向姐姐借钱，但姐姐和姐夫这几年经营的纸袋厂亏损严重，加之几个长期供货的水泥厂，只用产品不给钱，如果强行要欠款，必然会得罪供货单位。这样就形成了要维持生产就必须贷款，要回了资金就还贷款的恶性循环的局面，所以这条路子也是走不通的。

第二天，她到银行取出自己在工商银行零星存下的三万多元，一共凑了六万四千元。她用一个塑料袋把钱包好，拿出手机给王冬牛拨了电话，这次电话铃只响了一声就接通了。

"在店里吗？"

"在，怎么样了？"

"找到一点，我马上过来。"

"好的，我等你。"

尤小雨到推拿中心后，径直来到包间，王冬牛已经在里面等候了。尤小雨掏出钱交给王冬牛说："眼下只找了六万多，你自己再想想办法吧！"

"我要有办法就不会找你了。"王冬牛接过钱，用手捏了捏，连一声谢谢都没有说。

"你家里没有一点儿钱了吗？"尤小雨问道。

"我现在手头有六千元，店里这个月发了工资，总共能凑一万多元，杯水车薪啊。"

"那怎么办呢？"

"你一定有办法，你可以问刘总要啊！"王冬牛说的刘总自然就是刘胖子。

"别提他了，把钱看得比命还重，要小钱可以，大钱根本就没门，加之我们这几年的关系……"

王冬牛还想说"问你姐要啊"，但没有说出口，他知道这应该是尤小雨的最后一条路子了，只要她想解决问题，就一定能够从姐姐那里找到钱。他想了想说："还有没有其他渠道？比如亲戚什么的。"

尤小雨听出他的意思，说："我姐姐那里也很困难，我可以试试，不过可能性不大。"

"不试一试怎么知道？"

"好吧，我现在就去找她。"尤小雨觉得王冬牛说的也有道理，不试一试怎么知道呢？姐姐虽然有困难，但瘦死的骆驼比马大，她的办法一定多一些。想到这里，她拎上包离开了推拿中心。

姐姐家在县政府旁边的一个新开发的小区里，离推拿中心大约步行十五分钟的路程，尤小雨边走边打电话，确认姐姐在家里。这个小区环境非常好，一般绿化率能在 30% 以上就是比较好的小区了，可这个小区绿化率高达 60% 以上，公用设施也属优良，在这里居住的多为企业老板或政府官员，群众把这个小区称作富人区。尤小雨乘电梯到十六楼敲开了 1602 房间的门，姐姐一个人在家。尤小雨平时是很少到姐姐家里来的，于是当看到屋子里收拾得井井有条、一尘不染时，便直夸姐姐爱干净，生活品质高。尤小梅打断妹妹赞扬的话说："无事不登三宝殿，有什么事情？说！"

"没什么大事，就是来看看你。"

"没病没灾的看什么？瞧你眼圈发青，是不是最近休息不好？又和刘胖子吵架了？"

"没有，只是最近手头紧，急需要一些钱。"

"要钱干什么？要多少？"

"要十四万。"

"要这么多钱干什么？"

"其实……其实是王冬牛需要钱……"尤小雨吞吞吐吐地说道。

"他要钱干什么？你凭什么给他找钱？"

"我不知道他要钱干什么，好像他非常紧急，可能出了什么大事情，他都快疯了。"

"他疯了与你什么关系？你们是不是已经……"尤小梅没有说出"已经有关系了"这句话，她怕有关系是真的。她曾经警告过妹妹，要和王冬牛保持一定的距离。

"我觉得应该帮帮他。"

"要钱干什么都没有弄清楚，你怎么帮？他杀人了，放火了，你也帮？帮他你就是同案犯！！你们究竟是什么关系？你们是不是已经发生了关系？"

"是的……"尤小雨声音很小。

"啪"的一声，尤小梅给了尤小雨一个重重的耳光，"我怎么给你说的？我曾经警告过你，你怎么这么浑呢？你会后悔的！"

尤小雨没有想到今天会是这么个结果。她预料到姐姐不会给她钱，也预料到会生气，但没想到会发这么大的脾气。反正来都来了，总得有个结果。再说，打她的总归是她的亲姐姐，亲姐姐永远不会嫌弃亲妹妹的。于是她哭着对姐姐说："就帮他这一次吧，我觉得他是个好人。"

"你给了他多少钱？"

"六万多。"

"要回来，一分钱也不能给。如果他真的需要钱，说明理由，给我写借条，我借给他。"

"那你就借给他十四万吧！"尤小雨含着眼泪看着姐姐，一副乞求的样子。

"不行！前提是要回你给的六万，再告诉我用钱的理由，我一次性借给他二十万。"

"好吧……我试试。"

尤小雨离开姐姐后，马上又到推拿中心，找到了王冬牛。

在包间里，她把见到姐姐的情况和姐姐说的话原原本本地告诉了王冬牛。王冬牛听后，脸色变得异常难看，他心里很清楚，这是尤小雨姐姐的一个策略，把六万元还给尤小雨，想再借到一分钱都是不可能的。距离他承诺的交钱的时间只剩四天了，如果再拖延下去，后果不堪设想。今天如果不逼一逼尤小雨，她是不会继续帮他找钱的。怎么办？怎么办？瞬间，一个邪恶的念头在他脑海里形成了……他对自己的念头感到可耻，但他的确没有别的办法；有时候好人做坏事也是无奈之举，是被逼的。只要找到了钱，事情就过去了，那么还是先顾一下眼前吧，已管不了太多其他。

"找不到钱就麻烦了，你姐姐那里也困难，我自己再想想办法吧！"王冬牛这句话使尤小雨轻松了许多，她知道王冬牛这几年是挣了些钱的，没准他还有钱没有拿出来。她搂着王冬牛的脖子说："我们共同想办法，现在我们坐在了同一条船上。"

"嗯，好！不说烦心事了，现在让你高兴高兴……"王冬牛慢慢脱掉尤小雨的衣服，又慢慢脱掉自己的衣服，让尤小雨骑在自己的腿上，双手开始在她脖颈、锁骨、胸部、背部抚摸起来……不一会儿，尤小雨就闭上眼睛，嘴里发出了轻轻的呻吟声。王冬牛悄悄按动了手机的录音键，使出了浑身的解数，把尤小雨撩拨得喃喃自语，呼天喊地，不能自控……

半小时后，当尤小雨还沉浸在缠绵的愉悦中时，王冬牛已经穿好了衣服，他站在尤小雨身旁，对身上只盖了条浴巾的尤小雨说："钱的事情只有靠你了，我的确没有任何办法，只要过了这个坎，你让我干什么都行。"

"我也只能帮你这么多了，你还是把真实情况告诉我姐姐，她一定会有办法的。"

"你再想想还有没有其他亲戚朋友，多找几个人，凑一凑就够了。"

"我是个外地人，在这里没有亲戚，我姐姐是我唯一的亲人，你还是说清要钱的理由，她会帮你的。"

王冬牛彻底绝望了，他知道尤小雨姐姐的话是个圈套，她不但不会给钱，而且还要套回去拿到手里的那六万元。他想到过梁欣仁，想到过所有能够帮他的人，但远水解不了近渴，事情的真相也不能告诉任何人。现在只有尤小雨能够帮他，这根救命稻草他是不会松手的，他拿起尤小雨送给他的手机说："你一定要帮我，否则……"尤小雨看见他拿着手机在她眼前晃动，一种莫名其妙过后继而一种不祥的感觉产生了："否则怎么样？你想怎么样？"她的声音里带有恐惧和愤怒。

"否则……"王冬牛实在不想说"否则就把咱俩的事情说出去"这句话，但事到如今，不说又怎么办呢？谁又能帮他呢？说了也不一定就实施，逼一逼她，吓唬吓唬她而已，于是他清了清嗓子："否则，我就把咱俩的事情说出去！"

"你混蛋，混蛋……"尤小雨无比愤怒，她边喊边穿衣服，她看着眼前这个完全变了样的瞎子，突然感觉异常丑陋、狰狞、卑鄙、下流和无耻……她再也想不出什么形容词了。她不能想象自己这些天是怎样和这样一个人在一起苟且的，她后悔当初没有听姐姐的劝诫，她感觉到了自己的龌龊、可怜、可悲，她恶心得想吐。她站起来又坐下，坐下又站起来。王冬牛依然站着一动不动，对她的愤怒无动于衷，似乎无视它的存在。尤小雨冷静了片刻，说："你敢？你怎么说出去？你一个瞎子的话谁信？"

"我有录音。"说完，王冬牛按了一下键盘，尤小雨的呻吟声和喃喃自语的声音清晰地传了出来……尤小雨被激怒了，她扑上去要夺手机，王冬牛身子一转，尤小雨就倒在了地上，她爬起来在王冬牛身上又打又抓，这一切，对于身强力壮的王冬牛来说无异于在给他挠痒或者捶背，他抓住尤小雨的双肩，像老鹰抓小鸡一样把她拎起来，又扔到按摩床上。尤小雨无奈地大声哭喊着……

"咚咚咚。"有人敲门，她止住了哭声，用浴巾蒙住了脸。王冬牛打开门，像门神一样堵在门口，他不知道是谁敲门，但他知道门必须打开。"怎么啦？怎么回事？"胖女人站在门口往里面探着头。她是听到了尤小雨的哭喊声，怕发生什么意外，就来探个究竟。王冬牛听见是前台的胖女人，侧过身子说："没什么，她不舒服……"尤小雨拎起手包，头也不回地冲出包间门，离开了推拿中心。胖女人瞪了王冬牛一眼，说："你的手脚也老实点！"

尤小雨跑出推拿中心时，天色已经变得灰暗，她不知道自己此刻应该怎么办，应该到哪里去。她靠在一根电线杆旁，看着来来往往的行人和偶尔驶过的汽车，心乱如麻，她想：如果王冬牛把他们之间的事情传出去，这人就丢大了，她这样一个自尊心特别强的女人，怎么能受如此侮辱，而且是和一个瞎子在一起，别人会怎么看她，小闵他们会怎么笑话她、贬损她？难道她就这么下贱、这么卑鄙、这么一文不值？她感到绝望，她想一头撞死在过往的汽车上，从此一了百了，但又不甘心，她还年轻，还有孩子。姐姐的话又在她耳边响起："我曾经警告过你，你怎么这么浑呢？你会后悔的！"她是很浑，不是一点儿的浑，这事情如果告诉姐姐，姐姐一定会气疯的，但不告诉她，又能告诉谁？在这个县城里，姐姐是她的唯一亲人……"丁零零"手机响了，是姐姐的电话，她挂断了电话，因为她还没有想好怎么告诉姐姐发生的这一切。电话铃又响起，这样连续三次，最终她还是接通了电话："怎么回事，老挂我的电话。"

"我出事了……"尤小雨说着哽咽了起来。

"你在哪里？"

"在路上……"

"快到我家里来！快点！"

"好吧！"

尤小雨不知道怎么走到姐姐家的。尤小梅看见披头散发、一脸泪痕的妹妹，知道一定是发生了什么事情，她没有责怪妹妹，给她倒了一杯水，说："不要着急，给姐说，没有什么大不了的事情。"尤小雨扑到姐姐肩头，哭着诉说了见到王冬牛的经过。尤小梅扶起妹妹说："他一个瞎子怎么会用手机录音？"

"他什么都会，只要是键盘手机，他玩得比我都精，他就是个魔鬼……"

尤小梅沉默了一会儿说："这件事情不要对任何人说，现在只有以其人之道还治其人之身了。"

"怎么办？"尤小雨擦干了眼泪，急切地等候姐姐给她出主意。

尤小梅给妹妹添了一杯水，也给自己倒了一杯，然后把她的想法告诉了妹妹……

二十一

腊月二十三，也叫小年，这天正好是个星期天。梁欣仁取出在办公室抽屉里沉睡了几个月的一万元，装进了手提包里，他要在春节前看望一次王牛牛。他奇怪，这一段时间，没有接到王牛牛的电话，按说，快过年了，王牛牛一定会和他联系的。他拿出手机，拨通了王牛牛的电话，"哈哈，梁哥，正准备给你打电话哩，你的电话就来了。"

"你怎么知道是我的电话？"

"你的铃声和别人的不一样，再说，也没有人轻易给我打电话。"

"你今天在家吗？我去看看你。"

"在，全家都等你。"

梁欣仁挂了电话，本来想叫司机陪他一起去，但想到司机忙碌了一周，就没有打扰，自己驾车离开了市委大院。他是在乡镇工作时就学会了开车，后来始终没有中断，有机会就自己驾驶汽车外出。

汽车行驶在通往麻地坡村的公路上，看到落光树叶的柿子树和树梢上几个摇摇欲坠、紫红色的柿子，梁欣仁不由得又想起了当年陪着县委王书记下乡的情形。当年为了调研农业生产责任制，在这个村的村口，汽车撞伤了王牛牛的父亲，后来又认识了王牛牛，一晃三十年过去了，农村发生了翻天覆地的变化，王牛牛的境况也在不断变化。自己虽然调动了好几个工作单位，但始终没有忘记帮助和关心王牛牛，当然也因为有了王牛牛，自己成为了省、市级精神文明先进个人，随之仕途也一帆风顺。表面上是他帮了王牛牛，但实际上王牛牛也帮了他，这中间的因果关系，只有他自己心里明白。

不知不觉，车到村里。黄土高原上的百姓重视过节，一年中有许许多多的节日，人们最注重的还是春节。辛勤劳动一年的人们，把欢乐、团聚全都寄望于过年。腊月二十三即入年关，村里人把腊月二十三叫"过小年"，也把这天叫"祭灶日"，祭拜主宰吉凶祸福的"灶王爷"以求全年温饱吉祥。过罢小年，人们便为春节做准备了。往年，一般农家都要杀猪宰羊，碾米，磨面，做豆腐，买蔬菜，吊挂粉条，准备好过年所需的一切食物。梁欣仁来时，由于这几年到外地打工的年轻人较多，村里并不是想象中的那么热闹。估计真正有年气，大约要到腊月二十八前后，因为那时候外出打工的、上学的、上班的就陆续回来了。农村再穷毕竟是故乡，有父母，有亲朋，有乡愁。也只有这个时候，外出的人们才能回来团聚一次，互相拜访，互相交流，没准还能找到新的商机。

梁欣仁到王牛牛家下地窑门口时，王牛牛听见了汽车的刹车声，急忙走到窑门口迎接。梁欣仁闻到一股茴香的香味，问道："怎么这么香？"

"给灶火爷烙馍哩！"

梁欣仁走到厨房，只见小娥正在案板上揉着一团面，锅里烙的圆饼，已经有点儿烤焦的意味，呈焦黄色，一股香气弥漫着整个厨房。小娥见梁欣仁来了，一边搓着手上的面，一边比画着一会儿就完的意思。梁欣仁说："你继续、继续，我看看。"小娥虽然是聋哑人，但心灵手巧，一团面一会儿就变成了一个个带有花纹的圆饼。等锅里的饼熟了，先不着急取出来，而是放到铁锅的上沿周围，把刚刚做好的饼放到锅的中间，炉灶里是麦草慢火，不用风箱，隔一会儿添一把麦草。等到饼的两面都烤得黄亮，再取出锅周围的饼，盖上锅盖，以此类推，一锅一锅的饼就烙好了。梁欣仁问："怎么祭灶呢？"

王牛牛说："天黑了用盘子盛上，放到灶台上就行了。"

"最后还不是你们吃了？"

"是的，祭灶就是个意思，你先吃一个。"王牛牛说。

小娥把一个热腾腾、香喷喷的圆饼递给梁欣仁，梁欣仁接过来忍不住咬了一口，嘎吱脆响，说："脆，香，很香。"

"走的时候带几个，回去叫娃们家都尝尝。"

"不带了，连吃带拿灶火爷就生气了。"

"哈哈，走，回窑里喝茶。"

到了隔壁窑洞，梁欣仁看到窑洞里已经用白土粉刷一新，这种白土是当地一个叫狐子沟的半崖上特有的土质，色白、滑腻，捣碎和水，粉刷到墙上后，发出一股清香味，这是他当年在阿姑公社工作时就知道的。这时候他想起给王牛牛带来的钱，他把钱取出来交给王牛牛说："这些钱和上次让民政局局长捎来的钱，都是一个企业家给你资助的，希望你过个好年。"王牛牛接过钱，捏了捏装到了口袋里，淡淡地说了声"谢谢！"他已经习惯了接受梁欣仁的钱物，好像给他钱物是理所当然似的。梁欣仁很奇怪王牛牛的变化，过去他得到帮助后，一定会表现出感激的神情，一定会连声说好几个"谢谢"的，这个微妙的变化使梁欣仁想了很多：是不是他习惯了接受？或者今天他告诉王牛牛说，这些钱是一个企业家资助的，他用不着说谢谢？不管怎样，王牛牛开始变了。他问王牛牛："过年期间你还有什么困难？"

"年好赖都要过，就是……"王牛牛欲言又止。

"就是怎么了？"

"就是待在家里太无聊，还是在城里找点事情，比如城里饭店或者周围农家乐什么的，只要有个落脚地，我就可以靠演奏乐器养活自己。手里没活钱不行，死水怕勺舀啊！"

梁欣仁觉得王牛牛说的也有道理，一个大男人整天待在家里不出门，没准会憋出病来的。

"好吧，我回去想想办法，有了机会我告诉你。"

"那就麻烦你了。"

小娥从厨房过来了，手里拿了几个热腾腾的炊饼，从炕上的板柜里取出一个塑料袋，把饼子装进袋子里，递给梁欣仁，下巴往上一翘一翘的，意思是说给你的。梁欣仁接过饼子说："好，谢谢你们！"

……

回来的路上，炊饼的香味弥漫着整个车厢，好像在时刻提醒着梁欣仁——不要忘了给王牛牛在城里找个落脚地。人家给灶火爷的炊饼只是祭拜一下，意思一下，灶火爷就保佑他们平安一年；我这又吃又拿的，还不给人家帮点忙？

第二天上班，梁欣仁打开电脑，在新浪博客上发了一篇博文，其实也是给王牛牛做广告的博文，他想通过这篇文章，引起更多人关注王牛牛，帮他找到合适的工作。他的博客名"良心人"是他名字"梁欣仁"的谐音，他想父母给自己取名字的时候可能也是这个意思，希望自己做个有良心、懂得感恩的善良人。博文题目是《谁能帮帮他》，全文如下：

> 昨天我去他家了，他说整天待在下地窖里太寂寞、太孤独了，他想让我帮他在城里找个活干。他是个盲人，叫王牛牛，家住东盛县阿姑乡麻地坡村，今年三十多岁，身高一米

八,四肢发达,头脑健全,会演奏多种乐器,擅长笛子、唢呐、二胡。拿手的曲目是《二泉映月》《好人一生平安》《大海啊故乡》《十五的月亮》《赛马》等等,当然,流行歌曲也都会。

他告诉我说想去城里演奏乐器挣钱,村里年轻人都到外地打工去了,他身强力壮,待在家里太孤独。我理解他所说的孤独,在他的世界里一切都是黑暗的,只有通过音乐才能和外界沟通,哪怕听他吹笛子的是只小鸟,也会使他感到慰藉。

我曾经在一个名叫"人民公社大食堂"的农家乐给他联系了个落脚地。那段时间,他高兴极了,一有客人他就出来演奏。那掌声、那笑声常常使他兴奋不已,笛子、唢呐、二胡轮流演奏。优美的乐声给食客们带来了欢乐,客人们也会给他十块八块的,劳动所得使他感到了做人的尊严,满脸洋溢着自信。空闲时我常去看望他,我的同事们也很关心他,有人还送给他一副墨镜,戴上后和阿炳一模一样的。后来,这个农家乐解散了,他也就只好回家了。

他希望我和我的朋友们,帮他在城里找个能落脚的地方,靠手艺自食其力,租房子也行。他的要求和我的想法是:

1. 在城里(县城、市区都行)找一个十平方米左右的房子,可以没电(白天晚上对他来说是一样的),最好临街,附近有厕所。月房租200元左右能承受,按月付(我担保)。

2. 他会帮房主干一些简单、重复的活儿,如择葱剥蒜、剥玉米、短距离搬运等。

3. 饭店、农家乐如果需要有才艺的盲人,可雇佣,只管吃住,不要工钱,保证会吸引来更多的客人。

4. 民政福利部门若能将全市有才艺的残疾人组织起来搞个文艺演出队,让他参与其中,那将是天大的幸事,他们会感到生命的意义和价值,感受到社会主义的优越性。

5. 他的联系电话是1390995……拨通后就说:"你梁哥让

我联系你的。"他就会跟你走，并会为你演奏一曲《好人一生平安》。

此文非文学作品，算是广告，请朋友们多多关照。

博文发出后，梁欣仁觉得心里轻松了许多。他期盼很快有人与王牛牛联系，或者直接找他也行。他想，这么大的一个城市，一定会有人争先恐后来帮助残疾人的。但结果并非他所预期的那样。几天来，针对他的这篇博文，点赞和发表评论的倒是络绎不绝，有评价他文采飞扬的，有赞扬他高风亮节的，有说他是菩萨心肠的，也有告诫他不要心太软，管闲事，世上的好事办不完……

这天，他手机铃声响了，还是响两下就挂掉了，他一看是"瞎子阿炳"，满以为是有人替王牛牛找到了工作，和他联系了。梁欣仁满心欢喜地把电话拨过去："牛牛你好！"

"好啥呀，你是不是在网上把我的电话公布了？"

"是呀，我让人帮你找工作哩！"

"这几天电话不断，有好几个人找我借钱，我说没有钱，他们说，有市上领导帮扶你，还能没有钱？有让我帮他们找活干的，有让我教他们吹笛子、拉二胡的，还有一个直接就说找你梁哥说说，给我也找个事情干干，我也是个残疾人。你看这事情弄得……"

"有没有给你在城里找落脚点的？"

"一个都没有，全是找我帮忙的。"王牛牛的声音里明显带着一股怨气。

放下电话，梁欣仁的心凉透了……

二十二

法庭上的气氛显得有点儿紧张。

主审法官提高了嗓门，面向尤小雨问道："请原告详细陈述四月一日发生的事件经过。"

"其实也没什么，就是因为他威胁了我，我怕我们之间的事情传出去，就告了他强奸。"

"在公安局时为什么没有这样说呢？"

"我怕越描越黑，告他强奸，以前的事情就掩盖过去了……"

尤小雨的陈述，使案情变得复杂了。王冬牛为什么急需二十万元？为什么要威胁尤小雨？公安局侦查的时候尤小雨为什么没有提到这件事？检察院的起诉书为什么也没有提到这个情节？主审法官把目光转向了女检察官，很明显，这个情节检察院并不掌握。如果真如尤小雨所说，那就一定是在侦查阶段对此情节有所忽略，案情一定有新的情况，如果有遗漏情节，法庭调查就要停止，案件就应该退回检察院补充侦查。

女检察官正在紧张地翻阅着手头厚厚的卷宗，她拢了拢散落到脸庞上的头发，好像突然想起了什么，随即打开笔记本电脑，敲打了起来……

王冬牛的辩护律师甄少言注视着王冬牛，脸上呈现出一片茫然的表情，因为这个情节王冬牛从来没有给他透露过。他找王冬牛了解案情时，王冬牛始终矢口否认强奸，只承认他们之间长期保持性关系。仅凭这一点，对于一个职业律师来讲，胜诉的把握是很大的。但今天尤小雨突然说出二十万元现金的事情，这中间就一定有了隐情，这些隐情不搞清楚，辩护就无法继续进行下去。

王冬牛低垂着头，面无表情，一言不发。想从盲人的眼睛里看出什么是不可能的，但他下意识的动作、声音甚或呼吸节奏的变化，却都可以暴露出他内心的情绪。此刻，他不由自主地挪动了一下身子，椅子轻轻地发出和地板摩擦的声音，他的眼睛在频繁地眨动着，可以肯定，他一定是隐瞒了什么。

姐姐尤小梅的眼睛始终盯着尤小雨，希望妹妹看着自己，给她一点暗示，但尤小雨低垂着头，似乎对自己以前说过的谎话在表示忏悔。从内心深处讲，尤小梅对王冬牛是不反感的，告他强奸实属无奈之举。在状告王冬牛之前，她和妹妹商量过此事，现在只要坚持说王冬牛对尤小雨实施了性侵害，强奸案就还可以认定，否则会很麻烦，说不定偷鸡不成反蚀一把米，给妹妹定一个诬陷罪。她想给尤小雨一些暗示，但尤小雨一直低着头，眼睛始终也没有瞄她一下。

……

那天尤小雨从推拿中心跑到姐姐家后，尤小梅告诉她说："事到如今，要弥补是很麻烦了，不但六万多元要打水漂，而且你们之间的事情一定会传出去，如果这样你就很难做人了。不过，有一个办法可以救你……"

"什么办法？"尤小雨睁大了眼睛。

"只要你告王冬牛强奸了你，让公安局把他抓起来，事情就解决了。"

"如果公安局不相信呢？"

"你只要一口咬定他违背了你的意志，就一定能够告倒他。"

"没有证据，人家会相信吗？"

"这个好办，你想方设法保留他留在你身上的分泌物就行了。加之你这么漂亮，一个身强力壮的盲人按摩师强奸你是有可能的，谁也不会相信你会看上一个瞎子，这样就可以将王冬牛的强奸案坐实。"

"好吧……我试试。"尤小雨在走投无路的时候，还是听信了姐姐的主意，她认为只有姐姐是在真心地帮她。但怎么才能提取到王冬牛"强奸"她的证据呢？她那天可是骂了王冬牛后夺门而逃的，现在又回去找他算什么事呢？

"我怎样又能够和他在一起呢？"尤小雨觉得要办成这件事的确还是个难题。

"很简单，他不是威胁你吗？威胁就一定会再给你打电话的，你耐心等着吧！"尤小梅胸有成竹。

"他打电话来，我说什么呢？"

"你随机应变呀！就说可以商量，只要在一起……"

"好吧……我试试。"

离开姐姐家，尤小雨脑子里一团乱麻，她不知道这样做的结果会怎样，会不会就此毁了王冬牛。王冬牛被判刑了，小娥和枣香怎么办？她们母女俩没有了生活来源，会不会经常找她讨要？王冬牛判几年从狱中出来后会不会找她的麻烦？她实在是理不清。

电话铃响了，她拿出手机，是姐姐打过来的，"走到哪儿了？"

"回家的路上。"

"王冬牛打电话了吗？"

"没有。"

"回去等着，他如果打电话来，你就说和姐姐商量好了，让他打个借条，钱我想办法。记住，他不仁你就不义，是他不仁在先。"尤小梅实在不放心妹妹的应变能力，更害怕她临时改变主意。

"好吧……我试试。"尤小雨只会说这一句。

尤小雨在家里等了整整一个晚上，电话倒是接了几个，但都不是王冬牛打来的，有卖保险的，有美容店预约做美容的，当然也有姐姐打电话询问情况的。每来一个电话，她都要很紧张地去接听，一晚上搞得她头晕脑涨，索性不理睬了，躺到床上，拉开被子，蒙头睡觉。但她是睡不踏实的，一会儿蒙眬，一会儿清醒，奇奇怪怪的梦做了好几个，好不容易睡着了，急促的铃声又响了起来，她不准备接了，可手机反复响了好几次，她伸手拿起手机，看也不看就接通了。

"怎么不接我电话？！"是王冬牛的声音。

"我，睡觉呢。"

"啥时候了还不起床？帮我办的事情怎么样了？"

"混蛋！"尤小雨心里骂了一句，她发现天色已经大亮，于是坐起身说："我以为你不要了，这么长时间也不见你打来电话。"

"有办法了？"

"姐姐同意了，让你打个借条。"

"太好了，我说嘛，你是不会不管我的，我说公开咱俩的事情是和你开玩笑，不要往心里去。"

"你这次的玩笑开大了。"

"好了，你到我这里来，我向你道歉。"

尤小雨洗完脸，保姆已经做好了早餐，她没有胃口，简单吃了一点，就准备去推拿中心，可看了看表，觉得时间还早，推拿中心一般是十点钟上班，于是她就先坐在沙发上，给姐姐拨通了电话。

"他来电话了，约我到他那里去。"

"好的，一定要记得取证。"尤小梅告诉了她如何取证的方法，并让她离开王冬牛后，立刻给她打电话。

"他说他要公开我们之间的事情是开玩笑，还说要向我道歉。"

"不要信他的话，不要心软，按我说的办！"尤小梅说完，气呼呼地挂断了电话。过了一会儿，她又不放心，再次拨通了妹妹的电话，"你一定不要心软，他说是开玩笑，有这样开玩笑的吗？他是狗急跳墙，是逼你，根本就没有把你当回事。记着，一定要取证，有了证据你就主动了。"

"好吧！"

十点多，尤小雨化了淡妆，特别给身上多喷了点香水。她在镜子里看到自己明显消瘦、憔悴了许多，她用食指摸了摸眼角时隐时现的鱼尾纹，眼圈开始发红，随即眼泪从眼角里溢出。她知道要摆脱眼前的烦恼，就必须立刻和王冬牛一刀两断，而且越快越好，她补了点妆，快速向楼下走去。

十一点整，她来到了推拿中心，胖女人说，王冬牛回家去了，说是取个什么东西，让你来了在包间里等他。坐在包间的按摩床上，看着这间熟悉的房子，她的泪水又一次不由自主地流了下来。在这张床上她赤裸过、疯狂过、呻吟过、尖叫过，她把对大白老师的爱全部洒在了这张床上，这张窄小的按摩床承载了她全部的爱……遗憾的是，这原本纯真的爱，是通过一种畸形的方式实现的。畸形的方式必然导致畸形的恶果，畸形的恶果只会产生懊恼、怨恨甚至仇恨的情绪。她攥紧拳头，狠狠地砸了几下按摩床，这几拳似乎就砸在王冬牛的身上，她要在这张床上实施对王冬牛的报复。

"你来了？"王冬牛笑眯眯地走进了房间。

"等你好长时间了。"尤小雨装出很平静的样子。

"我回去让女儿帮我写了个借条，我按了指印，你看看行不行？"说着，王冬牛把借条交给了尤小雨。尤小雨接过借条看也没看，就说："好着呢，一会儿我给姐姐就行。"

"要快，再剩三天时间了。"

"知道。"

"我上次说要公开咱俩的事情，是开玩笑的，你千万不要往心里去，原谅我吧！"

"你把录音删掉，我就原谅你。"

"好的，不过刚才走得急，把手机忘到家里了，今天下午回去就删掉。"

王冬牛说这话时一点磕绊都没有，他也是事先心里有所准备的，但从他那频繁眨动的眼睛和脸颊一掠而过的红晕上，尤小雨知道他是在撒谎。她看着这张熟悉的面孔，突然觉得异常丑陋恶心。她实在不明白自己是怎样和这样一个混蛋鬼混了这么长时间的。她想骂他混蛋！想揭穿他的谎言！但她知道今天到这里来的目的，于是理了理情绪说："好吧，我原谅你了！"

"你真好，你是我的救命恩人。"说完，王冬牛插上插销，拉上门帘，抱起尤小雨就要亲。尤小雨这次无论如何找不到过去的感觉，她的嘴唇是冰冷的，她的身体是僵硬的，她的目光是呆滞的，以至于后来王冬牛强行扒光她的衣服，她也是无动于衷的。她像一具僵尸一样躺在按摩床上，任由王冬牛摆布。王冬牛也感觉到了不同于往日的异样，他理解尤小雨不配合的原因是嫌他威胁了她。他熟练地给手心滴上精油，双手搓了搓，开始给尤小雨按摩腿部、腹部、胸部，按摩所谓的阿是穴……尤小雨眼里含着泪花，忍受着这一切。此刻，她想起姐姐的话："一定要取到证据！"她开始配合了，嘴里发出轻微的喘息声，这声音是王冬牛熟悉的声音，他似乎得到了指令，一切都按部就班地开始了，一切都是轻车熟路的……十几分钟后，王冬牛终于折腾完毕，他喘着粗气边穿衣服边说："你的身材越来越好了，不过，不巩固还是会反弹的。"

"是吗？"

"是的，下次来，我给你做塑身巩固按摩，再给你做个艾灸项目，可以提高你的免疫力。"

尤小雨没有搭这句话，穿好衣服说："我走了，可能没有下次了。"说完，头也不回地离开了推拿中心。

王冬牛愣在了房间里，听着尤小雨渐渐远去的脚步声，一种不祥的预感涌上了心头……

尤小雨一口气跑到了姐姐家里，进门后，尤小梅急切地问道："怎么样？"

"好了。"尤小雨声音很小。

尤小雨按照姐姐早上在电话里告诉她的方法，到厕所里取出事先塞入下身的一团海绵，然后将海绵上的分泌物挤压涂抹到粉红色三角裤头上，再把裤头撕破一个口子，造成被人强行撕开的假象；再把裤头揉成一团，装进一个事先准备好的塑料袋里。做好这一切，她问姐姐："接下来怎么办？"

"现在就去公安局报案。"

"现在就去吗……"

"现在，我陪你去！"尤小梅见尤小雨有点犹豫，接着说，"到了公安局一定要咬住王冬牛强迫了你，违背了你的意愿，不要提过去那些事情，这样，公安局就会把他抓起来，你们之间的那些龌龊事情就没有人知道，从此你也就解脱了。"

"可是，枣香和小娥还租着你的房子，租金怎么办？"

"管不了那么多了，大不了不要租金。"

"那她们今后的生活来源怎么办？"

"哎呀！这些都不是你管的，你是她们什么人？大不了让她们回农村去，都是你招的祸。"尤小梅越说越来气，"要不是你说话，我才不会把房子租给这样的人，你吃亏就吃在心慈手软上，再不吸取教训，人家把你弄死都不知道是怎么死的。"

尤小雨不说话了，她知道姐姐为了她已经付出了很多，这次给她出的这个点子，也是万不得已之策，不走这一步，她就真的无路可走。

"我去补个妆。"尤小雨在穿衣镜前看着自己憔悴不堪的脸说。

"补什么妆？你是被人强奸了！！"尤小梅厉声说道。

"好吧，走！"

尤小梅边走边给尤小雨讲到公安局以后如何应对警察的提问，比如要冷静，要少说话，要说关键的话，要一口咬定是他强奸了你，你有证据在手，不怕他赖账等等。

说话间，公安局到了。尤小雨是第一次到公安局，她紧随在姐姐身后，显得有些紧张。在公安局一楼的值班室里，一名值班警察热情地接待了她俩。尤小雨简单陈述了事由，值班警察得知是一起强奸案后，停止了记录，立刻拨通了刑警大队的电话。几分钟后，一名女警察来到了值班室，她看了看接待记录，问谁是尤小雨？尤小雨站起来说："我是。""跟我来。"女警察不由分说，领着尤小雨来到了三楼刑警大队的接待室。

经过两名警察一个多小时的讯问后，尤小雨在笔录上签了字，留下物证，离开了刑警大队接待室。临走时，一名警察告诉她，回去后不要远离县城，如果通知你到公安局做进一步调查，你要做到随叫随到。尤小雨点了点头，表示知道了。那名领她上楼的女警察又把她送到了楼下的值班室，见到尤小梅后说："你妹妹提供的情况非常重要，对外不要乱讲，我们将很快对嫌疑人采取相应的措施。"

"谢谢你们，我妹妹因胆小、软弱，就被人欺负了。"尤小梅说着抹了一把眼泪。

"走吧，我们不会冤枉一个好人，也绝不放过一个坏人。"

离开公安局，尤小雨如释重负，突然觉得轻松了许多。尤小梅则不放心妹妹，反复问她是怎么回答警察讯问的，警察有没有提问以前的事情？有没有呵斥她、威胁她？接受讯问的地方是什么样子？有没有手铐、电警棍之类的东西？尤小雨说警察很和蔼，讯问的地方就是一个普通办公室，警察还给她倒了一杯水……尤小梅这才放下了心。

两天后，王冬牛被县公安局刑事拘留。

审讯室里，一男一女两名警察开始了对王冬牛的审讯。男警察问道："姓名、年龄、籍贯……"

"我叫王牛牛，四十二岁，1974 年 9 月 2 日出生，农民，东盛县阿姑乡麻地坡村人。"

"还有其他名字吗？"

"一直叫王牛牛，到盲人按摩学校上学时，有人说王牛牛太土气，不好听，我就改成了王冬牛，叫啥都行。"

"你和尤小雨是什么时候认识的？"

"有一两年了吧。"

"你们是什么关系？"

"是按摩师和顾客的关系。"

"你在这里说的话将全部录音和记录，如果伪造事实或编造谎言，将承担相关法律责任。"

"我知道，我不会说谎。"

"前天，也就是四月一日，你在哪里？"

"在推拿中心上班。"

"你对尤小雨做了什么？"

"做了推拿。"

"还做了什么？你要老实交代！"警察的态度严厉了。

"她说做了什么就做了什么。"

"她举报你强奸了她！"

"她是自愿的，我没有强迫她。"王冬牛毫不示弱。

"她那么漂亮的女人，会看上你这样一个瞎子，老实交代！"女警察插了一句话。

"我是个瞎子，我怎么知道她长得漂亮，你长得什么样我也不知道啊！"

"你……老实一点！""啪！"女警察拍了一下桌子。此刻，她显然忽略了一个事实，那就是丑陋无比的丑八怪和美若天仙的美女在一个盲人眼里都是一样的。

……

王冬牛始终否认强奸尤小雨的事实，但公安局根据尤小雨提供的证据，经过法医做 DNA 鉴定，最终确定尤小雨提供的体内遗留液体正是嫌疑人王冬牛所留。在证据面前，在警察的严厉呵斥声中，王冬牛不说话了。他的沉默，几度激怒了审讯他的警察。任凭怎样的呵斥、训骂甚至推搡，他都无动于衷，他若和尚打坐般闭目无语，面部毫无表情。

其实，此刻表面平静的他，心中早已海浪般汹涌澎湃。从尤小雨前天离开推拿中心时说的"可能没有下次了"的话中，他已经预料到会有这一天。所以，当警察把他从推拿中心带走的时候，他一点儿也不惊讶。他不怨恨任何人，他只怪自己没有把握好分寸，而落入了被人索要二十万元的陷阱之中。当然，他也没有料到尤小雨会丝毫不念旧情，设下同样的圈套，使他落入另一个陷阱之中。在他和尤小雨接触的过程中，他品尝到了糖果般的甜蜜，体会到了小鸟般的温柔，感受到了溪水般的平静，可当他激怒了她，糖果便成了毒药，小鸟便成了秃鹫，溪水便掀起了巨浪，而这一切，瞬间都可以将他置于死地。他虽然是个瞎子，但他是个四肢发达、头脑健全、荷尔蒙旺盛且掌握推拿按摩技术的瞎子，否则他也不会落入别人设下的陷阱之中，更不会认识尤小雨，继而敲诈她，激怒她，使自己身陷囹圄。他想起了枣香，想起了小娥，他知道如果承认了强奸尤小雨，那就一定会被判刑。若判刑入狱，她们怎么生活？所以，他不能承认这起强奸案。他也不能给公安局告发二十万元陷阱的事情，那件事他更是有口难辩，而且告发后，一定会威胁到枣香和小娥的人身安全，比起她们母女俩的安全，他自己被判刑似乎又无足轻重了。

公安机关一旦掌握了人证物证，不论嫌疑人是否承认，都会依法移交检察机关进行刑事诉讼的。县检察院也非常重视这个案件，经过一段时间紧张地取证调查，认为此案情节简单，证据充分，犯罪具备的要件齐全，很快就将其起诉到了县人民法院。

二十三

梁欣仁给王牛牛找活干的博文发出去好多天了，几乎没有人理睬，许多人以为是他在写散文，根本没有当作一回事。他在工作之余喜欢写一些散文诗歌，写好后发表在博客上，也有部分他自己认为能拿出手的，就发表在报纸或刊物上。他用的是笔名是"良心人"，熟悉的人都知道良心人就是梁欣仁。

这天，梁欣仁的手机响了，他刚准备接听，对方又挂了，"一定是王牛牛。"他心里这样想。他打开未接电话显示，是个生号码，可能是谁打错。他刚放下手机，这个号码又打了过来，他不想接，挂了。这个号码很执着，连续响了三次……他想，也许谁有急事，但肯定是个生人，或许是这个生人看到了他写的博文，想帮助王牛牛。想到这里，他在电话铃声又一次响起的时候接通了电话。"梁哥，是我。"电话里传来了熟悉的声音，是王牛牛。"你怎么换电话了？"

"刚换的，我把旧手机给枣香了，买了个新的，老人机，不贵，你记住这个号码。"

"打电话有什么事情吗？"梁欣仁心里很是不悦，一个长期靠帮扶的人，家里竟要"养活"两部手机了，这不是有点奢侈吗？

"也没有什么事情，就是想你了。另外，方便的时候，能不能再给我找一点钱？"

"要钱干什么？"梁欣仁不知道怎么回答这个问题，只能这样反问。

"在家里待着没事干，费钱得很，最近眼睛老流水，想到城里的医院看看，也没有钱。"

"你可以到市里来，我帮你找医生看看。"

"那就谢谢你了，不过手头还是需要钱……"

梁欣仁听出了王牛牛打电话的目的——要钱。这么直白地问他要钱的事情还是第一次发生。他没有好气地说："我最近非常忙，还经常要到外地出差，给你送钱很不方便。"

"你忙就不要亲自来了，可以把钱打到我的银行卡上，你记一下我的卡号……"

"什么？你都有银行卡了？"

梁欣仁以为自己听错了。当他确认是和王牛牛通话后，惊讶得半天说不出话来。他想起帮扶这个盲人的过程，从开始给一点钱或一两件衣物他就感激不已，到后来安排他到剧团和农家乐自食其力，以及来自各方面有意无意地资助，再到现在成家立业，每一步都是自己搀着他走过来的。而今天，他居然开始问他要钱！最令他没有想到的是，王牛牛还有了银行卡，公然要求把钱打到他的卡上，似乎别人帮助他成了天经地义的事情。人性啊人性！人性都有贪婪的一面，依赖成了习惯，就忘记了感恩，你给的一碗米不够，两碗米不够，三碗四碗还是满足不了他，你再尽心竭力也显得杯水车薪。梁欣仁此刻突然明白了这些道理，他对王牛牛产生了一种从未有过的厌恶，想从此断绝和他的来往……

"有个卡方便，钱装在口袋或放在家里都不安全，再说现在消费都是用卡支付，我也要跟上形势发展哩！"电话里，王牛牛不紧不慢地陈述着有卡的好处。

"你都有卡了，我还没有卡，没有卡怎么给你转钱呢？"梁欣仁故意这样说。

"那你就办一个，回头我把卡号告诉你。"

"好的，你等着吧！"梁欣仁挂断了电话，他想：王牛牛既然已经有了银行卡，而且还有钱买新手机，就说明他已不缺钱。"你等着"，其实就是他下的断交令——梁欣仁决定不再理睬这个帮扶对象了。

……

这天上午，东盛县民政局局长李富林突然来到了梁欣仁的办公室，他是看到了梁欣仁在网上发的博文，知道梁秘书长是在真心帮助王牛牛的，于是前来商议如何能够长久解决王牛牛的问题，当然，这种事情也是民政部门的职责所在。梁欣仁见老朋友来了，热情地让座、沏茶后问道："无事不登三宝殿，有什么事情就直说。"

"看到你在博客上发的文章，我想，王牛牛的事情应该有一个长久解决问题的办法。"

"县里像他这样的人有什么安置的办法吗？"

"县里有个敬老院，可以解决一部分无依无靠的孤寡老人，他年轻力壮，不属于这个范围。我在省上打听到有一个盲人按摩学校，隶属省民政厅康复医疗中心管理，学制三年，王牛牛身体健康，脑子灵活，学成后可以自食其力，长久地解决自身的生存问题。"

"好事情啊，你们联系一下，学费多少钱？"

"学费不贵，属于福利性质的，每学年三千。"

"那我就再帮他最后一次……"

梁欣仁把王牛牛给自己打电话要钱的事情告诉了李富林，没想到，李富林听后并不惊讶，他哈哈地笑着说，他经常接到类似的电话，有些人还找到他办公室里来向他要钱。一天，一个身穿旧军装，自称是参加过对越自卫反击战的老兵，瘸着腿，拄着棍子来到了他的办公室，说他现在身患多种疾病，丧失了劳动力，妻子离异，生活没有着落，要求民政局安排他到敬老院去。他让这个人留下个人信息和联系电话，告诉他回去等候消息。谁知"老兵"说今天就没有吃饭钱，给他些钱他才走。后来，他和办公室几个同志给了他凑了几百块钱，送他离开了民政局。有人看见他一出政府办公大楼就扔掉了那个道具棍子，一溜烟地跑了。经过打听，这个人是一个边远山区流浪到县城的二流子，家里有房有地有老婆，就是好吃懒做，到处流窜，给民政局留下的信息全都是假的。梁欣仁听完也笑了，说："看来扶贫工作还是很有学问的，你们的工作也不易啊！"

李富林喝了一口茶，接着说，上次在省民政厅开会时，一位副厅长在讲到城市流动人口管理时说了一件事：最近省里组织公安、民政、城管等部门，对省城集中在火车站、地铁站、地下通道等人流比较大的地方的乞讨人员，进行了一次大排查。结果发现，有百分之七十以上的残疾人都是假扮的。我们平时看见的那些身子趴在木板车上，下肢瘫痪拖在地上，双手拿着木块，敲打着地面，艰难挪动的人，多数都是正常人。到了晚上，他们取掉伪装，聚在一起，撸着串串，喝着啤酒又说又笑。还有许多乞讨的残疾儿童，多数是被拐卖来的，犯罪分子将他们致残后，丢弃在街头，以博得路人的同情，在孩子们脏兮兮的小手接过施舍的时候，犯罪分子们则躲在暗处，注视着诱饵获取钱财……

"如果给这些残疾儿童施舍就等于助长了拐卖儿童犯罪的行为！"梁欣仁听到这里气愤地说。

"善良也应该有底线，一味地善良就会适得其反。升米恩斗米仇的事例很多，有些人敢于伸手问你要钱，显得理直气壮，把你的善良当成了你的义务和责任，好像不给他钱就是你的失职。"李富林趁机暗示了老领导在帮助王牛牛时超越了底线的问题，说完他瞄了一眼梁欣仁。

"不过他总归还是个好人、可怜人，这次让他上盲人按摩学校，就可以长久解决他生存的问题。"

王牛牛接受梁欣仁的帮助成了习惯，梁欣仁帮助王牛牛也成了习惯。

"放心吧，这个事情我负责安排好。"

梁欣仁从内心深处还是希望这个盲人朋友能够找到一个好的生活之路。

……

王牛牛是民政局的同志专程送到盲人按摩学校的。学校在省城北郊的一座大楼上。刚到这里，王牛牛很不适应。按时作息，按时吃饭，按时上课，对于在农村自由散漫惯了的王牛牛而言，犹如天空自由飞翔的鸟儿突然被关进了鸟笼，也如草原上奔腾的野马突然被猎手的套马杆缚住，他心烦意乱，有好几次都产生了想退学的冲动。好在一个多月后，他慢慢地适应了这里的环境。这里和他一样的盲人很多，他们一起学习，一起生活，一起交流，加之王牛牛幽默的性格、流利的口才和能够演奏多种乐器的才华，很快赢得了老师和同学们的喜欢和信任。

时间过得飞快，第一学年考试时，他的盲文测试得了全年级第一名，穴位针灸准确率达到了百分之九十九。从此，他的学习兴趣越来越浓。第二学年，他担任了班长，同学们叫他"牛牛"班长，他觉得不好听，就把自己的名字改成了王冬牛。之所以取名"冬牛"，因为他听父亲说过他是冬天生的。

在这里，他触摸到了小县城以外的世界，心胸开阔了，思路活泛了。他体会到了盲人的价值，感觉到美好的未来就在不远的地方向他招手。他拼尽全力学习，锲而不舍地钻研，他要用今天的努力换取明天的幸福。他尽管看不见阳光，但能够感觉到前途一片光明。

三年后，王冬牛以优异的成绩拿到了毕业证书，与此同时还听到了一个令他振奋不已的好消息——盲人学校将聘用三位同学留校，成为该校盲人按摩老师，负责培训盲人按摩师的工作，这其中的一人就是他。这个消息是非常器重他的学校教学部关主任悄悄告诉他的，还叮嘱他先不要声张，以免有变故。他这才真正体会到了一个盲人的价值，残疾并不可怕，怕的是没有志向，没有本事。残疾人只要通过努力，也会与正常人一样，实现自己最美好的人生梦想！

他开始盘算自己如何先在省城站住脚，然后再把小娥和枣香带到城里来，小娥可以帮他做饭，料理家务；枣香可以就近找一所学校读书。从此他这个在小县城里被人撵得团团转，几乎没有立锥之地的残疾人，一跃成了省城人，成了有手艺的人，成了令人羡慕、令人刮目相看的人。他还想到，要在学校附近租一套房子，这里租房子很便宜，多是城中村改造房，等到赚够了钱，就可以买一套房，二手房也行，从此成为名副其实的省城人。他通过按摩认识了省城里的许多官场人士，有些是通过他们的夫人认识的。省民政厅一位处长的夫人患有腰椎间盘突出，找了许多医院都没有治好，病痛折磨得她痛不欲生，后经人介绍找到了他，经他按摩几次后，竟然痊愈了。这位夫人逢人就夸盲人按摩技术，后来这位处长也找到他按摩颈椎，他照样是手到病除。解除病痛的处长对他说，今后如果遇到什么困难可以随时找他。他似乎听到县剧团的柳团长对他说话的声调降低了许多，而且还有点儿紧张的颤抖音；县民政局局长拉着他的手问长问短，逢人就夸他有本事有出息；梁新仁到省里来办事，一定是先到他家里坐坐；乡亲们到省城来求他帮忙，要提前预约，还要送来家乡的土特产，他会客气地对他们说："来就是了，乡里乡亲的，拿东西干什么？"想到这里，他差点儿笑出了声，脸上洋溢出成功和满足的神情……

过于美好的愿望常常事与愿违。那天在饭堂门口告诉他坏消息的，也是那个器重他的关主任。关主任说："经过学校慎重研究，决定聘用两名学生作为留校教师，很遗憾，你没有被聘用。"王冬牛当时就愣在了那里，半晌说不出话来。关主任问他是不是提前把聘用他的消息告诉了别人，王冬牛回过了神说："多亏没有告诉别人，否则就把人丢大了。"

他想起了民政厅找他按摩的那个处长，就给他拨了电话，可是拨了好多次都是忙音，他又给处长夫人打电话，处长夫人接通后没有说话立刻就挂断了，他知道处长夫人在回避他。

后来，东盛县办起了一个正筋骨推拿中心，推拿中心老板打听到省按摩学校有一个叫王冬牛的按摩师，技术非凡，也了解到他就是东盛县当地人，就来学校招聘，点名要王冬牛。王冬牛知道留校无望了，听说是家乡来人招聘，也想把自己的一技之长在家乡展示一番，就欣然接受了应聘。

王冬牛回到东盛县不久，就听说盲人按摩学校最终还是聘用了三名留校的学生，顶替他名额的正是民政厅那位处长的远方亲戚。这个学生是他的同班同学，不但学习成绩差，听力也特别差，当然也是个盲人。他最终还是想通了，盲人学校也是社会的组成部分，社会上能够发生的事情，盲人学校也一样会发生。在谋生的路上，他受的打击多了，吹笛子被城管撵得四处乱钻；在剧团被人排挤到厨房；在农家乐演奏饥一顿饱一顿的……被人顶替很正常。"人的命天注定，胡思乱想不顶用。"他常常会用这句话安慰自己，这句话是父亲当年常说的一句话。那一年父亲被县委的小汽车撞伤后，落下了残疾，走路一瘸一瘸的，天阴下雨准疼。村里有人叫他找法院，状告县委，要求赔偿。父亲摇了摇头说出了这句话。从此，王冬牛也牢牢记住了这句话。他想开了，只怪自己没有民政厅处长那样的后台；留校未必就是好事，每月领个死巴巴的固定工资，饿不死也吃不肥，还不自由。他自己给自己打气："有本事走遍天下，没本事寸步难行，我王冬牛一定要在县城干出一番成绩！"

二十四

随着调查的深入，案件显得越发地扑朔迷离。

主审法官面向王冬牛问道："请被告如实回答，为什么向尤小雨索要二十万元现金？"

"我也是没有办法的……"

"究竟是什么原因？"

"有人威胁我了。"

"什么人？因什么原因、用什么方法威胁你？"

"你们……要保护我家里人的安全……"

"保护人民生命财产安全是我们的职责，你要相信政府，相信法律，如实回答法庭的提问。"

"威胁我的人是一个右手食指残缺的人，他们给我设了一个圈套、一个陷阱……"

"你怎么能知道威胁你的人右手食指残缺？究竟是什么圈套？"

"当时他掐住了我的脖子，我用手掰他的手时发现的。"

"你刚才说的'他们'是几个人？"

"三个人，两男一女。"

"其他两个人什么特征？"

"其他人，想不起来了……哦，女的好像叫金媛媛。"

"他们给你设了什么圈套？"

王冬牛沉默了，他低着头，脸色变得煞白，额头渗出了汗珠，双腿微微颤抖起来。可以看出，他陷入了极大的绝望之中——他不愿意回忆这个圈套，他恐惧这个圈套。

法庭上所有人的目光注视着王冬牛。

尤小雨张开了嘴，半天没有合拢，她的目光里同样充满了惊讶和恐惧。她是第一次听到王冬牛说出有人给他设圈套的事情。是什么样的人，会使他这样一个头脑健全、四肢发达的人钻入圈套，落入陷阱？

女检察官看了看主审法官，用眼神示意要发言。主审法官点了点头，说道："请公诉人发表意见。"

女检察官清了清嗓子说："此案情出现了新的情况，有待进一步调查，建议法庭休庭待审。"

主审法官同身旁的两名法官小声交换了一下意见，然后把麦克风往身前挪动了一下，宣布道："由于此案情节复杂，根据公诉人意见，同意补充侦查，择日再审，休庭！"

法庭上的人陆续退庭了。王冬牛欠了欠身子，没有站起来，他小声对身旁的法警说："你们能不能保证我家人的安全？"法警说："请你相信法律，只要你老实交代问题，把事情说清楚，我们就有办法保护你和你的家人，否则谁也救不了你。"王冬牛点了点头，在法警的搀扶下站了起来。他的步子迈得很小，几乎是一寸一寸地往前挪动着。他感觉这一段路很漫长，漫长得怎么也走不到尽头，他不知道走出法庭的大门会面临什么，王冬牛似乎是被他所说的那个圈套吓瘫了。而此时那件事情发生的场景在他脑海里一遍遍闪现着……

三月份的一天傍晚，一辆出租车停在了小区门口，车门打开后，王冬牛拖着疲惫的身躯下了车，向他租住的楼房走去。推拿中心距离这个小区较远，由于走路不方便，他平时很少回家，只有周六晚上回来一次，和妻子女儿住上一宿，第二天又到推拿中心去上班。

"您是推拿中心的王技师吗？"

当王冬牛回家走到楼梯口，用手杖点着找到楼梯的第一个台阶准备上楼的时候，一个甜甜的女声在身后出现。王冬牛收回了迈出去的右腿，停了下来，转过身说："我是王冬牛，你是谁？"

"我叫金媛媛，也住在这个小区，早就听说您是有名的按摩技师，想请您给我做个腹部减肥项目。"

这个叫金媛媛的女人不但说话声音甜，而且很有礼貌，一句话里就用了两个"您"字，这在王冬牛的人生经历中，是很少遇到的。熟人称呼他要么"冬牛"，要么"牛牛"，而生人则叫他瞎子——你看那个瞎子如何如何。他习惯了人们叫他瞎子，习惯了不被人尊重，今天有人用"您"称呼他，王冬牛心里格外的舒坦。

"可以啊，您到店里来找我就可以了。"王冬牛也"您"了一下。

"可是，你们那个店里熟人太多，我经常去不方便，能不能我找个地方，您来做？"

"我们店里有规定，不允许外出做项目。"

"利用休息时间不行吗？我给您双倍报酬。"说完，金媛媛从手提包里取出一个红包，递给了王冬牛，"这是五千元，算是预约金，工钱另算。"

王冬牛对红包没有概念，他把手杖夹在腋下，双手捏着金媛媛递过来的红包，厚厚的，硬硬的，上面有凹凸的图案和文字，他触觉特好，摸出图案是两个孩子挑着两串鞭炮。嗯，是个喜庆的红包！红包散发着淡淡的玫瑰香味，他鼻翼扇动了几下，把红包装进了口袋，脸上露出了微笑。

"嗯……可以，那只能利用下班以后的时间。"

"那就太谢谢了，改天我电话约您。"

说完，他们相互留了电话号码。

王冬牛一般是不出来做按摩的，这既是店里的规定，也是因为自己出门不方便，但也有个别例外的，例如行动不便的老人，或者正在住院治疗的病人，他们如果需要专业按摩，会到推拿中心联系，聘请专人上门服务，当然一定是有车辆接送的，费用也比在店里高一些。也有县上的个别领导，偶尔颈椎、腰椎不舒服，也会派专车到推拿中心接按摩师，按摩结束后又会专车送回。他就曾经给县上一名领导做过按摩。一天，东盛县委办公室主任来到推拿中心，说县委的景伟副书记在办公室突然头晕目眩，恶心想吐，叫来县医院的大夫检查后说，没有大问题，就是颈椎的第三和第四节有点儿变形，压迫了神经，没有什么好的治疗办法，只能推拿按摩缓解症状。他们介绍说推拿中心有一个叫王冬牛的技师，按摩颈椎有一绝，不妨试试。于是县委办主任就来到推拿中心，接走了王冬牛。到了县委，王冬牛在工作人员的引领下来到了景书记办公室。一进门，王冬牛闻到了一股刺鼻的混合气味，他想问这是什么气味，又觉得不妥，因为这是在县委，县委就是乡下人过去说的衙门，在衙门里，普通人是不能多说多问的。景书记倒是很热情，他忍着病痛接待了王冬牛。他看见王冬牛鼻翼在耸动，知道屋子里的气味让他觉得奇怪，他也听说盲人的嗅觉和触觉异常灵敏，于是就试探性地问：

"你能闻到我办公室有什么气味吗？"

王冬牛知道这是多种混合液体散发出来的味道，书记既然问了，就应该如实回答，于是便说："应该是风油精、精油，还有酒精的味道。"

"厉害，厉害！刚才我感觉颈椎难受就抹了点风油精；后来办公室同志拿来一瓶精油，说是进口的，可以缓解疼痛，就涂上了；再后来医生来了，把酒精点着，用棉球蘸着擦了好长时间，但都没有解决问题。"

"颈椎病是长期伏案工作者的常见病，是物理性变化，给皮肤上涂抹东西是不解决问题的，我给你按摩一下，可能会缓解，但有点痛，你可要忍住了。"

"没事，现在不光是疼，还很难受，非常难受。"说着，景书记喉咙里发出了要呕吐的声音。

王冬牛让景书记双手扶在办公桌的侧面，他双手拇指从上往下，又从下往上，来回摸了一遍说："第三、四、五、六节都有问题，你要忍一下。"说完，他用力按压了起来。景书记感觉到疼痛异常，还听到骨头的关节发出咔咔的响声，好像要被压断了似的。他曾经听人说过，有人让按摩师按摩颈椎，压断了神经，从此就瘫痪了，今天这个按摩师会不会把他也按瘫痪？他想让他暂停一下，但又在事前答应他自己能忍住，而且这个按摩师是医院大夫介绍来的，应该是专业的。于是他就豁出去了。疼痛还在继续，他实在受不了了，牙齿咬得嘎嘎响，喉咙里发出"吭吭"的声音。王冬牛并没有在意他的感受，继续加大了力度。啊！景书记终于忍不住喊出了声。其实，这一声后，王冬牛的按摩也结束了。他说："好了，头转动一下，有没有眩晕的感觉？"

景书记这时候已是两眼泪水，满头大汗，他很听话地把头向左右转动了几下，感觉轻松多了，说："好多了，好多了。"说完，他接过办公室主任递给他的毛巾，擦了擦脸。

"最近几天头不要猛烈转动，过几天就慢慢好了，好了以后，要加强户外运动，最好是打羽毛球，有利于颈椎恢复治疗。"王冬牛边收拾东西边说。

"还用吃什么药吗？"办公室主任问道。

"不用了，短期内应该不会再犯了。"

景书记再左右动了动脖子，说："好了，好了，也不恶心了，太神奇了！"

王冬牛告辞时，景书记专门留下了他的电话，并且把自己的手机号码也告诉了王冬牛，说他若遇到难事可以直接打这个电话。

在送王冬牛回去的路上，办公室主任对王冬牛说："县委景书记是主管人事和政法的领导，平时工作非常忙，所以颈椎病犯了。颈椎病很影响工作，却一直找不到好的治疗办法，你这次给他治好了病，就等于为县上立了大功。"王冬牛觉得奇怪，给县委领导治好了颈椎病，就是为县上立了大功，那如果他给中央领导治好了病，岂不是给国家立了功？这些领导如果退休成了老百姓，即使治好了病就不算立功吗？如果领导们都不得病，医生们岂不是没立功的机会了？看来得病不算什么，关键是谁得；按摩技术不算什么，关键看给谁按。于是他回答说："谢谢你给我立功的机会。"

……

就在王冬牛见了金媛媛的第二天下午，他的电话铃响了：

"喂，王技师吗？"

"是的。"

"我是金媛媛，今天下班后您有时间吗？"

"今天可以。"

"那就好，我八点钟开车来接您。"

"好吧！"

王冬牛在店里吃完了晚饭，把腹部减肥项目所需的器械物品装在了一个小箱子里。前台的胖女人见状问道："是不是又要给哪个大领导去按摩？"

"没有，有个熟人找我帮忙，没有收入的。"

胖女人知道这些技师经常外出走穴捞外快，只是在下班时候出去店里也管不了。店里的晚班是轮流上的，今天正好轮到王冬牛休班。

随着"嘀嘀！"的喇叭声，一辆奥迪轿车停在了门口，王冬牛的电话铃响了起来，"走吧，车来了，在门口。""好的。"王冬牛应声出了门。"在这，在这……"他循着金媛媛的声音，走到了汽车旁，金媛媛早就打开了汽车后侧门，引导王冬牛坐在了后座上。

汽车开得很快，拐了几个弯，十几分钟后，"嘎——"的一声停了下来，由于刹车较猛，王冬牛的身子扑到了前面的座椅靠背上，身旁的工具箱也翻滚到了座位下面。司机说："到了，我们在楼下等。"这是王冬牛上车后听到司机说的第一句话，说明开车的是一个男的。金媛媛坐在副驾驶的位置上，车上一共坐有三个人。司机说我们在楼下等，说明还有其他人在。那他们在楼下等什么呢？王冬牛猜测应该是等金媛媛做完按摩送她回去。没看出来，这个金媛媛的谱摆得还够大的！

"好的。"金媛媛回应后，下车打开车后门，说："到了，咱们上楼。"

在金媛媛的引领下，王冬牛上了几个台阶，他听到身旁有人来人往的脚步声和说话声，还有行李箱拉动的声音，感觉到这里好像是一个宾馆，就问道："在宾馆里做吗？"金媛媛惊讶地看着他，并用手在他眼前晃了晃，确认他什么也看不见后说："是宾馆，你怎么知道是宾馆？你以前来过这里？"

"没来过，以前外出按摩，不是医院就是家里，宾馆里多费钱啊！"王冬牛感觉金媛媛一定是个有钱的主。

"家里不方便……"金媛媛说完又觉得这样回答不妥，补充说：

"宾馆里安静，人容易放松。"

电梯经过一段时间运行，门打开了。金媛媛领着王冬牛行走在柔软的地毯上，不一会儿，金媛媛停住脚步，用门卡刷了一下，客房的门开了，她帮王冬牛提着工具箱先行踏进了房间。王冬牛在进门的瞬间，下意识地用手摸了一下门的外侧，摸到圆形的孔——是猫眼。再往上摸，是几个镶嵌的数字——1908，他知道这是一个较高级的宾馆，房间号是1908，应该是十九楼八号。

"进来吧！"金媛媛在房间里说。

王冬牛摸索着走进了房间，用手杖点了几下，准确地找到了沙发的位置。坐下后，他用手拍了拍沙发扶手说："这个酒店蛮高级的，叫什么酒店来着？"金媛媛本来不想告诉他酒店的名字，但从王冬牛下车，到现在坐在沙发上的一系列举动上，知道这个盲人不是一般的盲人，他的思维，他的听觉、触觉可不是一般的灵敏。有时候，她甚至怀疑他的眼睛没有完全失明，没准他已经知道了这个酒店的名字。于是只好说了实话："这个酒店叫华悦酒店，应该是县里面最大的酒店。"

"听说过这个酒店，酒店老板叫刘丕志，是个胖子。"这些情况，王冬牛是从尤小雨那里听说的，他还断断续续知道这个酒店的许多情况。

"你怎么什么都知道？"

王冬牛不知道金媛媛是在夸他还是嫌他多嘴，只好说："听说的，听说的。"

"开始？"金媛媛说。

"开始。"王冬牛说。

房间里两张单人床，金媛媛脱掉衣服，躺在了靠里面窗口的一张床上。王冬牛打开工具箱，熟练地将所用物品摆放在床头柜上。房间里有空调，温度很高，他脱掉外衣，给手上滴上精油，双手搓了搓，又做了几下扩胸运动，然后开始了对金媛媛的按摩。

王冬牛的手一接触金媛媛的腹部，就感觉出这是一个身材保养得很好的女人，腹部平滑没有一点儿赘肉，几条马甲线隐约可触，这样的身材根本用不着做腹部减肥按摩的。王冬牛边按摩边说："你经常做健身运动吗？"

"过去经常健身，最近练瑜伽，教练说我的体重超标了。"

"你的身材很好，腹部不需要减肥的。"

"那为什么超标？是不是胸部或者腿部？"

王冬牛停止了按摩，觉得这个金媛媛怪怪的，哪里有赘肉，哪里需要减肥，自己应该最清楚。腹部本来就很健美，却要做推拿减肥，并且还要花钱包宾馆……是不是她还有别的目的？王冬牛不愿意往其他方面想，他用毛巾擦了擦手说："你真的不需要减肥，今天就到这里吧！"

"我真的需要减肥，教练说了，我最少需要减掉十斤才能继续练习瑜伽。"

"减肥的办法很多，合理饮食也是一种办法，比如……"

"你先喝点水，歇歇再继续。"金媛媛打断了王冬牛的话，起身倒了一杯茶水，递到王冬牛手里。王冬牛接过水杯，一口气喝了个精光，然后坐在了沙发上。

一会儿，王冬牛感觉到浑身发热，脑门发胀，心跳加快，血液开始在身体内奔腾，耳朵里似乎都能够听到血液流动的声音。他有一种喝醉酒的感觉，又好像不是，只是感到昏昏欲睡，又感觉脑子很清醒。他摇了摇头，两手摸了摸周围，知道此时自己不是在床上，而是在沙发上，这沙发是哪里的？他竟失忆般想不起来了……他听见一个女人的声音："我浑身好难受，你来给我按按吧！"这声音很熟悉，是尤小雨的声音，就在身边，"好的，我给你按……"他被一双小手牵引着，走到了床边，这张床他很熟悉，是推拿中心的按摩床，但又不像，感觉有点低了。

"大哥，快来吧，给我按按……"这声音就是尤小雨的，只有尤小雨才会这样嗲声嗲气地对他说话。

他用手在周围摸着，摸到了床头柜上的精油瓶子，拧开盖子，在手掌中点了几下，双手搓了搓，开始了按摩……他觉得尤小雨身材变了，最明显的是腹部有了马甲线，再往上推拿，没有任何障碍。胸——高耸着，比以前大了，挺了，但没有温度，冷冰冰的。不对！这个人不像尤小雨，会是谁呢？床上的人开始扭动，开始呻吟，开始喃喃自语，王冬牛听不清楚她在说什么，但这动作，这声音，就是尤小雨，没错——就是尤小雨。他太熟悉这个身体了，他在这个身体上准确地按、压、点、揉着几个穴位，好像操纵着一台机器上的几个开关，整个机器都能在他的操控下灵动起来；尤小雨也开始在他身上抚摸，这种抚摸是无方向、无目的、无规律的，属于下意识或无意识地乱抓，王冬牛已经习惯了这样的乱抓，在乱抓中他脱光了衣服，一切都是自然而然，一切都是轻车熟路……只是，很奇怪，今天的按摩床怎么没有发出他熟悉的"吱吱"声？

"混蛋！你们在这里干什么？！"喊声同时伴随有相机拍照的"咔咔"声。

两个男人接到金媛媛手机发出的信息后，迅速走进了 1908 房间，他们将一丝不挂的王冬牛从床上拖到了地毯上，一阵拳打脚踢，使王冬牛毫无还手之力，他双手抱住头，在地毯上痛苦地滚动着，嘴里不停地叫嚷着："为啥打我？为啥打我？"几分钟后，一个男人骑在他的身上，用双手掐住他的脖子说："你这个混蛋，我媳妇叫你做按摩，你竟然干起了这种事，今天我掐死你！"王冬牛感觉呼吸异常困难，他动了动腿，腿被另一个男人用膝盖压着，动弹不得。他艰难地伸出右手，想搬动掐脖子人的手，却被这个男人用腿压住了右手。他又伸出左手，终于抓住了这个人的右手。这只手是柔软的，像是女人的手，力气并不大，王冬牛掰开了这只手，感觉呼吸通畅了许多，脑子也清醒了许多。他意识到这里是宾馆的房间，也想起了到这里来的目的。他触摸到这个人的右手缺一个食指——这都是些什么人？这个人刚才说金媛媛是他媳妇，那就是说，他刚才是和这个人的媳妇金媛媛在一起，而不是尤小雨。他想起了到房间后发生的一切，从喝了金媛媛递给他的一杯茶水后，他的意识就开始变得模糊了，此后发生的事情，他也非常清楚。麻烦随之而来，怎么会这样？他说："放开我，有话好好说。"

"啪啪！"骑在他腿上的人在他脸上抽了几巴掌，然后站起来，说："起来吧，老老实实认错，不然叫你吃不了兜着走！"王冬牛说："我错了，我错了，你们不要打了。"说完，他艰难地坐了起来，摸索着将身子靠在了床边。掐他脖子的男人坐在沙发上说："一句错了就完事了？你说今天这事怎么了结？"

"你说咋办就咋办……我知道我错了。"

"两个办法，一是给公安局报案，把你抓起来；二是拿二十万元来，你舍财免灾。"

王冬牛听后，身子动了一下想站起来，身旁的一只手在他头上重重地拍了一下，他又坐回了原地，他知道床边还坐着另一个人。这明明是个圈套，一个设计很周密的圈套，他知道自己是被金媛媛引入了圈套之中。如果给公安局报案，他们一定会告他强奸罪——他的确和金媛媛发生了性关系，证人证据他们都有；如果答应给他们钱，那么多钱到哪里去找？想到这里，他说："钱我没有那么多，能不能少给一点？"

"你是有名的专业技师，还有梁秘书长在后面撑腰，怎么能没钱呢？"刚才骑在他身上的人说。

"我真的没有钱，我是被扶贫的对象，是残疾人。"

"你是扶贫对象还能在城里租房子？还能让娃在城里上学？我们打听了，你每个月的收入在两万元左右，你怎么能没有钱？"

从这几句话里，王冬牛听出来这伙人早就掌握了他的情况，而且知道他家的住处。特别是他们还提到了梁秘书长，说明这些人是有一定目的和来头的，弄不好连梁秘书长也会被牵扯进来。梁哥一直帮他，他却干出了这样的事情，梁哥脸上怎么挂得住呢？在市委机关还怎么混呢？在人前还怎么能抬得起头挺得起胸呢？人们一定会指着梁欣仁的脊背说：一个堂堂的市委秘书长怎么扶持了这么个东西，还是精神文明先进……现在只能和他们商谈价钱，使他们让步到自己能够接受的数额。

"钱能不能少一点？"

"你说个价。"

"五万。"

"笑话，往二十万上靠。"

"实在拿不出来啊！"

"好了，二十万，限你十天时间，你想办法找。如果到时候不交钱，公安局会把你抓去，你如果胡说八道，你的女儿也可能会失踪，你老婆可能就不是你的了，你看着办吧！"

"你们这是在敲诈，公安局知道了也会把你们抓起来。"王冬牛想起了"敲诈"这个词，他觉得有了一点底气。

"你懂什么叫敲诈？你知道我们是干什么的吗？你知道你身旁的人是谁吗？他叫景小涛，他爸是县委主管政法的副书记，你想告他敲诈，笑话。"

坐在床上的人用手拍了拍王冬牛的肩膀。王冬牛想起了县委的景书记，他给景书记做过颈椎按摩，知道他是管政法的书记，敲诈他的人里面竟然有一个是景书记的儿子！如果闹到公安局，景书记知道了，能不顾自己的儿子而替他开脱吗？想到这里，他脊背一阵阵发凉，瘫坐在了地板上。看来只有舍财免灾这一条路了，但这财索要得太多了，他实在是拿不出来啊！能不能让他们宽限一下时间，这样就可以拖延下去，或许事情会有转机。他这样想着，便说：

"能不能半年时间把钱给你们？十天是不可能的。"

"不行，必须是十天，从明天开始计算时间。"这个叫景小涛的抓住他的头发摇了摇。王冬牛听出景小涛就是开车把他拉到这里的司机。

"后果你已经很清楚了，不答应我们就走了……"沙发上的人站了起来，口气很强硬地说道。

"别走，别走，好吧，我回去想办法……"王冬牛很无奈地答应了他们的要求。

"这还差不多，十天后，我们给你打电话，再告诉你交钱的方法。这期间你如果给外人泄露此事，你女儿哪天在上学的路上失踪了就不要怪我们无情无义。"

"一人做事一人当，求求你们不要伤害我女儿！"王冬牛急了。

"好，好，走吧！"

还是那辆车把他送回去的，不过，没有送到门口，而是让他在距离推拿中心还有一百多米左右的地方下的车。推拿中心方圆几百米，王冬牛是很熟悉的，几分钟后，他就进到了店里。前台的胖女人见他脸色很不好，就问："怎么，病了？"

"好着呢，就是有点头晕。"

"那就好好休息一下吧！"

王冬牛回到了宿舍，他的确感觉到头晕，他躺在床上，仔细回忆今天到酒店后的全过程：到酒店时很清醒，自从喝了金媛媛递给他的那杯水以后就开始一阵清醒一阵迷糊，一阵困倦一阵亢奋……对了，后来的一切就是从喝了那杯水开始的，现在头晕也是那杯水的原因。这水里面有什么东西吗？有，一定有！他听说过有人给水或者饮料里面下迷魂药，然后骗钱骗色的事情，他们会不会对他也采取了同样的手段？如果是这样，那就是有计划有预谋的诈骗，诈骗就是犯罪，就应该告发他们。他想到了县委景书记，景书记给他留了电话号码，说有事可以随时给他打电话，诈骗就是大事情……他拿起手机，手指触摸到按键6上面，这是他让女儿帮他设置的快拨号码，他把几个常用的号码设置为数字快拨模式，梁欣仁是1，枣香是2，尤小雨是3……景书记是6，这个键一摁，电话就拨出去了。景书记接到电话，一定会问什么事情。什么事情呢？能说你儿子景小涛设了圈套，在敲诈我吗？证据是什么？没有！本来那杯水就是证据，但喝光了，证据被喝进了肚子。即使有证据，景书记能为了他而将自己的儿子投入监狱吗？虎毒不食子，何况人呢？一个堂堂的县委副书记，书记的名声、前途会因儿子的不轨而葬送吗？他能大义灭亲吗？不可能！所以这个电话不能打……他的手指抬了起来，放下了电话。给公安局报案？更不行，还是证据不足，反而他们有人证物证，弄不好，激怒了这些人，他女儿的性命都难保，还有小娥……报案这条路不能走，绝对不能走。

只有找钱了，舍财免灾吧！

他想到了梁欣仁，每次需要钱的时候，他都会很自然地想到梁欣仁，梁欣仁每次都能让他如愿以偿。但这次肯定不行，因为这次要的数额太大了，梁欣仁一定会问他要钱的原因，这个原因怎么能告诉他呢？如果梁欣仁知道了这件事情，他们的友谊到头了事小，没准梁欣仁直接就把他送进公安局了。不能，绝对不能！

他又想到了县民政局局长李富林，民政局是管残疾人的部门，李富林也多次关心帮助过他，安排他上残疾人学校就是李富林指示民政局同志办的。但有什么理由要这么多钱呢？就说搬到县城以后花销大，生活困难，需要补助？不行，即使有困难补助款也只能是杯水车薪。那就说女儿住院期间花了很多钱，欠了许多外债要还。对！就这个理由。想到这里，他摁下了李富林手机的快捷键，嘟……嘟……电话通了："李局长吗？我是王冬牛。"

"听出来了，有事吗？"

"又要打搅你了，女子枣香上次肺炎住院后，花了一河滩钱，还借了朋友许多，现在人家撵到家里要账，实在没有办法了，想求您帮忙解决一部分。"

"一共欠了多少钱？"

"一共……大概……七八万吧。"

"怎么这么多？你把医院药费结算单拿来，我们研究研究再说。"李富林遇到这种事情多了，他从王冬牛结结巴巴的说话中已经感觉到了问题，他这样回答是最明智的了。

"好吧……准备好了我找您。"王冬牛听说要医院的结算单,当时就愣住了,他知道医院是绝对不会替他编造医疗费用的,看来这条路也走不通了。

还有谁能帮他呢?他想到了尤小雨,这是一个美丽善良的女人,自从他们相识以后,她曾多次帮助过他,他至今不明白尤小雨为什么会迷恋上他这样一个盲人?这种迷恋让他匪夷所思,让他受宠若惊,让他如痴如醉,让他身心疲惫。他知道尤小雨对他是言听计从的,如果提出要求,只要她能办到,就一定会全力以赴。在盲人学校的图书馆里,他曾经读过一本关于女性心理学的书,是盲文书,其中有这样一句话:"女人对待感情比男人专一,女人一旦被征服,就会像奴隶一样地听从使唤……"他一直不明白这句话的意思,后来认识了尤小雨,他理解了——尤小雨对他的服从比奴隶还要俯首帖耳——但现在他又不能确定是否真的已征服了尤小雨。书上接着还有一句话:"但如果激怒了女人,她们会像雄狮一样凶猛,瞬间将你撕成碎片……"如果尤小雨知道了这件事情的真相,一定会被激怒的,她发怒了会是什么样子呢?不知道,但一定很可怕!所以,事情的真相一定不能告诉她。但不告诉她,她能给钱吗?"可能给,也可能不给,反正只有找她这一条路了。"他自言自语了一句,翻身坐了起来。

二十五

咚咚咚!随着一阵敲门声,律师甄少言又一次走进了市委秘书长梁欣仁的办公室。梁欣仁正在和办公室主任商谈改造市委大院职工食堂的事情,看见甄少言来了,立刻迎了上去。办公室主任见状,给甄少言倒了杯水就告辞了。

"好长时间不见,今天怎么有空了?"梁欣仁今天心情似乎很好,他让甄少言坐在了办公桌对面的椅子上。

"还是想找您谈谈王冬牛的事情，不知道方便不？"

"方便，审判结果怎么样了？判了吗？"

"法庭调查时，案情发生了变化，这起强奸案另有蹊跷。"

"怎么回事？"梁欣仁睁大了眼睛，身子不由自主地往前倾了一下。

甄少言把法庭上王冬牛陈述的，自己被一个右手食指残缺的人敲诈威胁的过程告诉了梁欣仁，并就尤小雨陈述的王冬牛敲诈她，迫使她在无奈的情况下，反告王冬牛强奸的情况进行了描述。

梁新仁沉默无语，脑子里回旋着甄少言刚才说的话："威胁王冬牛的人是一个右手食指残缺的人。"他眼前立刻出现了周满意的影子，可能是他！怎么会是他？是他就太巧了！这个情况应该告诉县法院办案的同志，以利于彻查此案。他把这个想法没有告诉甄少言，因为调查案件是公检法的事情，再说自己的怀疑也没有十足的把握。他喝了口水，放下杯子："王冬牛从一个可怜的残疾人变成自食其力的人，这中间经历了人生的许多坎坷，接触过许多人，遇到过很多事情，思想也必然会产生一些变化，但突然变成强奸犯，我还是不大相信的，既然事出有因，你们就该认真调查，公正办案，还事实真相。"

"是的，我就是想把事情搞清楚，今天告诉您这些情况，还想请您提供一些有关王冬牛的情况，比如他还和什么人有过特别的接触，和什么人有过纠纷？"

"以前接触比较多，自从他到盲人按摩学校后就没有来往了。你喝水吧。"梁欣仁开始下逐客令了，显然不愿意多说什么。

甄少言告辞后，梁欣仁查到了东盛县法院院长袁振东的手机号码。他在东盛县当副县长时，袁振东是县法院的副院长，他们以前就很熟悉，梁欣仁想和袁振东谈谈。

电话一拨出去，很快就接通了，袁振东院长看到是梁欣仁的电话，异常热情地说："老领导啊，有什么重要指示，亲自打电话过来？"

"哈哈，长时间不见了，想和你聊聊。"

"我现在到您那里去，还是……？"

"不用了，我现在正好没事，我到你那里去。"

"恭候，恭候，您来我们一起共进午餐。"

梁欣仁看了看墙上的挂钟，时针已经指向了十一点。"好吧，一会儿见。"

东盛县法院距离沪阳市区约十公里的路程，在县政府的南边。大约半小时，梁欣仁就到了。他让司机小马把车子停在县政府楼下，自己拎着包向县法院大楼走去。法院大楼是近几年新盖的，共九层，在县机关的建筑中算是很有气派的。灰色的大理石墙体，黑色的大理石台阶，给人一种威严庄重的感觉。进入大厅要爬二十多个台阶，台阶很陡，光爬上去，就让那些告状的人气势消去了一半。梁欣仁一口气上去了。他喘着粗气问门口执勤的保安："袁振东院长在几楼？"保安指了指旁边的接待室说："到那里问。"

说话间，袁振东院长和刑一庭的刘煜庭长从接待室的条椅上站起来迎了出去。看得出，他们在这里已经等了一会儿了。

"哎呀！梁秘书长，欢迎您到我们这里检查工作。"袁振东弯着腰，异常谦恭地伸出了右手。

"我就是来看看你，顺便普及一下法律知识。"梁欣仁寒暄着。

"到午饭时间了，就在我们职工食堂吃个便饭吧？顺便再给您汇报汇报。"梁欣仁看了看表，已经快十二点了，"好吧，今天就沾一下大法官的光。"说完，他掏出手机，给司机小马打了个电话，让他也来吃饭。

法院食堂里，法官们端着饭盒拿着碗筷，整整齐齐地排着队，在窗口有序地领着饭菜。袁振东一行走进食堂大厅后，拐进了旁边的一个包间，梁欣仁看到这里的设施和酒店包间里差不多，配有电视、沙发等。袁院长看见梁欣仁在房间里左右环顾，说："这是平时接待客人的地方，饭菜和职工吃的是一样的，就是为了说话方便一些。"

一男一女两个法官端着盛饭菜的盘子进来了，饭菜果然和大厅里的差不多，就是增加了几个凉菜而已。袁振东让刘庭长打开一瓶茅台酒，被梁欣仁拦住了。梁欣仁说："中午不能喝酒，下午还有事。"

"那就喝一点果汁吧！秘书长日理万机，公务繁忙，能到我们这里来检查工作，真是蓬荜生辉啊！"

"真的不是检查工作，是想了解一下王冬牛的案子，这个人是我过去帮助过的一个盲童。"梁欣仁把盲人说成了盲童，这是他的习惯叫法，他认识王冬牛的时候他还是个孩子，到现在还习惯叫他盲童。

"是你们刑一庭审的案子吗？"袁振东转身问刘庭长。

"是沈盈他们在审理。"

"叫小沈来一下，问问情况。"

刘庭长拿出手机，拨通了沈盈的电话。不一会儿，有人敲门，只见沈盈端着正吃的半碗米饭走了进来。

"坐下，一起吃。"院长指了指刚进门的座位。然后看着梁欣仁说："这位就是审理案子的沈盈法官，是西北政法学院的高才生。"

梁欣仁看着沈盈点了点头。

"他是市委梁秘书长，今天来院里检查工作，你把王冬牛强奸案的审理情况汇报一下。"院长说。

梁欣仁摆了摆手说："不用了，有些事情我想和沈法官单独聊聊。"

饭后，梁欣仁和沈盈在吃饭的包间里单独进行了交谈。他对沈盈说，上午律师甄少言到他办公室，告诉他威胁、敲诈王冬牛的人是一个右手食指残缺的人，他脑海里当时就闪现出一个人影，这个断指人会不会就是房地产开发商周金发的儿子周满意呢？那天周满意到他办公室给他敬礼时，他清清楚楚地看到了那只缺少食指的右手。案子既然要退回补充侦查，这个线索应该对侦查有所帮助。他还把和王冬牛认识、交往的过程，以及断指人周满意的情况详细地告诉了沈盈，希望他们尽快查清案情。沈盈非常感谢梁秘书长对法院的信任和对他本人工作的支持，表示一定要配合公安局、检察院，查清事实，依法公正处理此案。

袁振东院长送梁欣仁出来的时候，客气地说："请秘书长随时到我们这里检查工作，今天招待不周，还请领导谅解。"

"你们的机关食堂办得不错，市委机关最近也想改进食堂管理，过几天我让市委办公室安排人来学习，你们可要不吝赐教啊！"

"领导客气了，吃了一顿便饭就这样鼓励我们，有事情就吩咐，我们互相学习吧。"

送走了梁欣仁。袁振东听取了沈盈法官的汇报，认为梁欣仁秘书长提供的"断指人"线索非常及时、重要，并安排专人立刻和公安局进行衔接。

县公安局根据王冬牛提供的宾馆房间号，很快调取了监控录像资料。遗憾的是，监控画面上能够清晰辨别图像的只有金媛媛和王冬牛进出房间的画面，另外两个男人进出房间的图像也有，但他们都戴着帽檐压得很低的鸭舌帽，戴着墨镜和口罩，根本无法辨识面孔。金媛媛的录像画面倒是很清楚，找到金媛媛就成了调查工作的关键。

根据王冬牛提供的金媛媛说她和王冬牛住在同一个小区的线索，侦查员们拿着金媛媛的截图照片，在整个小区进行了挨家挨户地走访，结果，小区里没有一个人认识照片上的女人。很显然，金媛媛跟王冬牛说的是假话。

正当案子调查陷入僵局时，县法院向公安局提供了"断指人"周满意的线索。这条线索，像一剂兴奋剂，使愁眉不展的办案人员心头一震，他们在请示了市公安局和市交警支队领导之后，立刻展开了对市交警支队合同警察周满意的调查。侦查员们首先从外围调查了周满意在发案时间内的活动情况。调查证明，周满意在发案当天没有上班，也没有人能够证明他的去向，说明他有作案的时间。另据和他一起上班的警察反映，周满意最近经常领着一个漂亮女人出现在交警支队的院内，他们以为那是周满意的女朋友，也都没有在意。经过照片辨认，证实这个女人正是金媛媛。

周满意嫌疑重大，县公安局决定对他进行审查。

这天，周满意像往常一样到汽车检测台上班。上午十点钟，交警支队办公室一名干事来到了检测台，通知周满意到支队会议室参加学习。接到通知后，周满意觉察不对劲：什么样的学习，还要让他这样的协警去参加？他问了检测台的负责人，负责人说咱们这里的人都要轮流去学习，今天轮到他和其他几名同志去参加。周满意这才半信半疑地离开了检测台，跟着来人一起走了。检测台离交警支队一墙之隔，几分钟就走到了。到了三楼的会议室，周满意看到会议室里并没有参加会议的人，只有两名他不熟悉的警察在里面坐着。他转身想走，门口的两名警察拦住了他，说你不能离开，要在这里接受审查。他脸色煞白，浑身冒出了虚汗，知道肯定犯事了。会议室里面的两名警察让他坐到圆桌的对面，其中一名佩戴二级警督警衔的警察问道："你叫什么名字？"

周满意知道这是开始讯问了，接下来就是简历概况，再接下来就是让他交代敲诈犯罪的过程，他一旦交代就会被带离这里，然后刑事拘留，关到看守所去。

他抬头看了看桌子对面的两个同行，低声回答："我叫周满意。"

"你的右手食指是怎么致残的？"二级警督突然问道。

周满意愣了一下，不明白警察为何要问起这事？难道他们是为"断指"来的？如果只是为这事，那就是一起普通的治安案件，他心里顿时轻松了许多。他抬起头，左手摸着右手残缺的食指，说出了断指的经过。

两年前的一天，周满意经人介绍，到一家叫百乐门的地下赌场当"镖哥"，就是替老板维持秩序的，民间叫其打手。百乐门里赌博花样繁多，有老虎机、麻将、六合彩、扑克牌、推牌九、摸花花等等。百乐门里除收取赌场费外，还放高利贷，有些赌徒输急了眼，想捞回本，就会当场贷高利贷。因此，百乐门里一度利润极高，"镖哥"们的工资每月也能拿到一万至两万。可好景不长，有一天，从外地来了十几个专业赌徒，他们专玩扑克牌和麻将，一个晚上就把赌场所有人的赌资一扫而光。周满意觉得奇怪，就在一旁仔细地观察，他发现这些人有一个共同点，就是戴着一模一样的眼镜，他对眼镜仔细观察后发现，这种眼镜是特制的，镜框比普通眼镜宽了许多，估计装有微型透视镜，可以看到对方手里的扑克牌，也可以看到对方麻将的排列情况。他把这一发现告诉了老板，老板立刻叫他们几个"镖哥"把这伙人撵出去。谁料，来者不是善茬，镖哥们还没有动手，就被这伙人砸了场子，还用随身带来的匕首和斧子，砍伤了赌场里十几个人，周满意在夺一个歹徒的斧子时，被砍断了右手食指，并砍伤了手背，至今右手除了没有食指外，手背上还留有深深的刀痕。事发后，公安局进行了调查，只抓了几个受伤的人，凶手和百乐门的老板早就逃之夭夭了。这起治安案件涉及人员很多，在当地影响非常大。

周满意说出这些情况后，长舒一口气，觉得轻松了许多，他以为公安局抓获了当年逃跑的案犯和百乐门老板，让他出面做证。他说："我愿意配合公安机关，查处这起严重的治安案件。"说完，他抬头看着二级警督，想得到他满意的赞许。二级警督微笑了一下，但却又突然收起笑容，厉声问道："金媛媛是你什么人？"

这一问，使周满意放下的心又提了起来，他结巴着说："我不认识……什么……媛媛。"

"这个人你认识吗？"

只见记录的警察从文件夹里拿出一张录像截屏照片，周满意看到这是一张在宾馆走廊里的录像截屏，照片上的人是神色紧张的金媛媛。接着警察又拿出王冬牛的照片让他看，他一下子瘫坐在了椅子上，他知道警察就是冲着敲诈王冬牛这件事情来的。刚才问他断指的情况，其实只是在确认他身体的特征。

周满意掏出手机说："我给家里打个电话。"

记录的警察说："从现在开始，你要接受公安机关的审查，不能与任何人联系。"说完把他的手机没收了。

周满意其实是想给景小涛打个电话，哪怕只说一句话也行，就想让他知道事情暴露了，然后景小涛就会找到金媛媛，销毁所有证据。但这个消息终究没有发出去。

在公安局审讯室，周满意面对宾馆的录像和警察手中的几张照片，很快就交代了犯罪的过程和动机。

新招收的协警集中培训结束后，大多数人被分配到了几个交警大队当巡警，只有周满意和少数几个人留在了交警支队机关，他被安排到汽车检测台，负责汽车检测仪器的维修工作。对这样的工作，他是非常不满意的，他最希望的是到交警大队搞巡查工作，既威风又有实权。他很清楚父亲为了他的工作花了不少钱，仅他亲眼所见，至少也在二十万元左右，尚且这还不算请人吃饭、陪人打牌故意输掉的钱。印象最深的是，他亲眼看见父亲给了梁欣仁一个鼓鼓囊囊的信封，梁欣仁却说要把这钱送给盲人王冬牛。这些当官的，收了人家的钱还要落个好名声，真是既想当婊子又想立牌坊。他穿上警服的第一天就暗下决心，一定要把花出去的钱在较短的时间内收回来。他了解到，交警高速大队最有实权，因为高速路上大货车比较多，超速、超载、违规运输危化物品、路边随意停车、长时间占用应急车道，等等，无疑都是罚款的理由。现在多数司机都是个体运输，一般不要罚款单，罚一千交五百，罚五百交两百，彼此皆心照不宣。当然多人上路巡查就很难这样做，如果一两个人巡查，就有了空子可钻，上一个班最少弄一两千元，多则一两万。当然这是在司机不举报的前提下。周满意曾经要求过到高速大队上班，支队领导查看了他在集中培训时的交通规则考试成绩，不但不同意他到高速大队，就连其他大队也不让他去，因为他的交规考试成绩只有 50 分，是协警中考试成绩最差的一个。分配他搞汽车检测仪器的维修工作，他觉得无聊至极，整天围着机器转，虽然不像其他交警那样在公路上顶烈日、冒严寒，但也是满身油污，一脸疲惫。最主要的是没有尊严，没有权力，捞不到外快。他知道短期内这样的局面是不会改变的，又如何能奢望把花出去的钱捞回来呢？这时候他想到了王冬牛，在农家乐，他亲眼看见客人们把十元、百元面值的钞票装进了王冬牛的口袋里，不到个把小时，他的收入就达几千元。最可气的是，父亲为了给梁欣仁表现，那天在农家乐一次就给了王冬牛两千元现金。王冬牛在梁欣仁的庇护下，这几年一定挣了不少钱。后来他还了解到王冬牛在推拿中心上班，每个月的收入都稳定在万元以上，而且把老婆孩子也安顿到了县城。想到这里，一个邪恶的念头在脑海里萌发了……

一天，周满意找到好友景小涛。景小涛是县委副书记景伟的儿子，高中毕业后，没有考上大学，就被安排在县城建局的城管大队上班。认识周满意后，他俩经常在一起喝酒打牌、出入歌舞厅、按摩房、洗浴中心等，消费当然多是周满意买单。周满意把用女色勾引王冬牛，继而进行敲诈的想法告诉了景小涛，景小涛开始有些犹豫，周满意说，事成之后一次性给他支付两万元的分成，景小涛这才答应了下来。后来周满意又到省城找到了金媛媛。金媛媛是周满意几年前在省城一个洗浴中心认识的。当年金媛媛还是一个二十岁出头的姑娘，一米七的个头，凹凸有致的身材，在洗浴中心做按摩师，很受客人的喜欢。周满意每次去省城办事，都会到这个洗浴中心洗浴，洗浴完后必然会点名让金媛媛按摩，一来二去，他们就混到了一起。这次他把勾引王冬牛的想法告诉了金媛媛，并当场给了她一万元现金，还答应事成之后再给她两万。金媛媛捏着厚厚的一沓现金，当即就答应了帮助周满意实施敲诈的计划。

为了保证金媛媛能够成功勾引王冬牛，周满意特意从网上购买了一种叫"含笑癫"的迷魂药。他想试试这种药的作用，就偷偷给金媛媛的水杯里滴了几滴，目睹金媛媛将其喝了下去。几分钟后，金媛媛就脸色泛红，眼神迷离，再几分钟后就主动脱掉衣服……

周满意把药物的使用方法告诉给金媛媛，让金媛媛在必要的时候诱使王冬牛喝下去。所谓必要的时候就是指金媛媛对王冬牛的勾引无果的情况下。那天金媛媛使尽了招数，王冬牛却无动于衷，当王冬牛提出"今天就到这里"时，她只好给王冬牛的茶水里滴了几滴迷魂药……几分钟后，王冬牛就主动向她发起了进攻，她对王冬牛的突然发飙早有心理准备，但没想到王冬牛竟然对她那么如痴如醉，那么生猛疯狂，这使她有些始料不及……她干色情行当多年，阅人无数，各年龄段、各行各业的"客人"，早已经使她麻木、厌恶、身心疲惫。王冬牛却不同，他除了有公牛般的蛮力，还有使快感瞬间深入骨髓的技巧，以至于她假戏真做竟对他的倾情付出无比满意。她甚至有些后悔给周满意过早地发出了信号……就在周满意和景小涛殴打王冬牛的时候，她眼眶里竟然蓄满泪水，从心底里同情起这个盲人来了。她有几次想上去阻拦，但想起已经到手的一万元和即将到手的两万元现金，以及周满意凶狠的目光便放弃了。

根据周满意的交代，公安局顺藤摸瓜，很快就抓获了金媛媛，并从金媛媛的手提包里查获了没有用完的迷魂药。在宾馆监控录像和有关证据面前，金媛媛如实交代了参与诈骗王冬牛的详细过程。

景小涛是被警察从家里带走的。

自从参与了诈骗案，景小涛就一直没有上班，他躲在家里观察动静。这几天他给周满意打了多次电话，手机一直关机。他又给金媛媛打电话，还是关机，他感到事情不妙。这天是个礼拜六，他问母亲要了一千元现金，说去参加一个朋友的婚礼，背起包就离开了。可刚一跨出大门，就被前来抓他的两名警察堵了回来，警察给景副书记和夫人出示了刑事拘留证。景副书记是主管政法的领导，公检法的头头们到他家里登门拜访是家常便饭，可到他家里抓人还是始料不及的，他铁青着脸问道："你们凭什么抓人，有证据吗？"

办案的警察并不认识景副书记，又把刑事拘留证举起来让他看了看，就不由分说地将景小涛带走了。景副书记瘫坐在沙发上，拿起座机拨通了县公安局局长的电话……当他了解到景小涛参与了一起敲诈勒索案，并得知被敲诈人是盲人按摩师王冬牛后，他的眼前又浮现出王冬牛给他治疗颈椎病的情形……他左右摇了摇头，突然感觉到颈椎嘎巴嘎巴作响，他知道颈椎病又犯了，他双手按住颈部，喉咙里发出一阵阵呕吐的干咳声。

王冬牛从办案人员口中得知诈骗他的嫌疑人全部落网后，他长长地出了一口气，感觉压在他心头的一块石头终于落了地。自从落入诈骗陷阱后，他的心头像压着一块沉甸甸的石头，被压得喘不过气来，不曾有一刻钟的安宁，白天做事丢三落四，晚上常常从噩梦中惊醒，最担心的就是女儿和妻子的安全。没有想到公安机关能够确认这是一起敲诈案件，并能如此神速地抓获案犯。诈骗他的案犯落网了，他的担心也就解除了。此刻他想起了尤小雨，他感觉尤小雨是他今生最对不起的人，尽管尤小雨告了他强奸罪，但这一切都是他自己一手造成的，如果当初他没有威胁尤小雨，也就不会有后面的事情发生。他等待着法庭再次审理，到时候他要把责任全部揽到自己身上，还尤小雨一个清白。

他期待着下次开庭……

二十六

案件真相大白后，梁欣仁决定到看守所看望一次王冬牛。

按规定，嫌疑人羁押期间，除律师外是不能与外界联系的。但梁欣仁心中有许多未解之谜，他想找王冬牛单独谈谈。那天，梁欣仁打通了王冬牛的律师甄少言的电话，谈了自己想见王冬牛的想法。于是，甄少言和公安局取得了联系，公安局认为，此案已经基本查清，同意梁欣仁和律师一同探望。

在看守所接见室，梁欣仁见到了王冬牛。王冬牛留着寸头，脸也刮得白净，像是刚刚理过发的样子，显得比在法庭上精神了许多。律师甄少言先问了几个问题，就到一旁翻阅卷宗去了，他要为下次庭审做一些补充准备。王冬牛并不知道梁欣仁也在接见室，在甄少言转身离去时，他以为甄少言要走了，连忙说："甄律师，能不能叫我梁哥来一下，我有话要对他说。"

"好的，梁秘书长现在就可以见你。"甄少言转身给梁欣仁扮了个鬼脸。

"真的？他来了？"王冬牛喜出望外，几乎要扑过来。

接见室是用铁栅栏隔开的，交流没有障碍，但不能近距离接触，王冬牛一激动，忘记了自己是在接见室，当手铐撞响铁栅栏时，他才醒悟过来。他坐回到椅子上，脸色通红，胸脯上下起伏着，显得很激动。

"我来看看你，最近还好吗？"梁欣仁问道。

"好好，案子查清了，这下轻松了，就是对不起你，给你丢人了。"

"与我有什么关系？你知道他们为什么要诈骗你吗？"

"他们说我按摩挣了钱，还有你梁秘书长撑腰，钱多得很。"

"怎么还扯上我了？"

梁欣仁知道诈骗王冬牛的主犯是周满意，也清楚周满意的父亲周金发用钱打通各个关节，让周满意顺利当上协警的过程。周满意诈骗王冬牛却牵扯上了他，使他心生烦恼：如果在法庭上周满意交代作案动机时，乱咬一通，他和有关人员就会非常被动。他虽然没有接受周金发的贿赂，但他确实从周金发的手里拿过钱，只是这钱他转身交给了王冬牛。然而如果此事被传到社会上去，谁又会相信他这等做法呢？梁欣仁陷入深深的烦恼之中。

"你帮助我是人人皆知的事情，报纸、电台都宣传过，全市人民都知道……"王冬牛根本不知道梁欣仁此刻的心思，接着说，"如果没有你的帮助，我现在还在麻地坡村的下地窑里钻着呢！"

"在下地窑里钻着也比在这里好。"梁欣仁心里嘀咕了一句，然后说："你是怎么认识尤小雨的？后来怎么还长期在一起了？"梁欣仁没有说他们长期在一起干什么，他对这两个人的关系发展到这一步，是百思不得其解的。

"开始是她找我做推拿认识的，后来的发展……我自己也觉得不可思议，她是有家室的人，我也是有家室的人，我还是一个残疾人，真的不知道她为什么喜欢上了我。"

"她没有给你说过什么原因吗？"

"好像说过她在酒店里工作不顺心，她老公刘胖子对她也不太好之类的话，但她也不至于找我这样的人啊，社会上喜欢她的人应该很多的，哪个都比我强啊！女人有时候怪得很，怪得很……"王冬牛说完低着头，脸红了。

梁欣仁还是没有弄清楚他们之间为什么会有这样的关系。他看了看时间，觉得应该走了，就问道："你还有什么需要我帮助的事情吗？"

这样的话，王冬牛是最爱听的。每一次遇到困难，梁欣仁都会这样问他，随后他所遇到的难题就会迎刃而解了。现在他最关心的就是小娥和枣香的生活状况。进县城后，她们没有任何生活来源，在公安局抓他之前，他给过小娥两千元，现在应该早就花光了，不知道自己入狱后她们是怎么生活的。他对梁欣仁说："我最担心小娥和枣香的生活，她们没有任何收入，全靠我的工资，当初就不应该把她们接到县城来，我也没有什么亲人，现在只有靠你了……"

"这还真是个问题……"梁欣仁后悔刚才问他有什么需要帮忙的事情，自己又不是万能的救世主，有什么能力帮助别人呢？过去帮助王冬牛是出于同情和道义，也是他的能力所及，加之那年他和县委王书记下乡时，汽车撞伤了王冬牛的父亲，多年心中隐隐的愧疚感也是他帮助王冬牛的原因之一。现在小娥和枣香的生活问题就不是个小事情了，如果伸出援手，他甚觉压力巨大；如果缩手不管，王冬牛一定会责怪他——因为很多人不会想到你曾经给过他什么，而是总在乎你最近给了他什么。既然他问了王冬牛有什么需要帮助的事情，王冬牛也说了母女俩的生活问题，他就应该给个答复，于是想了想说："我考虑考虑再说吧！"

果然，王冬牛对梁欣仁这样的回答并不满意，但他还是淡淡地说了声"谢谢",最后加了一句"我只能靠你了,你不帮我,我全家就没有指望了。"

"好的,等待法院判决以后再说吧!"

"法院判决时能不能不要追究尤小雨的责任,她是无辜的。"

"你先管好你自己吧!"提起尤小雨,梁欣仁一肚子的火气,这样一个美丽端庄、气质优雅、衣食无忧的尤小雨怎么能和他鬼混在一起?今天他来就是想解开这个谜,但终究还是没有弄清楚。尤小雨这一家温州人,还是他当年招商引资时,连同水泥包装袋的技术设备一起引进到东盛县的,如今出了这等事,他怎么琢磨心里都不是滋味……

"我自己就这样了,只是感觉对不起尤小雨,对不起老婆孩子,也对不起你梁哥……"

梁欣仁没有搭他的话茬,站起来说:"等待法院判决吧!"

离开看守所的路上,梁欣仁在想:如果他不认识王冬牛,不帮助王冬牛,王冬牛一定还在麻地坡村的窑洞里过着清贫但安稳的生活,绝不会像今天这样身陷囹圄;如果不是他一味地扶持,甚至到了有求必应的程度,他也不会贪得无厌,欲壑难平,后续的要求越来越高;如果他不扶持他上盲人按摩学校,他也不会认识尤小雨并给她做按摩,以致事情发展到如此难堪的地步;如果他不去温州招商引资……

梁欣仁想了许多如果,总觉得王冬牛走到今天,与自己脱不了干系,弄不好,自己还要受到牵连。最终,他得出了一个结论:好心未必能办成好事,好人未必能得到好报。好人难当!

二十七

梁欣仁担心的事情还是发生了。

公安机关在审查诈骗嫌疑人周满意的作案动机时,周满意知道自己这个协警肯定是当不成了，就把父亲为了让自己当协警而花钱四处活动的情况做了交代。说自己诈骗的动机就是不想让父亲的钱打水漂，就是"要把父亲的投资收回来"。办案警察问他为什么要把王冬牛作为诈骗对象？周满意交代说，他亲眼看见父亲给了梁欣仁一个鼓鼓囊囊的信封，梁欣仁说这钱要捐助给盲人王冬牛。凭什么？一个市委的秘书长，拿着老百姓的钱充当好人，这也太不像话了吧！公安机关觉得这些问题属于纪委的工作范畴，就将审查材料移交给了市纪委。

市纪委接到材料后，立刻组成了专案组，对市交警支队招聘协警的工作进行了全面的调查。不查不知道，一查问题还真不少。专案组发现，这次招聘的协警中有三分之一不符合招聘条件，有十多名都是通过走后门、拉关系进来的，其中比较典型的就是周满意。据周金发供述，为了使儿子能够顺利进入警察队伍，他一共找过十多个人，花出去现金三十多万元。这些人中，县处级以上就有七个人，梁欣仁也在其中。

周金发最早是从市交警支队一名副支队长口中得知要招聘协警消息的，等到公开招聘通知在网上公布时，他已经把工作做得很充分了。那天他请这位副支队长吃饭，一次就给了他五万元现金，说请他关照儿子招聘的事情。副支队长再三推辞，说这个事情他做不了主，牵扯部门太多。周金发说只需要他提供一下招聘工作的信息，比如哪些部门参与此事，谁说话算数，考试、面试工作哪些人参加等等，不要有任何负担，招聘不成也没有关系。再说了，交警们栉风沐雨、加班加点地工作，作为公民理应尽一点自己的责任，这点钱就算是支持一下交警队的工作吧！副支队长听后，就心安理得地收了钱，在接下来的日子里，他就给周金发及时地透露有关招聘的信息。

周金发按照掌握的信息，制作了一个图表，把参与招聘工作的部门、领导、工作人员以及这些人员的电话号码等都详细地予以标注，然后按图索骥，逐个打点。部门领导多则三五万，少则一两万，监考人员和面试人员也视情况分别发了不同数额的红包。他打点的时候，绝口不提招聘协警的事情，只说这几年之所以能够在房地产工程中挣到一些钱，都是大家关照的结果，只是希望今后继续关照。收钱的人心知肚明，但也收得心安理得。他把这些工作做完后，向副支队长进行了汇报，副支队长对周金发缜密的心思和严谨的"工作态度"佩服得五体投地。

"不过……"副支队长觉得要有十足的把握，周金发的工作还欠一点火候，他毕竟收了周老板的"劳务费"，就一定要尽职尽责。

"怎么了？"周金发急不可待。

"不过，如果有一个市级领导出面，就有十足的把握了。"副支队长这个点子，可谓是个金点子。部门领导尽管得了周金发的好处，也可能愿意做工作，但没有市级领导出面说话的威力大。如果有市领导出面替他说话，部门领导就有了底气，好处也就拿得顺理成章，自自然然，事情也就十拿九稳了。

"找谁？我只认识市委的梁欣仁秘书长，不知道行不行？"

"梁秘书长？行啊！他只要出面，事情就成了。"

周金发是在市里组织的一次重点项目观摩时认识梁欣仁的。当时梁欣仁陪同市委栗书记一同视察，那天视察项目较多，栗书记建议取消几个小一点的项目，周金发的房地产项目也在取消之列。周金发得知这个消息后，立刻托人找到有决定权的梁欣仁秘书长，梁欣仁就在画掉的名单中又把这个项目添了上去。这件事情对梁欣仁来说是举手之劳，不影响视察的整体时间安排就行；但对于周金发来说，可就非同小可了，因为凡是列入市上的重点视察项目，不但银行会重点支持，各相关部门也会大开绿灯，而且经广播、电视、报纸宣传后，社会效果就非同寻常。特别是对房地产项目的宣传，群众看到市委、市政府重视了，就仿佛吃了定心丸，在购房时就有了信任感。在视察现场，周金发握着梁欣仁的手一再表示感谢，说了来日方长、恩情难忘，一定后会有期，择日面谢之类的话。

今天交警队副支队长提醒他找一位市级领导出面，周金发就自然而然地想到了梁欣仁。在察言观色、运筹关系方面，周金发堪称专家。他思来想去，想出了在农家乐请梁欣仁吃饭，又精心策划让几个部门的领导在不经意间看见梁欣仁，从而造成市领导也为他儿子帮忙的假象。

市纪委柳书记将调查情况给市委栗书记汇报后，栗书记指示：对涉案人员要一查到底，严肃处理，对违规招聘的协警要坚决清退。纪委柳书记说："这些都好办，但涉及梁欣仁的事情却不好办，因为他是省管干部，市纪委无权处理。"栗书记说："我找他谈谈再说吧！"

这起招聘工作中出现的受贿案件，金额虽然不大，但涉及面广，影响大，群众反映强烈，如果不严肃处理，将会给政府的形象造成严重的负面影响。梁欣仁是市级领导干部，如果他真的受贿，并干预了招聘工作，那问题就非常严重了。栗书记是了解梁欣仁的，他知道梁欣仁的为人和品行。在多年的工作接触中，他认为梁欣仁是谨慎有余、办事缜密、从不逾矩的人，他不应该犯如此低级的错误。栗书记决定亲自找梁欣仁谈一谈。

接到栗书记的电话，梁欣仁像往常一样，拿着笔记本和笔来到了栗书记办公室。一进门，他看见市纪委的柳书记也在场，立刻就明白栗书记叫他来的原因了。自从他到看守所探望王冬牛回来以后，就知道迟早有一天，栗书记或者市纪委的同志会找他了解情况的。他和坐在沙发上的柳书记打了声招呼后，就坐在了栗书记桌子对面的椅子上。这把椅子是他经常坐的，比他家里的椅子还要熟悉。椅子棕红色，皮靠背，底下三个轮子可以自如滚动。在这把椅子上，他给这位省城派来的市委书记汇报当地的风土人情、民风民俗，使市委书记很快就了解了市情、民情，较快地进入了角色。在这里他和市委书记面对面的谈工作，给他出主意、提建议，和他聊趣闻、拉家常，聊到投机处，常常就忘了下班时间。在他的印象中，栗书记对他永远是和颜悦色，不愠不怒，无话不说的。今天对面的栗书记一改往日的温和神情，严肃地看了他一会儿，说道："最近网络上关于协警招聘受贿的事情已经炸开了锅，在全市老百姓中造成了很不好的舆论影响。你怎么看待这个问题？"

"这个事情我知道一些情况，应该认真调查，严肃处理。"

"你知道什么情况？"栗书记瞥了一眼纪委柳书记。柳书记打开了笔记本，做好了记录的准备。

梁欣仁把周金发请他在农家乐吃饭，后来给他送了两万元现金，他把这两万元现金的处置情况——他和东盛县民政局局长分别送给盲人王冬牛的过程，详细地讲述了一遍。

栗书记听后，站起来说："你把这些情况写一个详细的说明材料，把材料交给市纪委，同时给我抄送一份。"

"好的，我回去马上就写。"梁欣仁也站了起来。

"害人之心不可有，防人之心不可无啊！今后和这些人打交道一定要小心，弄不好就会授人以柄。"

"是的，我会总结这个教训的。"梁欣仁看了看纪委柳书记，柳书记合上了笔记本，向他点了点头。

……

法院再次开庭，审理了周满意等人的团伙诈骗案和王冬牛的强奸案，最终判决如下：

> 周满意犯有组织敲诈勒索罪，判处有期徒刑三年；
> 景小涛参与敲诈勒索，犯有敲诈勒索罪，判处有期徒刑
> 两年；
> 金媛媛参与敲诈勒索，犯有敲诈勒索罪，判处有期徒刑
> 两年；
> 王冬牛犯有敲诈勒索罪，判处有期徒刑一年，缓刑两年。
> 尤小雨犯有诬告罪，判处有期徒刑一年，缓刑两年。
> 判决宣布后，五名案犯均未提出上诉。
> ……

市纪委对在招聘工作中收受贿赂、金额较大的交警支队副支队长

等人移交检察机关处理；对接受贿赂数额较小、弄虚作假的几名处级党员领导干部，分别给予了党纪政纪处分，并没收了受贿财物；对涉案的三名科级干部和五名一般干部也给予了相应的处分。

市委栗书记看完梁欣仁写的说明材料，在最后一段话下面画上了红道：

　　　　走着走着，我醒了！就算你处处为他人着想，竭力帮助他人，也有人会不满意。当一个人习惯了接受，就忘记了感恩，就不会在乎你过去给过他什么，只会想着你最近给了他什么。对那些馈赠依赖症患者，千万不能把自己的爱心装得太满，帮助人是情分，不帮助是本分，一切都不是理所当然的。

令栗书记感兴趣的并不是梁欣仁如何接受周金发两万元现金及如何帮扶了王冬牛，而是梁欣仁写的这段感言，特别是对梁欣仁提出的"馈赠依赖症"这个词格外地眼前一亮。他联想到这几年全市的扶贫工作，似乎那些越扶越贫，脱贫后又返贫的问题，在这里找到了答案……

市纪委将梁欣仁写的说明材料交到了省纪委，并向省纪委做了详细汇报。经过调查，省纪委认为，梁欣仁的问题属于一般违纪问题，虽有一定的社会影响，但不足以造成社会危害，决定免于党纪政纪处分，给予诫勉谈话，以防类似问题再次发生。

时至秋月，尤小雨带着儿子回温州老家了。她受不了周围人歧视的眼神，受不了小闵的冷嘲热讽，更受不了刘胖子变本加厉的伤害和凌辱。她像一只迷途的羔羊回到了母亲身边，像一艘漂泊的小舟停靠在了码头。到家后，她心里踏实了许多，熟悉的家园，熟悉的面孔，熟悉的乡音，熟悉的海岸和山峦……这些都不嫌弃她，都包容接纳了她。这里有她儿时的记忆，有她童年的快乐，有她少女时期的眷恋。

她突然想到了一个人，她为他痴迷过，哭泣过，疯狂过，至今还在她心里留有深深的烙印。在苍山脚下的一片墓地，她找到了他安息的地方。墓碑上只有一句话：壮志未酬。她跪下，把一束百合花放在了墓碑前。瞬间，眼泪像瀑布般地倾泻而下，在她的脸上放肆地流淌，仿佛是在尽情地释放着她不能自已的思念，诉说着他们分别后的坎坷艰辛和不堪回首的往事……不知过了多久，一阵凉风吹过，她理了理凌乱的长发，泪眼蒙眬中突然看见墓穴周围开满了金黄色的蒲公英，一朵朵小伞般的花瓣，在微风的吹拂中，随风而去，飘向更远的地方，她知道这是大白对世界播撒出的爱，也是对她的表白。

看着洒脱飞翔、随遇而安的花瓣，尤小雨似乎明白了一些道理：人生就应该像花朵一样，花开时竞相争艳，花落时随遇而安。花的种子只要有风，就会飞翔，不管它们飘落到什么地方，都会落地生根。不必在乎世人的眼光，不必追求缥缈的虚无，不图虚荣浮华，过安贫乐道的生活，自由自在，生生不息……

二十八

梁欣仁再次来到麻地坡村的时候，王冬牛全家已经回到了麻地坡村。

那天，梁欣仁是陪同省里组织的现代农业观摩团来到麻地坡村的。当年，麻地坡村在全县率先把土地分到了农户，调动了农民的生产积极性，很快解决了农民的吃饭问题。后来随着改革开放的深入发展，外面的世界更加地精彩，许多年轻人不甘于窝窝囊囊地待在农村一辈子，就纷纷外出打工，村里的部分土地也就撂荒了。如何使这些闲置土地产生效益？村干部们经过到东部沿海地区考察学习，决定招商引资，把闲置的土地连片租赁给外来客商。于是就有客商到这里进行实地考察，他们发现这里的气候和土壤，很适宜于种植大棚蔬菜，于是就投资在这里建起了蔬菜基地。两年工夫，几百亩蔬菜大棚像一条条巨蟒盘卧在开阔的坡地上；沟里的泉水，通过两级水泵引到了塬上，既满足了蔬菜灌溉又解决了村民的吃水问题；从以色列引进的滴灌设施，使蔬菜大棚里四季如春，反季节蔬菜源源不断地送到了市里、省城……从此，麻地坡村声名鹊起，现代农业吸引了省内外的参观者来交流取经。

观摩结束后，车队陆续离开了。梁欣仁与陪同的村支书聊起了王冬牛家的情况，村支书说，王冬牛家里的责任田也被划入大棚蔬菜租赁范围，全家主要生活来源就靠土地的租赁金；农忙时枣香帮助蔬菜基地干活也能有一些收入。王冬牛还在家里办了个按摩诊所，主治颈椎和腰椎病，慕名前来的人络绎不绝，生活比过去稳定多了。

"窑院里礼品盒、酒瓶子都堆满了。"旁边一个皱皮秃顶、吧嗒吧嗒抽着旱烟的老汉冷不丁地插了一句。

梁欣仁觉得这个人有点面熟，但怎么也想不起他是谁了。村支书介绍说："这是我三爷，老了，傻了，胡说哩，过去是村上的红人，当了多年村支书。"

"他是不是叫柯……柯支书？"梁欣仁想不起叫柯什么，但明白柯支书，就是当年搞联产承包责任制时候的村支书。

"我没傻，我认识你，那年就是你和县委王书记来村里，把地和牛分光了。"

梁欣仁想起来了，他就是当年的村支书柯寿富，昔日胖乎乎的圆脸上布满了密匝匝的皱纹，像麻地坡的地势图一样，沟壑纵横，秃顶周围的白发，如贫瘠土地上稀疏的禾苗，东倒西歪，随风飘动。牙齿已经掉光，说话时一张一合的黑洞，使人不由得联想到窑背上的烟囱，只是不知那根冰冷的玛瑙烟嘴是怎么被嘴噙住的？只有当两只眼睛看着你时，偶尔露出一丝狡黠，让人找到一丁点他当年的影子。

"你又胡说哩，现在人家是市委的梁秘书长。"村支书怼了三爷一句。

"你刚才说礼品盒、酒瓶子是啥意思？"梁欣仁看着柯寿富，对他刚才冒出来的一句话不解。

"我说的都是实话，现在城里医生收红包，农村医生就收礼品，王冬牛家里的点心吃不完。"柯寿富咳了几声，吐出一口浓痰。看到梁欣仁皱了一下眉头，他立马用脚将痰踩住，前后蹭了两下，说："现在的世事咋成这样啦？"

"现在人得颈椎病、腰椎病的人越来越多了，找王冬牛看病的就多了，十里八乡的都来，王冬牛被越传越神了。"村支书说。

"王冬牛家还在下地窑住吗？"

"还在那里，你去看看吗？"

"不去了！"梁欣仁说得很果断，自从王冬牛被判刑后，梁欣仁就不再和他联系了，其实这个念头不是从王冬牛出事后产生的，而是自从王冬牛让他把钱打到银行卡上就开始有的。"村里像王冬牛这样的贫困户还多吗？"梁欣仁问。

"没有了，没有了。"村支书一脸自豪："现在已经没有贫困户了，王冬牛也不是贫困户了，自从引进了大棚蔬菜，村里人都有了固定的收入，一些外出打工的年轻人也回来搞现代农业了，这世事变得……"

柯寿富接过话茬说："世事就像驴打滚，解放前是打土豪分田地，合作化时又叫把土地合起来，联产承包责任制时又叫把地分下去，现在出了个'土地流转'政策，又叫把土地合在了一起……弄不懂，弄不懂，实在是弄不懂了！"

梁欣仁笑着说："世事在变，越变只会越好；人也在变，越变只会越老。当年在你们村搞联产承包责任制调研时，你还是个小伙子，我才二十出头，一眨眼，咱们都变成老汉了。"

"哈哈，你不老，你看起来一点儿也不老！"柯寿富笑了起来，脸上的皱纹堆在一起像野菊花般地灿烂。

梁欣仁突然觉得，再丑的人只要笑起来都是美丽的。

说话间，一阵悠扬的《二泉映月》二胡曲从远处传来，梁欣仁循声细听，声音是从下地窖里传出来的，音调舒缓流畅，委婉动听，顿挫有致，饱含隐隐的忧伤，犹如一位老人在诉说着自己坎坷传奇的一生。

　　顿时，梁欣仁眼睛里溢满了泪花……

初稿 2017.10.15 至 2018.3.23

二稿 2018.5.23. 至 2018.6.23

三稿 2018.12.21 至 2019.1.6

有风了就多扬几锨

——《我不欠你的》后记

朴实

《我不欠你的》是在小说《交通局长》出版后不久就动笔的。《交通局长》出版后，《收获》杂志社和上海文化出版社在上海图书展览中心召开了新书发布会，并通过全国各大网点进行销售，还制作成了电子书、有声书和读者见面。陕西省作协专门组织召开了研讨会，研讨会上评论家、作家们对此书展开了热烈的讨论，会后又陆续收到许多作家的评论文章，这些文章先后在《陕西日报》《西安晚报》《三秦都市报》《交通报》等十多家媒体刊登，这都是我始料不及的。

作家们的讨论或评论文章，当然不乏赞美之词，但同时也有委婉或尖刻的批评，这些对我都是非常有益的。著名作家贾平凹在研讨会上说："读完《交通局长》这部作品，最大的感受是：作者对这个题材是非常熟悉的，无论写机关，写底层，写领导之间的权谋斗争，写下面群众上访，都写得很好。另外生活气息特别饱满，故事性很强，水一样流淌，很自然、不造作、不生硬，写出了社会存在的种种矛盾，写出了改革举步维艰，写出了世风，写出了人性，可以说是这个年代，是交通系统的一份文学记录。但怎样避免专业技术性的阐述，怎样写出人物的命运感，生命的质感，都有进一步探讨和提升的必要。希望作者'有风了就多扬几锨'，在今后的写作中不断努力进步，写出更多更好的作品。"我理解这个"风"指的是写作灵感、激情、积累和写作环境氛围。

正是"有风了就多扬几锨"这句话和研讨会上李星、莫伸、叶广芩、商子雍、陈长吟、安黎、吕峻涛等诸多评论家、作家们的鼓励，我便稍加调整状态，捏了捏颈椎、腰椎，趴在电脑上开始了又一部长篇小说创作。

《我不欠你的》这部小说是我酝酿了好几年的有关扶持残疾人的故事，有些人物是有原型的，写起来并不费劲。我把故事放在改革开放的大背景下来写，以便增强时代感和厚重感。在改革开放初期，一名县委书记和秘书在调研农业生产责任制时，乘坐的汽车撞伤了贫困村一位割草的农民，从此这个农民的儿子，一个与生俱来的盲童王冬牛与秘书梁欣仁结下了不解之缘。然而这位盲童在梁欣仁慷慨无私的帮扶下，慢慢长大，却因习惯了接受而忘记了感恩，助长了贪欲，迷失了方向。后因贪婪而陷入被人敲诈的圈套，为了摆脱圈套，他又敲诈和他长期有暧昧关系、对他有恩的女顾客尤小雨。尤小雨被恐吓后，遂告发其强奸。作品刻画了人性的自私、贪婪、嫉妒，剖析了在权力、情感、金钱面前的人生百态，提出了诸如"资助依赖症"等诸多值得思考的问题……小说最初取名《习惯》，后来又改为《走着走着我醒了》再后来又改成《美丽与残缺》，写了几个章节后，感觉书名有点像诗歌或散文的名字，也不够贴题。有一天晚上睡到后半夜，大约凌晨四点，迷迷糊糊中脑子里突然蹦出一句话：我不欠你的。残疾人王冬牛有了推拿的生存技能，但并未能满足他不断索取的欲望，于是这双推拿的手终于使他陷入了被人敲诈的圈套。

经过五个月的伏案敲打，十六万字的小说初稿完成了。其间，我到西安一个盲人按摩店去了五次，每次花六十元，让盲人边按摩颈椎，边和他们深入交谈，体验他们的工作环境和动作神态。其中一个盲人还毫不忌讳地说出了他和一名女顾客之间的感情纠葛，这些对写作都是很有帮助的。稿子写好后，粗看一边，觉得还不错，但又觉得涉及法律方面的问题比较多，有些情节构架也不理想，于是就让省公路局的沈律师和几位专业作家以及周围爱好文学的同志把把关。一周后，陆续收到了反馈意见，有赞扬的，有提建议的，也有全盘否定的。比如沈律师说:"看完第一页,你这本书就应该剧终了。"我问为什么?回答:"不合法。"因为我设计的故事场景一开始就是法庭审理一起隐私案件,而秘书长始终参与了旁听,这就不合法。还有一位企业领导看完后发来一条信息:"一口气读完,故事轻快紧凑,有可读性,但外延扩展不够,没有厚重感。"我还没来得及回信息,他可能感觉语气重了点,又发来信息说:"品鉴一桌大餐容易,做一桌大餐可不容易,您是做大餐的人。"这句话我听了舒服,但没有飘起来。不论怎样,读者的话一定要听,读者对作品的好坏最有发言权,读者就是作者的上帝,读者不买账,作品就失败了。看来小说是一定要改了,而且是较大幅度的改动。于是,我又用了三个月时间,对小说情节进行了大幅度的调整,对文字进行了认真的修改,形成了二稿,约十七万字。成稿后,又交给大家阅读提意见,这次,大家看完后觉得好些了,沈律师还对个别情节上的法律问题进行了多方面的咨询,最后回答说:"合法了!"

有人见我不停地写作并发表作品,就善意劝说:"退休了就应该休息休息。"我说:"有风了就多扬几锨,没风时就养精蓄锐。"关键是现在还有"风"。我觉得写作也是一种休息,是一种精神的调节。爱打麻将的人常说:"打麻将可以防止老年痴呆。"这是为打麻将找到的最好的托词。其实写作更有利于防止老年痴呆,因为写作要读书,要思考,要和人交流,既防止了老年痴呆又不会和社会脱节,还能创造精神财富,保持精神活力,不断有成就感,何乐而不为呢?

"有风了就多扬几锨",收获永远属于勤奋者!

写到这里,照例要感谢许多人,当然一一表示感谢就要用许多笔墨了,但不感谢心里又过不去。著名学者商子雍老师年过七旬,在百忙中认真读完了我的小说,并专门写了几千字的序言;作家莫伸、安黎、丁晨认真阅读了小说,并提出了中肯的意见,对我帮助极大,在此表示真诚的感谢。还有为此书的校对订正、出版发行做出努力的朋友们,这里一并谢谢了。

2019.1.8